और कितनी निर्भया

उपन्यास

विनायक शर्मा

विनायक, ठेठ बिहारी हैं। इन्होंने बिहार के मोकामा में ही जिंदगी के शुरूआती 19 वर्ष बिताये हैं। अब भारत सरकार में अपनी सेवा दे रहे हैं। जनवरी 2018 में 26 वर्ष के हो गए। हिन्दी से एम.ए. हैं। कहानियाँ और उपन्यास के अलावा ये कविताएँ भी लिखते हैं। इनके ऑनलाइन पाठकों की संख्या लाखों में है। जहाँ 'प्रतिलिपि' पर इनके सवा लाख से ज्यादा पाठक हैं, वहीं डेलीहंट पर पाँच लाख से ज्यादा लोग इन्हें पढ़ चुके हैं। वर्ष 2017 में इनकी पहली किताब 'एक्स गर्लफ्रेन्ड' (कहानी-संग्रह) प्रकाशित हुई थी व 'और कितनी निर्भया' इनकी दूसरी किताब और पहला उपन्यास है।

Email - mokama.17@gmail.com
Facebook - /ghazalsbyvinayak
Twitter - @vinayakmokameh

और कितनी निर्भया

विनायक शर्मा

books

और कितनी निर्भया (उपन्यास)
© विनायक शर्मा

मूल्य भारत में : ₹ 175
मूल्य विदेश में : $ 8

प्रकाशक   : **रेडग्रैब बुक्स**
                 942, मुठ्ठीगंज, इलाहाबाद-3 उत्तर प्रदेश, भारत
                 वेबसाइट - www.redgrabbooks.com
                 ईमेल - contact@redgrabbooks.com

संस्करण   : प्रथम, जुलाई 2018
टाइप सेटिंग   : श्री कम्प्यूटर्स, इलाहाबाद
मुद्रक   : रेप्रो नॉलेजकास्ट लि., ठाणे
ISBN   : 978-93-87390-41-6

इस धरा की समस्त महिलाओं के लिए

हर गली है चीखती
हर रास्ता है चिल्ला रहा
मोड़ पर हरेक है सिहरन
डर है अब तो हर जगह

और कब तक आँखों में खौफ तैरेगा
और कब तक लड़खड़ायेंगे पाँव
कब तक और डराएगा ये अँधेरा
चलो तय कर लो तुम ही अब
होंगी इस जमाने में
और कितनी निर्भया?

पहले कुछ कह लूँ, कुछ बता दूँ

जब होश सँभाला और दुनियादारी समझ आने लगी, तभी से दिमाग में चल रही कुछ बातें मुझे झकझोरने लगी थीं। हर समय बस यही लगता रहा कि आखिर ऐसा क्यों होता है? लोग ऐसा क्यों करते हैं? रोज अख़बार और टी.वी. पर ये ख़बरें क्यों आ ही जाती हैं? क्या मानव जाति इस कदर संवेदनहीनता से ग्रस्त हो चुकी है? मेरी पहली किताब ''EX-GIRL FRIEND'' में भी ज्यादातर कहानियाँ कुछ इसी तरह के विषय पर थीं।

अब इससे पहले कि आप यह उपन्यास पढ़ें, मैं कुछ बातें आपको बताना चाहता हूँ... जितनी भी बातें मैं यहाँ लिख रहा हूँ, वो सारी विकिपेडिया पर उपलब्ध हैं; इससे इतर दैनिक जीवन में कई ऐसी घटनाओं के बारे में मुझे सुनने को मिला, जिनके कारण मैं अपने आप को लिखने से रोक नहीं पाया और उसी लेखन-क्रम ने इस उपन्यास का रूप लिया।

एक रिपोर्ट के मुताबिक़, बलात्कार भारत में महिलाओं के साथ किया जाने वाला चौथा सबसे बड़ा अपराध है। नेशनल क्राइम रिकार्ड्स ब्यूरो (NCRB) के मुताबिक़ वर्ष 2012 में 24,923 रेप की रिपोर्ट पुलिस में दर्ज कराई गयी थी। एक अन्य रिपोर्ट के अनुसार, वर्ष 2014 में बस 5 से 6 प्रतिशत ही रेप की रिपोर्ट की गयी। नेशनल क्राइम रिकार्ड्स ब्यूरो (NCR) और नेशनल फेमिली हेल्थ सर्वे (NFHS) के तुलनात्मक डाटा के अनुसार 2005 में बस 5.8 प्रतिशत रेप ही रजिस्टर्ड हो पाए। UN द्वारा 57 देशों में शोध के दौरान यह पाया गया कि अब तक पूरे विश्व में मात्र 11 प्रतिशत ही सेक्सुअल असाल्ट के केस रजिस्टर्ड किये गए हैं। इन्हीं पहलुओं को छूता यह उपन्यास आपके हाथ में है।

13 नवम्बर 2017

विनायक शर्मा
भटिंडा, पंजाब

अनुक्रम

कुछ तो लोग कहेंगे, लोगों का काम है कहना

"सुना आपने! महेंद्र की बेटी लगता है आग लगा ली है, सब मिल के हस्पताल लेकर गए हैं उसको; बहुत ग़ज़ब हो गया!"

शाम के धुँधलके में जब सारे पक्षी चहचहाते हुए खुशी और सुकून के साथ अपने-अपने झुंडों में अपने घोंसलों में जा रहे थे, उसी समय सबकुछ काला कर देने वाली यह खबर लेकर मालती चाची, निर्मला चाची के आँगन में पहुँचीं। निर्मला चाची अपनी दिनचर्या के अनुसार रात का खाना बनाने के लिए सब्जियाँ काट रही थीं। उनकी सत्रह साल की बेटी अपेक्षा आटा गूँथ रही थी। घर के काम में वो माँ का सहयोग करती थी और उसके बाद पढ़ाई में लग जाती थी। निर्मला चाची के एक लड़का भी था, पंद्रह साल का; अभी-अभी किशोरावस्था में पदार्पण हुआ था उसका। बातचीत का उसका ढंग और रवैय्या थोड़ा बदल गया था। वो रात को आठ बजे के आस-पास घर आता था। निर्मला के पति की कपड़े की दुकान थी; वो रात को दस बजे तक दुकान बढ़ाकर घर आ पाते थे।

मालती जो अशुभ खबर लायी थी, उसने जैसे निर्मला के होश उड़ा दिए। आज सुबह ही तो उसने उसे देखा था, वो गंगाजी से नहाकर वापस आ रही थी। उसे यकीन नहीं हो रहा था कि प्रिया ने खुद को आग लगा ली है।

"क्या कह रही हैं आप? क्यों आग लगाई है वो, कुछ पता है आपको? ज़िंदा है न! कब लगा ली आग?''

निर्मला ने मालती पर दनादन प्रश्न दाग दिए। मालती भी सारे प्रश्नों के उत्तर एक के बाद एक देने लगी, जैसे वो भी पूरी तैयारी के साथ आई हो।

"अजी, अब आग क्यों लगाई है ये तो वही जानेगी न... अभी कुछ देर पहले ही सब उसको गाड़ी में लादकर हस्पताल ले गए; ऐसे इस टाइम में ई सब बात तो नै करना चाहिए, लेकिन तभियो हमको एगो बात पता चला है जी।''

"कौन-सा बात जी?'' निर्मला ने बड़ी ही उत्सुकता से अपने दाहिने हाथ को अपनी ठुड्डी पर टिकाते हुए पूछा।

"सुनने में आया है न कि उ एगो लड़का से फँस्सल थी, साथे पढ़ता था उसके; क्या तो नामो था उसका, देखिये न याद नहीं आ रहा है, हाँ याद आया गोविन्द, गोविन्द नाम है उसका।''

"बताइये तो, तनी-तनी गो बुतरू ई सब काम कर दी। बोली होगी महेंद्र को कि बिआह करना है हमको उससे; मना कर दिया होगा तब लगा ली आग... आजकल तो यही फैशने चला है; अपने मन से प्यार करो, आ बाप-माय मना कर दे तो जहर खा लो, आग लगा लो, फाँसी लगा लो, ट्रेन से कट जाओ।'' किशोरावस्था का प्रेम-प्रसंग सुनकर निर्मला एकदम से जल उठी। तपते हुए उसने इस तरह की प्रतिक्रिया दी। उसे लव-मैरेज, बॉयफ्रेंड-गर्लफ्रेंड वगैरह वाला सिस्टम बिलकुल भी पसंद नहीं था। प्रिया के बारे में ऐसा सुनकर उसके अंदर ज्वाला-सी भड़क उठी और उस ज्वाला की आँच में अपेक्षा को भी तपना पड़ा। वो अभी मालती से बात कर ही रही थी, कि उसका ध्यान अपनी बेटी अपेक्षा पर गया।

"ई नानी भी खूब रहती है उसके संगत में, पता नै इसका भी होगा ही कोई बॉयफ्रेंड आ टॉयफ्रेंड... तुम भी कभी आ जाना बोलने कि हमको फलना को भतार बनाना है, आ अगर मना कर देंगे, तब कट-मर जाना कहीं जाके, आ नै तो भाग जाना ओकरे साथ।'' पहले तो निर्मला, मालती से

बात करती हुई प्रिया पर अपना गुस्सा जाहिर कर रही थी, लेकिन अन्दर से बहता तूफ़ान इतना तेज था कि अपेक्षा उसके सीधे प्रकोप से बच नहीं पायी। निर्मला, बिना कुछ सोचे-जाने अपेक्षा को दोषी मान रही थी और उसे बेतरह डाँटने लगी। निर्मला के गुस्से का कारण अभी तक किसी को पता नहीं था। वो अपेक्षा को उसके बॉयफ्रेंड होने की आशंका पर ही इतना डाँट चुकी थी, जबकि अभी तक मालती ने प्रिया के बॉयफ्रेंड होने की संभावना भर ही जताई थी। बिना कारण पड़ी डाँट से अपेक्षा रोने लगी और आटा लगे हाथों के साथ वो तेज़ क़दमों से भागती हुई अपने कमरे में चली गयी। पता नहीं बाद में निर्मला का दिल पिघला या उसे अपनी गलती का एहसास हुआ कि उसने बेवजह ही अपेक्षा को डाँट दिया; उसने दोबारा अपेक्षा को कुछ नहीं कहा और मालती के साथ बातों में व्यस्त हो गयी।

"अच्छा और बताइये और कुछ पता चला है क्या?" फिर उतनी ही उत्सुकता के साथ निर्मला ने अपनी साड़ी ठीक करते हुए मालती से पूछा।

"नहीं हमको तो बस इतना ही पता चला है कि वो आग लगा ली है; वो तो हमको लग रहा है कि हो न हो ये प्यार-मोहब्बत वाला ही बात है, वैसे आपको अपेक्षबा को नै डाँटना चाहिये था।" मालती ने अपेक्षा के लिए सहानुभूति दिखाते हुए कहा।

"नै, बहुत गुलुर-गुलुर करते रहती थी ई भी प्रिया के साथ; वैसी लड़की से संगत रखेगी तब डाँट तो पड़बे करेगा ना! डाँट के नै रखेंगे तो ई भी कभी ऐसी कर लेगी और तब कहीं मुँह दिखाने लायक नहीं छोड़ेगी। डाँटना भी जरुरिये है जी; अब आप ही बताइये और कौन कारण रहा होगा कि प्रिया आग लगा ली। कितना मानता है महेन्द्रा उसको; कभी उसको बुझाने नै दिया कि उसकी माय मर गयी है, आ ई देखिये ऐसा-ऐसा काण्ड कर दी।" अब तक निर्मला सब्जी काट चुकी थी। अब वह अच्छे से आँगन में बैठकर मालती से बात कर रही थी। मालती भी पूरी तरह बातों में तल्लीन थी।

दोनों अपनी-अपनी कल्पनाओं से घटना की उसी वजह को ठोस बनाने में लग गयीं। एक कहती कि हम बहुत बार उ लड़का गोविन्द को साइकिल से चक्कर लगाते देखे हैं, तो दूसरी कहती कि हम तो कितना-बार

दोनों को एक साथ घूमते भी देखे हैं। दोनों अपनी कल्पनाओं के वाग्जाल का विस्तार कर अपने वार्तालाप में मशगूल ही थीं कि तभी सरिता वहाँ आई। सरिता के हाव-भाव और चेहरे के ऊपर उभरी उत्तेजना, यह प्रचार कर रही थी कि सरिता के पास भी अभी इस विषय को छोड़, बात करने के लिए अन्य बात नहीं है। फिर भी उन दोनों ने उससे एक साथ पूछा, जैसे दो बच्चे अपने पापा के घर आने पर पापा के पास पहले पहुँचने के चक्कर में एक साथ अलग-अलग पैरों में लटककर 'मेरे पापा, मेरे पापा' कहने लगते हैं। उन्होंने सरिता से पूछा,

"आपको पता है आज क्या हो गया?" दोनों के शब्दों में भी समानता थी। व्यग्र सरिता को भी बात पचाना बर्दाश्त से बाहर था। उसने तुरंत कहा,

"हाँ दीदी, उ जो महेंद्र जी हैं न, उनकी बेटी आग लगा ली है।"

सरिता का पति, मालती और निर्मला दोनों के पतियों से छोटा था, इसलिए सरिता उन दोनों को दीदी बुलाती थी। दोनों औरतें पहले सोच रही थीं कि वे सरिता को इसी तरह की चटपटी खबर सुनाएँगी, लेकिन सरिता को ये बात पहले से ही पता थी, तो निर्मला ने सोचा क्यों न कुछ सरिता से ही पूछा जाए, हो सकता है उसे और ज्यादा पता हो।

निर्मला अभी किसी जाँच एजेंसी के अधिकारी की भाँति व्यवहार कर रही थी। वह इस केस के सारे पहलुओं के बारे में जानना चाहती थी। वो हरेक घटना से अपने-आप को अवगत कराना चाहती थी... इसलिए नहीं, कि अगर वो सबकुछ जान गयी तो महेंद्र या उसकी बेटी की कोई मदद करेगी, बल्कि इसलिए कि अगर बाद में किसी ने उससे इन सब के बारे में पूछ दिया तो वो अनभिज्ञ जैसा जवाब न दे। इसी कारण अत्योत्तेजना में उसने सरिता से पूछा,

"अच्छा ये तो हम सब को भी पता है कि वो खुद को आग लगा ली है; तुमको ये पता है कि वो आग लगाई क्यों है?"

"ठीक-ठाक तो किसी को नहीं पता है, लेकिन अभी कुछ देर पहले संजीव है न, सूरो बाबू का मंझला बेटा; वो अपने छत पर टहल रहा था, तभी वो देखा कि महेंद्र जी के छत से तीन लड़का कूद के जा रहा था।"

''अच्छा...! कौन था वो सब लड़का जी?'' सरिता ने अभी अपनी बात भी पूरी नहीं की थी कि निर्मला ने पूछ दिया। निर्मला थोड़ी बेचैन सी थी और किसी क्रिकेट मैच को बॉल-दर-बॉल देखने की बजाय, जल्दबाजी में उसका परिणाम जानने को आतुर थी।

''दीदी, वो तीनों जो गली में बैठकर सिगरेट पीते रहता है... राज, विशाल और अनुभव; इसमें राज जो है ना, वो लगता है इन सब का बॉस है; पढ़ाई-लिखाई से तो इन सबको कोई मतलब है नहीं, बस दिन भर हुल्लड़बाजी... हाँ, तो मेन बात तो आपको बताये ही नहीं।''

''हाँ-हाँ, बताओ-बताओ जल्दी!''

''तो संजीव जब उन सबको कूद के भागते देखा और अभी कुछ सोचिये रहा था कि देखा कि महेंद्र के छत वाला रूम में आग जल रहा है। दोनों का छत सटा हुआ है, तो वो कूद के जल्दी से वहाँ गया और देखा कि प्रिया, रूम के दरवाजा के पास जोर-जोर से चिल्ला भी रही है। उसको समझ में नहीं आया क्या करे; तभी उसको छत पर जूट का बोरा रखा मिला, वो जल्दी-जल्दी उसी को ओढ़ा दिया। वो अभी ज्यादा नहीं जली थी तो रूम से बाहर कर के नीचे से चादर लाकर उसमें लपेट दिया... तब तक और आदमी भी आ गए थे और फिर जल्दी से उसको हॉस्पिटल ले गए।''

निर्मला अब काफी असमंजस में थी। मालती भी सोच में पड़ी थी और दोनों इस घटना में मिली नयी जानकारी के बाद बड़ी ही गंभीरता से सरिता के साथ गोष्ठी करने लगीं। सरिता इस मामले की सबसे ज्यादा जानकार सदस्या थी, इसलिए बाकी दोनों उससे ही प्रश्न कर रही थीं।

''दीदी, लगता है ई तीनों कुछ गलत किया है उसके साथ, इसलिए वो आग लगा ली होगी।''

''हाँ, ई भी हो ही सकता है।'' इस बार मालती ने सरिता की बातों में अपनी सहमति दर्ज कराई।

''लेकिन उ सबका इतना हिम्मत हो गया, कि किसी के घर में घुसके ऐसे कर देगा?'' उस ग्रुप की सर्वाधिक जिज्ञासु महिला, निर्मला ने एक बार फिर अपनी जिज्ञासा जाहिर की।

"अरे आप जानती नहीं हैं उन सबके बारे में... राज को देखे हैं? देखने में ही राक्षस लगता है और काम क्या है इन सब का, बस मटरगस्ती ही तो करते रहते हैं... बाप ठीकेदार है ही, पुलिस-वुलिस में जान-पहचान है; कतना बार मारपीट करते पकड़ाया है; बाप छुड़ा लिया तब मन नै बढ़ेगा!" इसबार मालती ने निर्मला की जिज्ञासा शांत करते हुए कहा और अपनी बात को चालू रखते हुए फिर से बोली,

"जानती हैं... हाथीदह से एगो लड़की आती थी यहाँ ट्यूशन पढ़ने... एक दिन बिहार बंद था, टेम्पू-टेकर कुछ नहीं चल रहा था, तो वो ट्रेन पकड़ने स्टेशन जा रही थी कि रास्ता सुनसान देख के ई लड़का उसके साथ भी गलत किया था। लड़की तो पढ़ने के लिए आना बंद कर दी, लेकिन उसकी एक सहेली बता रही थी कि वो राज पर केस करना चाहती थी, मगर उसका बाप मना कर दिया; वो बोला कि अभी हमारी इज्जत नहीं गयी है; किसी को ये बात पता नहीं है, अगर केस करोगी तब बात फैलेगी और हमारी इज्जत मिट्टी में मिल जायेगी। बेचारी रो-रो कर रह गयी। उसके बाद तुरंत उसका बाप, लड़का देख-दाख के उसको बिआह दिया।"

"एकदम से हरामिये है ई लड़का जी।" निर्मला ने बुरी तरह से अपना मुँह बनाते हुए कहा।

"हाँ वो तो है ही; जो भी लड़की अच्छी दिखती है, उसके पीछे पड़ जाता है... कितना लड़की इसके चलते इधर पढ़ने नै आती है।" सरिता, पूरे विस्तार से आज हुई घटना से जुड़ी सारी कड़ियाँ खोल रही थी। इसी क्रम को आगे बढ़ाते हुए उसने कहा,

"ऐसे तो वो प्रिया को तंग नहीं करता था, लेकिन जबसे उसको पता चला न कि प्रिया का चक्कर गोविन्द से चल रहा है, वो उसको तंग करने लगा। पढ़ता-लिखता था नहीं, फिर भी कॉलेज जाकर क्लास रूम में बैठकर प्रिया को तंग करते रहता था। एक दिन जब सबकुछ कण्ट्रोल से बाहर हो गया, तो प्रिया लगा दी उसको एक-दू चमाट, उसी का बदला ई लिया है लगता है ऐसा करके।"

सरिता ने अब आधे से ज्यादा गुत्थी सुलझा दी थी। उस मंडली ने यह मान लिया था कि राज और उसके दोस्तों ने मिलकर प्रिया के साथ सामूहिक

दुष्कर्म किया होगा, इसलिए उसने अपनी आहुति दे दी। ऐसे भी, दुष्कर्म की शिकार हुई लड़की के पास क्या बच जाता है? उसकी जिंदगी तो लोग वहीं ख़त्म मानते हैं। अगर बात किसी को पता न चले, तब तो कुछ हद तक ठीक है; लेकिन तब भी हालत, तालाब किनारे खड़े उस मृग की तरह होती है, जिसे किसी भी वक़्त मगरमच्छ झपट्टा मार अपने जबड़े में चबा सकता है। कहने का मतलब, दुष्कर्म पीड़िता की शादी, अगर बातें छिपाकर कर भी दी जाए, तब भी रहस्योद्घाटन का डर तो बना ही रहता है और जिस दिन सत्य सामने आ जाए, उसी दिन उसका वैवाहिक और सामाजिक जीवन तहस-नहस होने की पूरी संभावना होती है।

"ई प्रिया भी तो थी नालायक ही न, उ गोविंदबा से इश्क लड़ाना उसको कौन सा जरूरी हो गया था... सब सिनेमा का असर है, प्यार-मोहब्बत...।" निर्मला ने एक बार फिर से प्रेम-प्रसंग पर अपनी चिढ़ दिखाई और बोलने का सिलसिला जारी रखा।

"आजकल के बच्चा सँभला हुआ निकल जाए तो समझिये बहुत बड़ा वरदान मिला है; एगो हमरो सुलच्छिनी हैं, बहुत सटर-सटर चलता था इसका भी प्रिया से... हरदम प्रिया दी, प्रिया दी, करते रहती थी; क्या पता इसका भी कोई बॉयफ्रेंड हो; हमको तो मन करता है फोन में ही आग लगा दें, ई फोन आके ही बच्चा को ज्यादा बर्बाद किया है।"

एकबार फिर से अपनी बेटी के बारे में सोचकर निर्मला के माथे पर बल पड़ गया और वो इस बार फोन को खलनायक की भूमिका दे गयी। उसकी फोन वाली बात को पकड़ मालती ने कहा,

"अच्छा, जब फोन नै आया था तब कुछ नै होता था क्या? आपको भी तो याद ही होगा, जब हमलोग का नया-नया शादी हुआ था... आये थे तो मास्टर साहेब के बेटी का भी जल्दी-जल्दी बिआह हुआ था; एक महीना का पेट था बिआह के समय, आ जब बच्चा हुआ तो अठमासु बोल दिए थे सब... आज देखिये, उनका बेटा आता है तो कैसा जहाज जैसा दिखता है।"

"हाँ आपका भी कहना सहिये है; जिसको 'रंडी' बनना होता है वो कैसे भी बन जाती है, उसके लिए फोन-फान का कोई जरूरत नै है... तब

भी, फोन तो बच्चा सबको बरबाद करिये रहा है, इसमें कोई दू राय नहीं है।''

इसी तरह की तमाम बातें होती रहीं। सरिता, राज के बारे में और रहस्य खोलती रही; मालती पूरे घटनाक्रम को अपनी स्मृति में कैद करती रही, वहीं निर्मला भी एक-एक बात को अपने दिमाग में अंकित करने में जुटी हुई बीच-बीच में प्यार-मोहब्बत की बातें आने पर विद्रोही की भूमिका में आ जाती थी। उन्हें देखकर ऐसा लग रहा था, जैसे किसी बड़े वैश्विक मुद्दे पर अलग-लग राष्ट्रों के राष्ट्राध्यक्ष, मीटिंग में मशगूल हों। उनकी आपसी बहस और बातचीत में संलिप्तता इतनी ज्यादा थी, कि समय का थोड़ा-सा भी खयाल नहीं रहा।

जब काफी देर बाद दुःखी, अपेक्षा ने आकर निर्मला से कहा, ''माँ! आज खाना नहीं बनेगा क्या?'' तब तीनों को ध्यान आया कि अभी तक न तो उन्होंने खाना बनाने की थोड़ी-सी भी तैयारी की है, न ही रसोईघर में सामान की उपलब्धता का जायजा लिया है। एक निर्मला ही थी, जिसने सब्जी काट रखी थी और उसके किचन में आधा गुँथा आटा पड़ा था। तो ध्यानभंग किये जाने के बाद सभा भी भंग हुई और सारी गृहणियाँ अपने-अपने घर जाकर गृहकार्य में लीन हो गईं।

कुछ न कहो, कुछ भी न कहो

संजीव के घरवाले, अस्पताल में उसको समझा रहे थे कि उन तीन लड़कों के नाम तो बिलकुल न ले, किसी से कुछ नहीं कहे। लेकिन प्रिया को गाड़ी में लादकर अस्पताल पहुँचाने के समय ही वो उन सब का जिक्र कुछ लोगों से कर चुका था और बात एक कान से दो और दो से चार होते हुए पूरे मोहल्ले और पूरे शहर में फैल चुकी थी। फिर भी संजीव के चाचा उसको बार-बार समझा रहे थे, 'देखो' पुलिस भी आएगी और वो चश्मदीद के बारे में पूछेगी... तुम्हें बस इतना कहना है कि तुम छत पर घूम रहे थे, तुमने आग लगती देखी, किसी तरह कूदकर उसकी छत पर गए और फिर उसको मोहल्ले वालों की मदद से हॉस्पिटल लेकर आ गए; राज को देखने वाली बात तुम बिलकुल नहीं करोगे... तुम्हें पता नहीं है, उन सबका तो कुछ होगा नहीं; कहीं पुलिस उल्टा तुम्हीं को न फँसा दे... देखो बेटा, इसलिए जितना बोला है उतना ही करना, हो सके तो कम-से-कम बोलने का प्रयास करना।''

संजीव भी प्रिया की क्लास में ही पढ़ता था। उसने देखा था कि राज आजकल प्रिया को बहुत परेशान कर रहा था। वो चाहता था कि राज को उसके किए की सजा मिले। उसका उबलता खून कभी-कभी तो ये सोच लेता था कि वो खुद जाकर राज को सबक सिखाये। उसे समझ में नहीं आ रहा था कि उसके चाचा मना क्यों कर रहे हैं पुलिस को सारी बातें बताने से;

अगर पुलिस को बताया ही नहीं गया, तो पुलिस उसे पकड़ेगी नहीं और राज फिर बेख़ौफ़ इस तरह के कारनामे करता रहेगा। लेकिन उसके चाचा, हरेक पाँच-दस मिनट में आकर उसे ये बात समझा जाते थे। संजीव पहले हाँ और हूँ में जवाब दे देता था, लेकिन इस बार उसने थोड़ा चिढ़कर उत्तर दिया,

"ठीक है चाचाजी, कुछ नहीं कहूँगा मैं पुलिस को राज के बारे में; मुझे क्या मतलब है कोई कुछ भी करे, कोई मरे कोई जिये हमें क्या; हमें खुद से मतलब होना चाहिए, किसी के चक्कर में हम क्यों मुसीबत मोल लें... आप निश्चिन्त रहिये, मैं पुलिस से राज वगैरह के बारे में कुछ नहीं कहूँगा।"

संजीव के चाचा को उसकी बातें सुनकर यह पता लग चुका था कि संजीव चिढ़ गया है और इस बात से गुस्साया हुआ है कि सबकुछ जानते हुए भी वो एक अपराधी के बारे में पुलिस को कुछ नहीं बताएगा। उन्होंने उसके गुस्से को शांत करने के लिए कहा,

"देखो बेटा, मुझे पता है कि मैं तुमसे गलत करने को कह रहा हूँ; लेकिन तुम्हें भी अपने परिवार और अपने कैरियर के बारे में सोचना होगा न... अगर कोई उल्टा केस बन गया तो सबकुछ खत्म हो जाएगा।"

"हाँ ठीक है न! मैंने कह तो दिया न कि मैं इस सिलसिले में राज के बारे में कुछ नहीं कहूँगा; अब आप प्लीज मुझे अकेला छोड़ दीजिये चाचाजी।" संजीव ने थोड़ा तल्ख़ लहजे में अपने चाचा को जवाब दिया। चाचाजी उसके गुस्से का कारण समझ रहे थे और उसके पास से चले गए और बाहर हॉस्पिटल के बरामदे में टहलने लगे। अस्पताल आने वाले बाकी लोगों की जिज्ञासा अपने चरम पर थी। वहाँ पहुँचने वाले लोग प्रिया की कैफियत पूछने से ज्यादा ये जानने को उत्सुक थे कि उसने आग क्यों लगाई है। कई लोग तो प्रिया को बिना देखे ही सीधे संजीव के पास चले जाते और पूछते कि ये सब कैसे हुआ, उसने क्या-क्या देखा... और अपनी जिज्ञासा शांत करने का पूरा प्रयास करते। अब तक लगभग सभी लोगों को ये बात पता चल चुकी थी कि संजीव ने राज, विशाल और अनुभव को प्रिया के घर से जाते देखा और उसके बाद प्रिया का ये हाल हुआ है; फिर भी सारे लोग संजीव के मुँह से ये बात सुनकर तसल्ली पाना चाहते थे। पड़ोस के एक

चाचा ने आकर संजीव से कहा,

"बताओ क्या-क्या हो जाता है; पता नहीं कैसे उसके घर में आग लग गयी; तुमने तो सबसे पहले देखा न, तुम्हें पता होगा!"

"मैंने आग लगती नहीं देखी; मैंने जब देखा तो आग लग चुकी थी... मैंने जाकर प्रिया के ऊपर बोरी डाल दी और उसे जल्दबाजी में रूम से बाहर लेकर गया, फिर सारे लोग उसको गाड़ी में लादकर हॉस्पिटल ले आये।"

"अच्छा, वो कुछ बोल भी रही थी?"

"नहीं, जब मैं वहाँ पहुँचा तो बेहोश पड़ी जल रही थी।"

"ओ! और क्या देखा तुमने?"

पड़ोस के चाचाजी को लगा था कि संजीव अपने मन से उनको वो सारी बातें बताएगा, जो उसने अस्पताल आते वक़्त गाड़ी में मौजूद कुछ लोगों को बताई थी, लेकिन ऐसा हुआ नहीं; संजीव बड़े ही अनमने ढंग से उत्तर दे रहा था। उसकी जगह कोई और लड़का होता तो इसमें थोड़ा और मिर्च-मसाला डालकर अपनी बातें बताता, लेकिन संजीव ऐसा नहीं कर रहा था। पहले तो प्रिया के साथ ऐसा होने से वो बहुत दुःखी था, दूसरे उसके चाचा की फ़रियाद ने उसके मन में और भी कष्ट भर दिया। लेकिन पड़ोस के चाचा कहाँ बाज आने वाले थे; उन्हें अभी तक वो सुनने को नहीं मिला था, जिसको सुनने की उनकी ख्वाहिश थी, इसलिए अपने अंतिम सवाल का कोई जवाब न मिलने पर संजीव से उन्होंने सीधा-सीधा प्रश्न किया,

"बेटा, कुछ लोग बोल रहे थे कि तुमने राज और उसके दो दोस्तों को प्रिया के घर से निकलते देखा था!"

"हाँ तो जो कह रहे थे उन्हीं से जाकर पूछिए न, मैंने कुछ नहीं देखा बस।"

संजीव, पहले से गुस्से में था ही, थोड़ा और तमतमाते हुए उसने उनकी तरफ से मुँह फेरते हुए कहा। उनको संजीव से इस तरह की रुखाई की उम्मीद नहीं थी। उनका चेहरा बिलकुल ही विद्रूप हो गया था। संजीव, इन तमाम तरह के लोगों से ऊब सा गया था और वो वहाँ से उठकर

अस्पताल में कहीं एकांत ढूँढ़कर बैठ गया और प्रिया के बारे में सोचने लगा।

तू ही तो जन्नत मेरी, तू ही रूह का सुकून

अस्पताल में प्रिया, जलने की पीड़ा झेल रही थी, लेकिन एक और व्यक्ति अस्पताल में ऐसा था, जिसे प्रिया से कम पीड़ा नहीं हो रही थी। हाँ, महेंद्र की भी दशा काफी बुरी थी। प्रिया को छोड़कर उसका कोई अपना नहीं था... उसके केवल एक बहन थी, जिसकी शादी हो चुकी थी और प्रिया की उम्र के ही उसके दो बच्चे थे। प्रिया की बुआ का नाम महिमा था और शायद किसी पड़ोसी ने ही महेंद्र का फोन लेकर उसे फोन पर इस बात की सूचना दी थी, जिस पर उसने कहा था कि आज तो नहीं आ पाएगी, लेकिन कल सुबह ही वो जरूर आ जायेगी।

महेंद्र को कुछ समझ नहीं आ रहा था कि ये सब क्या और कैसे हो गया। वो आई.सी.यू. में लगे दरवाजे के शीशे से कभी अपनी बेटी को देखता और कभी अस्पताल में बने मंदिर में भगवान के सामने जाकर फ़रियाद करने लगता था। उसकी बेटी तो जन्म-मृत्यु के बीच संघर्षरत थी ही, महेंद्र की हालत भी बेहद खराब थी। वो बेसाख़्ता रोये जा रहा था। लोग आते और उसे खुद को सँभालने की नसीहत दे जाते। कोई कहता, आप ही ऐसा करेंगे तो फिर प्रिया को कौन सँभालेगा; तो कोई कहता, ऐसा करने से कोई फायदा है क्या... भगवान सब ठीक करेंगे। इतना कहकर वो अपनी जिम्मेदारी ख़त्म मान अपने घर की ओर बढ़ चलते थे। महेंद्र की अन्तःस्थिति क्या थी, यह केवल वही जानता था। वो भगवान् से अपनी बेटी

की जान बख्शने की याचना में मन्दिर के सामने रोये जा रहा था और लोगों का आना-जाना चालू था। रास्ते भर लोग प्रिया और गोविन्द की प्रेम-कहानी की चर्चा करते या फिर राज और उसके गैंग के लड़कों के बारे में बातें करते-करते अपने घर चले जाते।

महेंद्र, पान की एक गुमटी चलाकर अपना और बेटी का जीवनयापन करता था। आज उसे अपने जीवन में चारों ओर अन्धकार का ही राज दिख रहा था। उसकी जिंदगी में प्रकाश की एकमात्र किरण प्रिया ही थी, जो इस अचानक आये तूफ़ान में अपना अस्तित्व बचाने के लिए जूझ रही थी। मंदिर और आई.सी.यू. के दरवाजे के बीच डोलते महेंद्र के सामने, प्रिया के बचपन से अब तक का सारा जीवन फ्लैशबैक होने लगा। शुरूआत उसके जन्म से ही हुई। शादी के छह सालों बाद प्रिया पैदा होने वाली थी। महेंद्र को न जाने कौन सी खुशी मिल गयी थी। वो हर वक़्त प्रिया की माँ का खयाल रखता था। उस समय तो महेंद्र की माँ भी ज़िंदा थी। वो कहती थी कि अरे तुम अपना रोजी-रोजगार पर ध्यान दो, घर में इसका खयाल रखने के लिए हम हैं न। पर वो कहता नहीं माँ, अगर बाहर से कुछ लाना पड़ गया या फिर किसी को बुलाना ही पड़ेगा, तब तुम इसका खयाल रखोगी कि बाहर दौड़ोगी? नौवें महीने में तो महेंद्र बिलकुल प्रिया की माँ के साथ ही रहता था... इस पर महेंद्र की माँ मजाक में बोल भी देती थी,

"जो हाल तुम्हारा है न बौआ, हमको तो बहुत ताज्जुब होता है कि छो साल में कैसे कोई बच्चा नै हुआ।"

इस पर महेंद्र झेंप जाता था और कहता,

"आप भी न माँ, कुछ भी बोल देती हैं।"

प्रिया के जन्मोपरांत महेंद्र और उसकी पत्नी को तो जैसे कोई अमूल्य निधि मिल गयी थी। देखने में काफी अच्छी थी, इसलिए उसका नाम दादी ने प्रिया रखा था। प्रिया के जन्म के कुछ महीने बाद ही उसकी दादी का देहावसान हो गया। उनकी मौत के बाद महेंद्र जैसे टूट सा गया था, लेकिन प्रिया की माँ ने उस विषम परिस्थिति में अपनी योग्यता का परिचय देते हुए महेंद्र और पूरे परिवार को बखूबी सँभाला।

महेंद्र को फिर याद आया, जब प्रिया 4 साल की थी और उसकी तबियत काफी खराब हो गयी थी, उल्टियाँ और दस्त रुक नहीं रहे थे। ऐसे में शुरू में तो मेडिकल स्टोर से लाकर महेंद्र ने दवाई दे दी थी, लेकिन वो घर पर ही रहा। प्रिया की माँ, महेंद्र को काफी डाँट रही थी कि आपने ही इसे बाजार में कुछ उल्टा-पुल्टा खिलाया होगा। महेंद्र हतबुद्धि हुआ सुन रहा था, क्योंकि प्रिया की हालत में कोई सुधार नहीं हो रहा था, स्थिति और बिगड़ती ही जा रही थी। ऐसे में महेंद्र की पत्नी ने ही फिर साहस का परिचय दिया था और बदहवास महेंद्र से कहा कि अब इसे हॉस्पिटल लेकर चलना है। उसने महेंद्र को डाँटना बंद किया और दोनों हॉस्पिटल गए। वहाँ आधे दिन भर्ती रहने के बाद प्रिया की हालत में सुधार आना शुरू हुआ था। दो दिन बाद जब प्रिया पूरी तरह ठीक हो गयी, तब सारे लोग लौट के घर आये थे। उन दो दिनों में प्रिया की माँ ने कुछ नहीं खाया और प्रिया के साथ-साथ महेंद्र का भी पूरा खयाल रखा।

प्रिया को अगर थोड़ा-सा भी कुछ हो जाता था तो उसकी माँ बहुत बेचैन हो जाती थी और महेंद्र उससे भी ज्यादा उद्विग्न... लेकिन वो उतनी ही ज्यादा धीर भी थी; मुश्किल की घड़ी में कैसे खुद को संयमित रखते हुए परिवार को संबल प्रदान करना है, ये उसे बखूबी मालूम था। उसके होने से किसी भी मुसीबत में महेंद्र तुरंत ही थोड़ा निश्चिन्त हो जाता था।

अब महेंद्र को वो दिन याद आ रहा था, जब अचानक हुए पेट के दर्द से प्रिया की माँ, असमय काल के गाल में समा गयी। प्रिया महज 8 साल की थी। वो स्कूल गयी हुई थी और महेंद्र दुकान पर था। जब तक उसके पास खबर पहुँची, तब तक वो जा चुकी थी। इससे पहले भी उसके पेट में अनियंत्रित दर्द होता रहता था। बाप-बेटी दोनों कहते थे कि अच्छे से डॉक्टर से दिखा लिया जाए, लेकिन वो मना कर देती थी और बस पेन किलर खाकर अपना दर्द शांत कर लेती थी। किसी को कुछ पता नहीं चला, कब ये छोटा-सा दर्द एक बड़ी बीमारी के रूप में विकराल रूप धारण कर उसके परिवार की खुशियों को चुपचाप निगल गया।

महेंद्र था तो मर्द, लेकिन अपनी भावनाओं को नियंत्रित नहीं रख पाता था। केवल 8 साल की प्रिया, जब स्कूल से दौड़ती हुई वापस आई तो उसने

देखा, महेंद्र उसकी माँ को गोद में लिए रोये जा रहा था। उसने अपना बस्ता घर के दरवाजे पर ही फेंका और बाप से लिपटकर रोने लगी थी। मोहल्ले वाले दोनों को ढाँढ़स बँधा रहे थे। सारी अनुभवी महिलाएँ महेंद्र को समझा रही थीं कि आप ही ऐसे कीजियेगा तो इस छोटी सी बच्ची को कौन सँभालेगा? आप अपने आपको सँभालिये, जो होना था सो तो हो गया, अब जो आगे है उस पर ध्यान दीजिये। लेकिन महेंद्र कुछ सुनने वाला कहाँ था। उसकी तो दुनिया ही उजड़ गयी थी। हरेक उतार-चढ़ाव में जो उसके साथ थी, वही आज न जाने कहाँ बेपता हो गयी थी। महेंद्र को ऐसा लग रहा था जैसे उसकी ज़िन्दगीनुमा इमारत की नींव ही गायब हो गयी हो। वो बिलकुल भी अपने आप को सँभाल नहीं पा रहा था, तभी सिसकती प्रिया ने अपने आँसू पोंछे और अपने पिता को समझाने लगी।

"पापा, शांत हो जाइए, अब कुछ नहीं हो सकता; जो होना था सो हो गया, अब हमारे हाथ में कुछ नहीं है... आप ही इस तरह रोयेंगे तो मैं रो नहीं पाऊँगी, आपको मुझे सँभालना चाहिए पापा, थोड़ा मजबूत होना पड़ेगा आपको... भगवान के इस फैसले को स्वीकारना होगा पापा; रोने से अब मेरी माँ हमें वापस नहीं मिल जायेगी।"

काँपते कण्ठ से प्रिया ने महेंद्र को जैसे सम्बल प्रदान करने का प्रयास किया। वहाँ मौजूद सारे लोग प्रिया को इस तरह अपने बाप को सँभालते देख भावुक हुए जा रहे थे। कोई ऐसा नहीं था जिसकी आँखें नम नहीं हुई थीं। बेतरतीब रोते महेंद्र को प्रिया की इन बातों से जैसे चेतना आई। रोना तो बंद नहीं हुआ, लेकिन वो प्रिया को अपलक देखता रहा। प्रिया में वो अपनी पत्नी की छवि देख रहा था। केवल आठ साल की बच्ची को इस तरह की बातें करता देख उसका मन और भी ज्यादा भावुक हो गया और वो प्रिया को गले लगाकर रोने लगा। प्रिया खुद रो रही थी, लेकिन महेंद्र को सतत् सांत्वना दे रही थी। वो अपने साथ महेंद्र के भी आँसू पोंछ रही थी। उस घर में मौजूद सभी लोग उस बच्ची का विवेक और साहस देख आश्चर्य में डूबे हुए थे। सब कह रहे थे, जैसी महेन्द्रा की पत्नी थी, वैसी ही बेटी भी हुई है, एकदम सहनशील और समझदार।

तेरे बिना जिया जाए ना...

यह दुर्घटना महेंद्र के जीवन में तबाही लायी थी। संजीव भी इस बात से कम परेशान नहीं था। प्रिया उसकी क्लासमेट तो थी ही, वो उसको अपनी बहन समझता था। उन दोनों के अलावा एक इंसान और था जो काफी परेशान था। गोविन्द के साथ तो लाचारी यह थी कि वो प्रिया को देख भी नहीं सकता था। उसकी दशा कैसी है वो किसी से पूछ भी नहीं सकता था। बहुत सारे लोग गोविन्द को जानते थे और लोग इस बात से अनभिज्ञ भी नहीं थे कि प्रिया और गोविन्द के बीच कुछ चल रहा है। एक बार तो उसके मन में आया कि किसी तरह वो छिपते-छिपाते हॉस्पिटल पहुँच जाए और प्रिया को एक नजर देख भर ले... लेकिन अगर कोई उसे वहाँ देख लेगा तो प्रिया के बारे में तरह-तरह की बातें बनाने लगेगा, बस यही सोचकर वो वहाँ नहीं जा रहा था।

गंगा किनारे बैठे वो गंगा के शान्त प्रवाह को देख रहा था। वो उसमें बिलकुल ही खोया हुआ सोच रहा था, जिंदगी भी इसी तरह एक वेग में एक दिशा में शान्तिपूर्वक क्यों नहीं बहती? क्यों ज़िन्दगी में समुद्री लहरों जैसा उफान आता रहता है? समुद्र के मध्य में जो गम्भीरता होती है, उसे देख हम किनारे पर घरौंदा बनाना शुरू कर देते हैं और तेज़ आती एक लहर से ही हमारा घरौंदा नेस्तनाबूद हो जाता है। शायद समुद्र, ज़िन्दगी का ही दूसरा रूप है, हमेशा उतार-चढ़ाव लगा ही रहता है। नदी तो ज़िंदगी का एक

टुकड़ा, एक छोटा-सा काल मात्र है। ज़िंदगी के समुन्दर में कुछ-कुछ छोटी सी नदियाँ ही आ पाती हैं, जब जिंदगी का भाव शांत और मनोनुकूल होता है।

नदी को देखते हुए गोविन्द, ज़िंदगी की बारीकियों को समझ रहा था तभी उसे प्रिया को देखने की तीव्र इच्छा जगी। वो वहाँ से उठा और घर से अपनी साइकिल उठाकर तेज़ी से अस्पताल की तरफ बढ़ने लगा। गोविन्द को कुछ समझ नहीं आ रहा था आगे क्या होगा। उसे किसी तरह पता चला था कि लोग उसके और प्रिया की बातें भी कर रहे थे। अभी तक गोविन्द को सही-सही कारण पता नहीं चल पाया था कि प्रिया ने आग क्यों लगाई। वह तो यही सोच रहा था कि प्रिया ऐसा कर ही नहीं सकती और वो करे भी क्यों? उसके जीवन में आखिर ऐसा कुछ भी तो घटित नहीं हो रहा था, जिसके कारण प्रिया को खुदकुशी जैसा अनचाहा कदम उठाना पड़े। तमाम कारणों को मन में तलाशता गोविन्द, साइकिल की पैडल पर तेज़ी से अपने पैर घुमाए जा रहा था।

गोविन्द अभी आधे रास्ते पहुँचा ही था कि सामने से उसे किसी ने आवाज दी। वो अपनी सोच में इतना रमा हुआ था कि उसे उसकी आवाज थोड़ी सी भी सुनाई नहीं पड़ी। जब थोड़ी और दूर बढ़ जाने पर सामने वाला जोर-जोर से 'गोविन्द! गोविन्द! चिल्लाया, तब गोविन्द को थोड़ा होश आया। उसने एकाएक साइकिल का ब्रेक लगाया और इधर-उधर देखने लगा। उसकी नजर राजू पर पड़ी। राजू, गोविन्द के ही क्लास में पढ़ता था और उसे गोविन्द और प्रिया के बारे में सबकुछ पता था। राजू को ही क्यों, लगभग पूरे क्लास को पता था कि गोविन्द और प्रिया एक दूसरे को चाहते हैं। राजू, काफी तेज़ी से चलते हुए सामने से आ रहा था। उसके चेहरे का रंग उड़ा हुआ था। राजू की ऐसी सूरत देखकर गोविन्द को बड़ी हैरानी हुई। उसने राजू से पूछा,

"क्या बात है, तुम इतने परेशान क्यों हो?"

"यार तुम्हें कुछ पता नहीं है क्या!" राजू ने अपना एक हाथ गोविन्द की साइकिल के हैंडल पर रखते हुए दूसरे हाथ से ललाट का पसीना पोंछते हुए गोविन्द के सेवाल के जवाब में प्रश्न किया।

''हाँ, पता तो है कि प्रिया पता नहीं कैसे आग में जल गयी है और अभी हॉस्पिटल में एडमिट है, लेकिन तुम इस तरह भागे-भागे कहाँ से आ रहे हो?''

''यार मैं हॉस्पिटल से भागा-भागा तुम्हारे ही पास आ रहा था; हॉस्पिटल जाते वक़्त मेरा फोन घर पर ही छूट गया था, नहीं तो मैं तुम्हें फोन ही कर देता।'' राजू ने एक ही साँस में इतना कहा और फिर एक लम्बा निःश्वास छोड़ा। राजू की यह बात सुनकर गोविन्द एकदम डर-सा गया, उसे किसी बड़ी अनहोनी की आशंका हो गयी। धड़कन कलेजे से बाहर आने लगी। अभी तक गोविन्द एक पैर का सहारा लेकर साइकिल पर ही बैठा था, लेकिन अब उसने साइकिल, स्टैंड पर खड़ी कर दी और राजू के दोनों कंधों पर हाथ रखते हुए पूछा,

''आखिर ऐसा क्या हो गया हॉस्पिटल में... जल्दी बताओ मुझे!''

गोविन्द के चेहरे पर उभरती बेचैनी को राजू ने पढ़ लिया और उसे शांत करते हुए बोला,

''अरे, प्रिया की हालत अभी ठीक है; हालाँकि डॉक्टर ने कहा है कि 72 घंटे से पहले वो कुछ नहीं कह सकते। अभी वो आई.सी.यू. में ही है, लेकिन लोग बता रहे हैं कि उसकी हालत में थोड़ा सुधार है और संजीव के सही समय पर पहुँच जाने के कारण वो ज्यादा जलने से बच गयी।''

गोविन्द, राजू से इस तरह का जवाब पाकर थोड़ा सामान्य हुआ। उसके काँपते पैरों को जैसे कोई सहारा मिला। लेकिन फिर उसे यह स्मरण हो आया कि आखिर इसके बाद भी कौन-सी ऐसी बात है, जो बताने के लिए राजू इस तरह बदहवास होकर उसके पास भागा आ रहा था। उसने एक बार फिर अपनी उत्सुकता प्रदर्शित करते हुए पूछा,

''तो फिर कौन सी बात है जिसे बताने के लिए तुम इस तरह भागे-भागे मेरे पास आ रहे थे?''

''ये बता कि इस दुर्घटना के बारे में तुझे कितना पता है?''

''यही कि किसी तरह प्रिया आग की चपेट में आ गयी और संजीव ने अपनी छत से देखा और जल्दी से उसे सब लोग हॉस्पिटल लेकर गए।''

''बस इतना ही ? और कुछ पता नहीं है तुमको ?''

''और तो कुछ पता नहीं है; तुम्हें और पता है तो बताओ जल्दी।''

''यार... दरअसल..।'' इतना बोलकर राजू रुक गया और नीचे जमीन की तरफ देखने लग गया। गोविन्द ने उसका चेहरा अपनी ओर करते हुए थोड़ा डाँटते हुए पूछा,

''क्या दरअसल ? बताओ तो यार !''

''गोविन्द, actually जब संजीव ने प्रिया को उसकी छत पर जलते देखा और वो कूद के उसकी छत पर जा रहा था, इतने में उसने देखा कि राज और उसके दो दोस्त, प्रिया की छत से कूदकर गली में जा रहे थे।''

''क्या ? मतलब राज ने...।'' गोविन्द आगे कुछ बोल नहीं पाया और उसका चेहरा तमतमा गया। गुस्से से लाल होते हुए उसने फिर से कहा,

''मैं इस राज साले को छोड़ूँगा नहीं।''

''गोविन्द, देख, शान्ति से काम ले; तुम और मैं सब जानते हैं कि राज साला ठेकेदार का बेटा है और उसके बाप की एम.एल.ए. से अच्छी जान-पहचान है, तुम अगर कुछ करने गए तो उल्टा तुम्हीं फँस जाओगे और कहीं भी जाने से पहले पूरी बात तो सुनो कि हुआ क्या है।'' राजू ने उफनते दूध में थोड़ा पानी डालकर जैसे उसके उबाल को थोड़ा कम करना चाहा।

''नहीं यार, उस साले की हरकत मैं बहुत दिनों से देख रहा था, लेकिन वो इतना हरामी है ये मैंने नहीं सोचा था; उसे तो मैं अभी सबक सिखा के रहूँगा।'' उबाल लेता हुआ गोविन्द, अपनी साइकिल मोड़ने को आतुर हो रहा था। राजू ने उसकी साइकिल पकड़ते हुए उसे फिर से समझाने का प्रयास किया।

''यार, बात तो तुम सुन नहीं रहे हो पूरी... और क्या जरूरी है, जो मैं कह रहा हूँ वो सही ही हो ? मेरी संजीव से कोई बात नहीं हुई है; ये तो वहाँ हॉस्पिटल में जो लोग बातें कर रहे थे, मैं बस वो बता रहा हूँ और ये कोई हिंदी मूवी नहीं चल रही है कि हिरोइन को कुछ हो गया तो हीरो जाएगा और तुरंत गुण्डे से बदला ले के आ जाएगा; तुम अपने आपको सलमान खान

समझ रहे हो क्या? तुम्हारे लिए राज कहीं बैठा होगा क्या? यार अक्ल से काम लिया करो... मैं तो तुम्हें कुछ और बताना चाहता था; मुझे लगा इतनी बातें तुम्हें पता होंगी।''

''नहीं यार, मुझे ज्यादा कुछ पता ही नहीं, क्योंकि कल से मैंने किसी से बात ही नहीं की है, बता और क्या बात है?'' गुस्सा तो गोविन्द का अभी तक शांत नहीं हुआ था, लेकिन आगे के मसले को जानने के लिए वो राजू के सामने संयत हो गया। उसके दिमाग में अभी भी राज से बदला लेने का विचार ही ज्वलंत था।

''यार मैंने कुछ लोगों, विशेषकर औरतों को ये बोलते सुना है कि प्रिया तुमसे शादी करना चाहती थी और उसके पापा ने मना कर दिया तो आग लगा ली; तुम अगर वहाँ गए तो इस बात पर और मुहर लग जायेगी और तुम्हें भी काफी दिक्कत होगी... ऐसे भी अब वहाँ पुलिस पहुँच गयी थी, इसीलिए मैं भागा-भागा तुम्हारे पास आ रहा था।''

गोविन्द कुछ कहना चाहता था, लेकिन वो अपने दाँतों को पीसता हुआ वहीं थोड़ी देर चुप रहा। मन ही मन इस बनावटी दुनिया की बनावटी बातों के बारे में सोच रहा था। कुछ पल दोनों सड़क किनारे वैसे ही खड़े रहे, फिर गोविन्द ने ही एक लम्बी साँस बाहर छोड़ते हुए कहा,

''यार पता है, अभी तक मैं हॉस्पिटल के पास भी बस यही सोच के नहीं गया हूँ कि लोग क्या कहेंगे; प्रिया की उस हालत में भी लोग उसके बारे में बातें बनाने से बाज नहीं आएँगे... पुलिस-वुलिस का क्या है यार, उनका तो काम ही लोगों को परेशान करने का है। वो तो चाहते ही हैं कि परेशान होकर लोग केस विड्रॉ करें और उन्हें आगे इन्क्वायरी न करनी पड़े, लेकिन यार...।'' बोलते-बोलते गोविन्द का गला रुँधने लगा और वो मुँह घुमा के चुप हो गया।

''देख यार, मैं तेरी कंडीशन समझता हूँ, लेकिन इस समय अगर तुम हॉस्पिटल गए तो तुम्हारे लिए बुरा होगा। भाई देख, अभी तक जो होना था सो हुआ; अब हमें सोच समझ के काम करना पड़ेगा। तुम अगर वहाँ गए और पुलिस को थोड़ा-सा भी तुम्हारे बारे में पता चला, तो वो तुम्हें भी अपने साथ ले जायेगी और हो-ना-हो, राज को सेव करने के लिए तुम्हें ही फँसा

दिया जाए... उसका बाप, पुलिस को पैसे देकर तो कुछ भी कर सकता है न।''

राजू, गोविन्द को समझाने और बचाने के लिए अपने पूरे विवेक का इस्तेमाल कर रहा था, लेकिन अब गोविन्द की हालत खराब हो रही थी। उसका अपने आप से नियंत्रण जा रहा था। अब उसके अंदर के विचार, आँसुओं के रूप में जमीन पर आने लगे थे। उसे समझ नहीं आ रहा था वो क्या करे।

''यार मुझे पुलिस, फाँसी, किसी चीज से डर नहीं है, मुझे तो इस बात से हैरानी हो रही है कि एक बेचारी लड़की, जो दर्द से तड़प रही है, लोग उससे सहानुभूति दिखाने की बजाय और उसके बारे में बातें किये जा रहे हैं, उसके चरित्र को मैला किये जा रहे हैं... यार, कैसे-कैसे लोग होते हैं इस दुनिया में! राजू, मुझे प्रिया को देखना है भाई, किसी भी तरह; मेरा मन बेचैन हो रहा है उसे देखने के लिए।'' अपनी आँखों को बार-बार पोंछते हुए गोविन्द बोल रहा था।

''यार अभी तो प्रिया को देखना बहुत ही मुश्किल है, हाँ रात को जब हॉस्पिटल में लोगों की हलचल कम हो जाए, तब एक कोशिश की जा सकती है; अभी वहाँ पुलिस भी आई हुई है गोविन्द, अभी तुम अपने घर चले जाओ।'' राजू ने गोविन्द को एक बार फिर से सही नसीहत दी।

''राजू, क्या हो गया यार, मैंने ऐसा कभी नहीं सोचा था; मेरी प्रिया बच तो जायेगी न भाई?'' इतनी बातें कहते हुए गोविन्द फूट-फूट कर रोने लगा।

''देखो प्रिया को कुछ नहीं होगा, भगवान इतना निर्दय नहीं है और प्लीज तुम अपने आपसे कण्ट्रोल करो यार; यहाँ कोई इस तरह देख ले तो क्या कहेगा... चलो घर चलते हैं, भगवान सब ठीक करेगा, डोंट वरी।'' राजू, गोविन्द को इस तरह समझा रहा था, जैसे तेज़ हवा में नाव की दिशा को गंतव्य तक ले जाने के लिए माझी अपनी पूरी सूझ-बूझ और अनुभव झोंकता है।

गोविन्द ने अंततोगत्वा राजू की बात मान ली और वापस लौटने को

राजी हो गया। राजू ने गोविन्द की साइकिल ली और पैदल ही दोनों घर की तरफ लौटने लगे। दोनों साथ-साथ जा रहे थे और अब कोई किसी से कुछ भी बात नहीं कर रहा था। थोड़ी दूर पैदल जाने के बाद राजू ने माहौल को थोड़ा हल्का करने के लिए गोविन्द से कहा,

"गोविन्द! पता है आज हॉस्पिटल में मैंने एक नर्स को देखा, क्या लग रही थी यार!" राजू की इस बात का गोविन्द ने कोई जवाब नहीं दिया। अपने विचारों में उलझे गोविन्द ने बस 'हूँ' कहा और फिर रास्ते पर नीचे सर किया बढ़ता रहा।

"यार, लग रहा था नार्थ ईस्ट में किसी स्टेट की होगी; इतनी गोरी कि फेयर-एंड-लवली भी फेल और हाँ देखने में तो बस 22 -23 साल की लग रही थी; लेकिन एक औरत को वो कह रही थी कि आप चिन्ता मत कीजिये, मैं 15 सालों से यही सब कर रही हूँ, कोई दिक्कत नहीं होगी; इसका मतलब था कि कम-से-कम 33-34 साल की तो थी यार, लेकिन देखने से बिलकुल नहीं लग रही थी।" इस बार फिर गोविन्द की तरफ से जवाब सिर्फ 'हूँ' में ही आया। राजू समझ गया कि पूरी तरह उजड़ चुके आदमी को ब्रह्मानंद अभिनीत दक्षिण की कॉमेडी फिल्में भी नहीं हँसा सकती हैं, इसलिए अब राजू ने भी चुप्पी साधी और गोविन्द को उसके घर पहुँचाकर वो भी अपने घर चला गया।

बाप बड़ा न भैया, सबसे बड़ा रुपैया

संजीव, हॉस्पिटल के बाहर निस्तब्ध खड़ा था; महेंद्र, बेसाख़्ता रुलाई के साथ हॉस्पिटल में बने मंदिर में भगवान के चरण टटोल रहा था कि कहीं बेटी की जिन्दगी ऊपर वाला मुरव्वत कर बख्श दे। ऊपर वाले ने फ़रियाद सुनी या नहीं, ये तो अभी भी समय के साथ बदा था, लेकिन नीचे, लोगों की किस्मत लिखने वाले हॉस्पिटल पहुँच चुके थे। चूँकि ये आग लगने का मामला था, इसलिए पुलिस पूरे दल-बल के साथ हॉस्पिटल पहुँच गयी।

बाहर संजीव ने देखा कि पुलिस की गाड़ी आकर रुकी और उससे चार-पाँच पुलिसवाले निकलकर हॉस्पिटल जा रहे थे। शुरू में तो वो प्रिया के बारे में ही सोच रहा था, इसलिए उसने ध्यान नहीं दिया, लेकिन तुरंत बाद ही उसे न जाने कहाँ से अपने चाचा की कही बात याद आ गयी कि राज वगैरह के बारे में पुलिस को कुछ न बताये। चाचा की बात याद आते ही उसे लग गया, हो-न-हो पुलिस, प्रिया वाले केस के सिलसिले में ही हॉस्पिटल आई है। उसने अपनी जिज्ञासा शांत करने के लिए पुलिस की जीप में बैठे वाहन-चालक के पास जाकर पूछा,

''यहाँ पुलिस किसलिए आई है, कुछ पता है आपको ?''

''का जाने कोई लड़की आग-वाग लगा ली है, उसी का जाँच में आये हैं; किसी को चैन हैए नै हे जी! अब अजिए (आज) आग लगाना कौन

जरूरी था, अभी कोई है नहीं, दूसरा ड्राइवर छुट्टी पर है, साली का शादी है जनाब का; कल रात में पेट्रोलिंग ड्यूटी भी लगा दिया हमारा और आज यह फोन कर के बुला लिहिस... अपने भी तो आता है गाड़ी चलाने; घूस वाला पैसा से जो महँगा गाड़ी खरीदे हैं उ तो अपने चलाते हैं आ रात भर नाइट ड्यूटी करने के बाद महतो ही आये अगला दिन भी दिनभर ड्यूटी करने! एकदम से पागल कर रखा है ई लोग हमको तो।'' पान चबाते हुए साइड मिरर में अपने बाल सुलझाते हुए महतो जी ने संजीव के प्रश्न का उत्तर देने से ज्यादा अपना दुखड़ा गा दिया। संजीव, जोकि पहले से ही प्रिया की हालत को लेकर परेशान था, अब ये जानने के बाद कि पुलिस, प्रिया वाले केस की जाँच के लिए आई है, वो और भी परेशान हो गया। उसने लेशमात्र भी रुचि महतो जी की बातों में नहीं दिखाई और लगभग भागता हुआ हॉस्पिटल के अंदर पहुँचा।

उसने देखा, टोपी बगल में दबाये, फीकी खाकी में कंधे पर एक सितारा लिए, बड़े से पेट के साथ एक ए.एस.आई. उसके मोहल्ले के एक बुजुर्ग से बातें कर रहा था। उसके साथ एक हवलदार और दो सिपाही भी थे। जब तक संजीव नजदीक पहुँचता, उसने देखा बुजुर्ग, ए.एस.आई. साहब को रिसेप्शन के बाहर लगी कुर्सियों में से एक कुर्सी पर बैठने का इशारा कर रहे थे। पुलिस के साहबों के स्थान ग्रहण करने के बाद वो हॉस्पिटल के अंदर बने मंदिर की ओर जाने लगे। संजीव को समझ में आ गया कि वो महेंद्र को बुलाने जा रहे हैं। संजीव थोड़ा अनजान बनते हुए साहबों के पास जाकर खड़ा हो गया। उसे पता था कि इस तरह के केस में पुलिस की भागीदारी बनती है और वो ये भी जानता था कि पुलिस किस तरह इस केस में अपनी भागीदारी निभाएगी।

थोड़ी देर में ही उसने देखा, शोकाकुल महेंद्र सामने से आ रहा है। महेंद्र के आते ही बड़े साहब खड़े हो गए और बेधड़क पूछ बैठे,

''आप ही की लड़की है जी प्रिया?''

''जी हुजूर।'' रुँधे गले से बमुश्किल महेंद्र ने जवाब दिया।

''क्या कीजियेगा, आजकल का तो पीढ़ी ही ऐसा हो गया है, थोड़ा-थोड़ा बात पर कुछो कर लेता है।'' बड़े साहब की इस बात का महेंद्र ने कोई

जवाब नहीं दिया और वो सर झुकाये वहीं खड़ा रहा।

''वैसे आप बाप-बेटी में तो कोई मनमुटाव नहीं था न?'' साहेब ने महेंद्र से फिर से पूछा, जिसका इस बार फिर महेंद्र ने कोई जवाब नहीं दिया, बस इस बार थोड़ी कड़ी नजर साहब की ओर कर दी।

''नहीं, वैसे बाप-बेटी में क्या मनमुटाव होगा, लेकिन फिर भी कोई प्यार-मोहब्बत वाला बात तो नहीं? नहीं, क्यों नहीं हो सकता है नया-नया उमर में...।'' इस बार फिर महेंद्र कुछ कहने की बजाय बस साहब की तरफ देख रहा था। शायद साहब की आँखों में बन रहे अपने प्रतिबिम्ब में उसे अपनी बेबसी दिख रही थी। महेंद्र चुप था, कि इतने में साथ आये दोनों कांस्टेबल में एक ने दूसरे से कहा,

''पिछला दू बार से हमहि बनाये हैं खैनिया, अबरी आप अपना चुनौटी निकालिये, जब देखो तब खैनी ले हाथ पसार देते हैं।''

''अरे अबरी भर बना ने दीजिये, यहाँ से लौटते समय हम अपना चुनौटी भरवा लेंगे, तब खाते रहिएगा खैनिये का भोज।'' दूसरे कांस्टेबल ने पहले को दिए जवाब में कहा।

''आप लोगों को तनिक्को सा दिमाग है कि नहीं जी; यहाँ एतना सीरियस मैटर पर पूछताछ चल रहा है, आ आप लोग लग गए अपना छिनरलड़ाय में! तिवारी जी आप समझाते काहे नहीं हैं इन लोगों को...!'' ए.एस.आई. ने हवलदार को संबोधित करते हुए कहा और फिर सिपाहियों की तरफ देखते हुए फिर से बोला,

''हाँ खैनी थोड़ा ज्यादा ही बनाइएगा और बन जाए तो इधर भी बढ़ा दीजियेगा, पता नै आप लोगों को कब अकल आएगा।''

दोनों सिपाही धीमी आवाज में आपस में कुछ खुसर-फुसर करने लगे।

ए.एस.आई. ने फिर महेंद्र से पूछा,

''नै... सुनने में आया है कि तुम्हारी बेटी का कॉलेज के कोई लड़का से प्रेम... अरे आजकल के भाषा में क्या कहते हैं उसको; हाँ, याद आया... अफेयर था।'' महेंद्र, प्रिया और गोविन्द के बारे में कुछ नहीं जानता था। प्रिया ने उसे कुछ नहीं बताया था और किसी अन्य व्यक्ति से महेंद्र ज्यादा

बातचीत ही नहीं करता था। पुलिस के इस तरह के सवाल से महेंद्र जड़वत रह गया। वो ये सोचने लग गया कि जहाँ एक ओर उसकी बेटी मौत से लड़ रही है, वहीं दूसरी ओर उसकी बेटी के बारे में कोई इस तरह की बात कैसे कर सकता है। फिर उसे ध्यान आया कि ये खाकी वर्दी, जो कि लोगों की सेवा और सहायता के लिए बनी है, उसे ही देख के लोग डर क्यों जाते हैं। आज खुद उसकी मुसीबतें कम न थीं, तिस पर ये वर्दी वाले समाज-सेवक उसकी मुसीबतों का वजन और बढ़ाए जा रहे थे। महेंद्र अब दिमागी तौर पर इस बात को मान बैठा कि पुलिस मतलब परेशानी; अब जब पुलिस आ ही गयी है तो परेशानी तो होगी ही।

"जी इस बारे में मुझे कुछ पता नहीं है।" अपने दोनों हाथों से कंधे पर लटके गमछे को पकड़, नीचे देखते हुए महेंद्र ने थोड़ा धीमे स्वर में जवाब दिया।

"क्या बात कर रहे हो! तुम्हें पता नहीं है और बाकी सबको पता है, लो कर लो बात; यहाँ तक कि मुझे भी पता चल गया। देखो भाई, ऐसे तो काम नहीं चलेगा, बात तो सब सच-सच बताना पड़ेगा, तभी तो हम लोग तुम्हारा हेल्प कर पाएँगे... हाँ, हम मानते हैं कि तुम्हारी बेटी जली है, पता नै बच पाएगी कि नहीं, लेकिन भाई तुम्हारी मदद तो तभी हो पाएगी न जब तुम हमारी मदद करोगे; अरे हमको तो लड़का का नाम भी पता है, गोविन्द... हाँ, गोविन्द से ही था ना जी चक्कर तुम्हारी बेटी का?" इस तरह और इस परिस्थिति में किसी लड़के के साथ अपनी बेटी का नाम जोड़ते देख, महेंद्र को गुस्सा तो खूब आ रहा था, लेकिन वो अभी भी उसी तरह खड़ा रहा। उसने इस बात का भी कोई जवाब नहीं दिया।

दोनों सिपाहियों के पीछे खड़े संजीव का पारा काफी ऊपर बढ़ता जा रहा था। अनुभवी महेंद्र ने अपनी पान की गुमटी पर भाँति-भाँति के लोगों को देख, दुनियादारी समझ ली थी और कब किस तरह का व्यवहार करना है ये उसे पता था। अपने जीवन की नदी में नौका को कब किस दिशा में मोड़ना है, ये उसे पता था। वहीं संजीव अभी-अभी तरुणाई का स्वाद चख पाया था; इस नयी अवस्था में उसे अपने द्वारा किया गया हरेक काम ही सही लगता था। उसे इससे मतलब नहीं था कि जिंदगी की नदी में कितना उफान

है... उसे अपने उबलते खून पर विश्वास था और उसे ये लगता था कि अगर ये नदी समुद्र भी बन जाए तो वो उसे तैरकर ही पार कर जाएगा। वो खुद को इस वार्तालाप से दूर नहीं रख पाया और आगे आते हुए उसने कहा,

"गोविन्द बस उसका अच्छा दोस्त था।"

थोड़ी देर के लिए सब लोग शांत हो गए। खैनी मलते सिपाही का भी हाथ कुछ पल के लिए रुक गया। सब भौचक हो गए। रिसेप्शन पर मौजूद सारे लोग इसी दिशा में देखने लग गए। दरअसल संजीव ने काफी ऊँची आवाज में बड़े साहब को जवाब दिया था। संजीव इस बात से बिलकुल ही अनभिज्ञ था कि उसने काफी तेज़ आवाज में उत्तर दिया है। जब उसने देखा कि सारे लोग उसकी तरफ देख रहे हैं, तब उसे एहसास हुआ कि उसकी आवाज काफी तेज़ थी। उसने दोबारा अपनी आवाज को सामान्य करते हुए जवाब दिया,

"गोविन्द, प्रिया का बस अच्छा दोस्त था और वैसा कुछ नहीं है उन दोनों के बीच, जैसा कि आप कह रहे हैं।" संजीव जैसे ही बोलकर शांत हुआ, साहब ने उसकी ओर बढ़ते हुए उसको गौर से देखकर पूछा,

"तुम कौन हो जी?"

"हम प्रिया के चचेरे भाई हैं और प्रिया के साथ ही पढ़ते हैं।" संजीव, नजरें नीचे किये हुए बोल रहा था, लेकिन आवाज में अभी भी रोष सम्मिलित था।

"अच्छा, ता किससे कैसे बात किया जाता है, ई तुमको कोई नै बताया है? पुलिस से तुम कैसे बात कर रहा है ई तुमको पता है, आ पुलिस क्या-क्या करती है ई तो पते होगा तुमको, कि उ भी नै पता है?" बड़े साहब की बातों से साफ़-साफ़ झलकने लगा कि उनके अहम को चोट पहुँची है, मतलब साहब का ईगो हर्ट हो गया और इसीलिए अपनी नौकरी की लंबाई से भी छोटी उम्र के लड़के द्वारा इस तरह बात करने पर उसे धमकी तक दे डाली। धमकी देने के बाद शायद उनके तजुर्बे ने उन्हें ये याद दिलाया कि ये कोई माकूल जगह नहीं है इस तरह की बातों का। उन्होंने तुरंत अपनी पावर दिखानी शुरू कर दी।

‘‘चलिए बहुत हो गया, हॉस्पिटल में ई सब बात नै होता है; तिवारी जी, आप जाकर आई.सी.यू. में देखिये, अगर ऊ लड़की बयान देने के कंडीशन में है तब बयान लीजिये आ नै तो रिपोर्ट तैयार कीजिये, कितना जली है आ कितना बची है; आ महेंद्र जी आप चलिए हमारे साथ थाना, बाकी का कार्रवाही वहीं होगा; आ उ लड़का गोविन्द को भी बुला के पूछ-ताछ करना पड़ेगा; लोग बात कर रहे हैं तब कोई-न-कोई बात तो जरूर होगा।’’ बड़े साहब इतना कहके फिर से कुर्सी पर बैठ गए और हवलदार तिवारी जी एक कांस्टेबल के साथ आई.सी.यू. की तरफ बढ़ गए।

‘‘स....स.....सर...’’

‘‘बुलाना ही है तो.....’ महेंद्र और संजीव एक साथ बोल पड़े। जहाँ महेंद्र की आवाज एकदम नरम और मुरझाई हुई थी, वहीं संजीव की आवाज में तल्खी अभी तक बरकरार थी। बड़े साहब समझ गए थे कि महेंद्र में जितना डर भरना था, उन्होंने भर दिया है, लेकिन इस दो दिन के लौंडे को दुनियादारी सिखाना बहुत जरूरी है।

फिलहाल दोनों की बातों को अनसुना करते हुए उन्होंने कांस्टेबल को डाँटते हुए कहा,

‘‘तुम्हारा खैनी अभी तक नै बना है जी! ई पब्लिक सब के चक्कर में भोर से अभी तक एक खिल्ली पान भी नै खाए हैं, तुम्हारा खैनी नै हुआ बीरबल का खिचड़ी हो गया, अभी तक थपड़ी पार रहे हो। (ताली ठोक रहे हो)’’

‘‘नै सर ये लीजिये न, कब से तैयार हो गया है, उ तो आप गप में बिजी थे इसलिए नै दे रहे थे।’’

‘‘साला enquiry को गप कहता है, तुमको जरियो दिमाग है कि नै... सब दिन कॉन्स्टेबले रहने का विचार है का जी तुम्हारा?’’ कॉन्स्टेबल की हथेली से पाँचों उँगलियों से खैनी उठाकर मुँह में रखते हुए बड़े साहब ने कहा, जिस पर कॉन्स्टेबल थोड़ा झेंप गया। थोड़ी देर फिर शान्ति का माहौल रहा, फिर बड़े साहब बोल पड़े,

‘‘इस लड़के को थोड़ा समझाइये महेंद्र जी, कि किससे कैसे बात की

जाती है; आपका भतीजा ही है ना! अब चलेगा ई भी साथ में थाना, बहुत कुछ कहना चाहता है बेचारा।'' बड़े साहब ने पहले महेंद्र फिर संजीव की तरफ देखते हुए कहा।

''बच्चा है सर, अभी समझ नै है इसको उतना; सर, जो भी पूछना है यहीं पूछ लीजिये न, मेरी बेटी भर्ती है, कोई चीज का जरूरत पड़ेगा तो कौन लायेगा?''

महेंद्र ने दोनों हाथों से गमछा पकड़े हुए लगभग हाथ जोड़ते हुए ASI से अनुनय किया।

''हम तो अपने वही चाह रहे थे कि यहीं इंक्वायरी पूरी हो जाए आ आपको ज्यादा तकलीफ नै हो, लेकिन आप लोग को प्यार का भाषा आज तक समझ कहाँ आया है; खैर, जादे देर नै लगेगा, हम अपना एक आदमी यहीं छोड़ देंगे, कोई जरूरत पड़ेगा तो वो रहेगा यहाँ उतना देर।'' साहेब ने महेंद्र और संजीव पर बराबर-बराबर दृष्टिपात करते हुए इतनी बातें कहीं। महेंद्र, बेजुबान-सा चुपचाप खड़ा हो गया, लेकिन संजीव इस बात से फिर तिलमिला उठा।

''हाँ, हमलोग को तो थाना ले ही जाएँगे, राज का नाम तो अभी तक नहीं लिए हैं आप, उसका नाम नहीं सुने क्या किसी से?'' संजीव के इस प्रश्न पर साहब जलभुन गए और बगल में खड़े कॉन्स्टेबल को कहा-

''जाओ देखो तिवारी जी इतना देर काहे लगा रहे हैं; उन दोनों को गाड़ी में भेज देना और तुम यहीं रुक जाना विक्टिम के पास, हम इन दोनों को लेकर गाड़ी में बैठ रहे हैं, ई सबको समझ नै आता है कानून आ पुलिस क्या है, तब आज बताते हैं; चलिए आप दोनों गाड़ी में बैठिये!'' उन दोनों को लेकर बड़े साहब, बाहर खड़ी गाड़ी में बैठ गए, फिर तिवारी जी और एक कॉन्स्टेबल आया और गाड़ी में बैठकर सभी थाने चले गए।

महेंद्र और संजीव दोनों को एक बेंच पर बिठा दिया गया और घंटों तक कोई भी उनसे कुछ नहीं बोल रहा था। इस बीच कई लोग थाने आये और फिर चले गए। जब काफी देर हो गयी तो संजीव से रहा नहीं गया और वो उठकर बाहर आया। बाहर बैठे हवलदार से उसने बोला,

''हम लोगों को अंदर क्यों बैठा रखा है?'' संजीव की आवाज में अभी भी तीखापन था।

''यहाँ बैठे हो, इसका मतलब जरूर कुछ गलत किया होगा तुम, ऐसे ही थाना और जेल में तो किसी को कोई नै ने बैठाएगा जी।'' ये हवलदार नया था। इसे संजीव ने अभी तक नहीं देखा था और न ही इससे बात हुई थी। हवलदार से इस तरह का जवाब पाकर संजीव पूरी तरह से जलभुन गया। अंदर बैठा महेंद्र, संजीव को बाहर जाने से रोकना चाहता था, लेकिन उसकी वेदना इतनी गहरी थी कि उसकी जुबान में कोई हलचल नहीं हुई और वह अपनी प्रिया के बारे में ही सोचता रहा। संजीव से रहा नहीं गया और इस नए इंचार्ज पर भी बरस पड़ा,

''अच्छा सर, आप बताएँगे, हमारी बहन आग में जल गयी है, इसमें हम लोगों की क्या गलती है?'' हवलदार साहब ने एक बार उसके चेहरे की तरफ देखा और फिर अपना काम करने लगे। उनके द्वारा संजीव को देखने पर ऐसा लगा जैसे वो कुछ बोलेंगे; ठीक उसी तरह, जैसे बहुत देर से रुकी ट्रेन जब हॉर्न मारती है तो सभी यात्री हरकत में आ जाते हैं, लेकिन ऐसा नहीं हुआ। हवलदार साहब ने व्यस्तता वाला अभिनय शुरू कर दिया। संजीव वहीं खड़ा उन्हें देखता रहा। शायद हवलदार साहब के अंदर भावनाओं की क्रीड़ा हुई, या पता नहीं क्या हुआ, कुछ देर बाद उन्होंने कहा,

''बाबू, ई सब तो सरकारी काम-काज है; तुम्हारे घर में कोई हादसा हुआ है तो कुछ पूछताछ तो तुमसे होबे ने करेगा!'' हवलदार, सहानुभूति मिश्रित भाव से बोल रहा था। हवलदार के बगल में बैठा सिपाही एक बार संजीव और एक बार हवलदार को देख रहा था। हवलदार को देखते वक़्त ऐसा लग रहा था, जैसे कुछ बातें उसकी आँखों पर अंकित हो गयी हों और अब वो लुढ़क कर होठों पर आ जाएँगी। फिर आँखे संजीव से चार होतीं और बातें आँखों पर ही ठहर जाती थीं। ये वही कॉन्स्टेबल था, जो अभी बड़े साहब के साथ हॉस्पिटल गया था और संजीव और ASI के बीच हुए तीखे वार्तालाप का प्रत्यक्षदर्शी बना था। थोड़ी देर शांत खड़े रहने पर संजीव ने कहा,

''हाँ, सारा पूछताछ हमही लोग से कर लीजिये, जैसे हम सब ही दोषी

हैं।'' बोलते हुए संजीव अंदर चला गया।

संजीव के अंदर जाते ही कॉन्स्टेबल के अंदर कैद सारी उत्तेजना बाहर आ गयी। उसने हॉस्पिटल में हुआ सारा वृत्तान्त हवलदार से कह डाला। हवलदार को इस तरह की घटनाओं की पूरी परख थी। उसने संजीव के प्रति दीनता दर्शाते हुए कॉन्स्टेबल से कहा,

''क्या करोगे; इसके पास पैसा नहीं है, पैसा होता तो न इसकी बहन जलती और न ही आज ये थाना में बैठा होता; क्या करेगा बेचारा, जब किस्मत में गरीबी लिखा है तब इतना तो सहना ही पड़ेगा।''

इतना कहने के बाद फिर से हवलदार अपनी फाइलों में कुछ खोजने लगा। थोड़ी देर किसी पन्ने पर रुकता और फिर खोजना शुरू कर देता। उसे देखकर ऐसा लगता था, जैसे कोई महिला किसी दूसरी औरत के बालों में जूँ ढूँढ़ रही हो। एक जूँ मिलने के बाद फिर दूसरा ढूँढ़ना शुरू। थोड़ी देर तक खोजबीन जारी रखने के बाद उसने एकाएक कलम, फ़ाइल में दो पन्नों के बीच रखी और कॉन्स्टेबल से बोला,

''अरे ई तो सिम्पल बर्न केस नहीं है; इसमें बुझाता है कोई लड़का कुछ किया है; शाम में एक आदमी आया था बड़ा साहब से मिलने... अरे, वो ठीकेदार भोला बाबू! बड़का ठीकेदार है उ तो आते-जाते रहता है न थाना में, तो हमको लगा था कि उ आया होगा ऐसे ही अपना टेंडर-वेंडर का बात करने, लेकिन अब ध्यान आ रहा है, उ अपने लड़का के बारे में कुछ बात कर रहा था कि सँभाल लिजियेगा और पैसा-वैसा का तो दिक्कत कभी हुआ नहिये है, इसलिए अभी भी सोचने का कोई जरूरत नै है।'' हवलदार जैसे किसी पहेली में उलझा हो और उसे कड़ियाँ जुड़ती हुई मिल गयीं।

''हाँ सर, तभी तो बड़ा साहब वहाँ पर लड़की के बाप से उल्टा-पुल्टा प्रश्न पूछ रहे थे... बाप तो सब सह लिया, लेकिन ई लड़का का नया खून है, बिना गलती रहे ई काहे सुनेगा कुछो, ई लगा था बोलने साहेब से डट के।'' कॉन्स्टेबल ने हवलदार के थोड़ा नजदीक होते हुए कहा।

''क्या करोगे बाबू...! जब भूख पैसा का लग जाता है न, तब हम नहीं देखते हैं कि हम किसका चैन खा रहे हैं और किसका सुख पी रहे हैं; बस

बाकी सब के खुशियों को सब्जी की तरह पैसे में लपेटकर खा जाते हैं।'' हवलदार ने बड़ी ही बुद्धिसम्पन्न बात कही।

कॉन्स्टेबल अब थोड़ा भावुक हो गया और बोलने लगा।

''सही कह रहे हैं सर; हम सबको पैसा का एक अलगे भूख लग गया है, जब देखो तब यही सोचते रहते हैं कि कहाँ से पैसा मिल जाए... जिसका जितना बड़ा ओहदा, उसका उतना ज्यादा भूख। हम एगो लाठी लेकर चलते हैं, तब सब्जी-तरकारी वाला से 10-5 वसूलते हैं और आप लोग बड़ा साहेब, बड़ा लोगन से। ऐसे देखा जाए सर, हम लोग का सेलरी कम है, तब हम लोग ऐसे करते हैं, लेकिन साहेब लोग का तो सेलरी एकदम परफेक्ट है, तब काहे उ सब ऐसे किये रहते हैं?'' कॉन्स्टेबल को साहेब का रिश्वत लेना समझ नहीं आ रहा था।

''अरे बाबू, जिसको जितना मिलता है न, उसको उतना कम ही पड़ता है।'' हवलदार ने अपने तजुर्बे को कॉन्स्टेबल के साथ साझा किया।

''हाँ सर, ई बात भी आप एकदम सही कहे कि जिसको जितना रहता है उ उतना ही और ज्यादा पाने के लिए मरते रहता है; लेकिन सर अब हम सोच रहे हैं कि हम किसी से नहीं लेंगे; कितना मेहनत से आदमी दू पैसा कमाता है, आ हम ऐसी वर्दी दिखाके ले लेते हैं।'' कॉन्स्टेबल की जैसे संवेदना जागृत हो गयी। उसके जमीर ने जैसे दरवाजा खटखटाया।

''हाँ मर जाओ भूखे-प्यासे महात्मा बनने के चक्कर में; अरे एकदम से पैसा लेना बंद कर देगा तो क्या सेलरी से घर चल जाएगा? हाँ, ज्यादा मत लिया करो, उतना लो जितना में वो भी न मरे और तुम्हारा भी घर ठीक-ठाक से चलता रहे।'' हवलदार अपनी हर बात में से एक चुटकी अनुभव निकालकर उस अधपके कॉन्स्टेबल की हथेली पर रख दे रहा था।

इस बार फिर हवलदार की बातों ने कॉन्स्टेबल को काफी प्रभावित किया था। दिल का बिलकुल ही निर्मल कॉन्स्टेबल बोला,

''आप तो सौ परसेंट सही बात करते हैं सर, लेकिन जानते हैं, ई अंदर जो दोनों बैठा है न, उस पर हमको बहुत दया आ रहा है... बताइये न, एक की बहन और एक की बेटी जली पड़ी है हॉस्पिटल में और साहेब उससे

पूछ रहे हैं कि उसका किसी लड़का से कौनो चक्कर तो नहीं था, और जब लड़का गरम हो गया तो दोनों को उठाके थाना ले आये और खुद दू घंटा से न जाने कन्ने लापता हैं।'' अब कॉन्स्टेबल के चेहरे पर एक गुस्सा देखा जा सकता था। हवलदार ने कॉन्स्टेबल के गुस्से को पढ़ते हुए कहा,

''भूख वाला बात तुमको पहले ही न समझाए थे; अब जब हमारे साहब भोला बाबू से पहले ही सब तय-तमन्ना कर लिए हैं, तो इन लोगों को परेशान करना तो उनका परमनिष्ठ कर्तव्य होगा ही। सरकार का पैसा तो हम इसलिए लेते हैं कि आगे से कोई भी काम बिना पैसा के नहीं करेंगे। बाबू, इस देश की सबसे बड़ी विडम्बना यही है कि जनता को जिस पर सबसे ज्यादा विश्वास होना चाहिए, सबसे ज्यादा डर उसके मन में उसी से बैठा हुआ है।''

''सर आपके बात का जवाब नहीं, लेकिन ईमानदार आदमी का भी तो यहाँ बुरा हाल है; ईमानदार होकर सर्वाइव करना भी तो मुश्किले है; लास्ट टू लास्ट दारोगा बाबू याद हैं न, सबको हिला दिए थे, लेकिन क्या हुआ? बेचारे अपने गए नक्सल इलाका में और अब पड़े होंगे कहीं बियाबान में।'' कॉन्स्टेबल लगभग हवलदार का मुरीद हुआ जा रहा था।

''तुम भी तो सब बात समझबे करता है; अब तुम भी समझदार हो रहा है धीरे-धीरे।'' इतना कहकर हवलदार अपनी फाइल उठाकर जाने लगा। कॉन्स्टेबल ने थोड़ी बड़ी मुस्कान के साथ एक बार उसे देखा और फिर नीचे देखने लगा। अपनी इस तारीफ पर उसे लगा जैसे DGP ने उसे कोई प्रशंसा-पत्र भेजा हो।

थोड़ा और समय बीतने के बाद बड़े साहब का दरबार लगा और संजीव और महेंद्र उसमें पेश किये गए। साहब नहा-धोकर पूरे फ्रेश होकर सादी वर्दी में आये थे। उजली टीशर्ट में उनका उदर जैसे किसी रडार के उत्तल एंटीना की तरह उनके आगे लग रहा था। उन्होंने महेंद्र से पूछताछ शुरू की। इस बार पूछताछ करने का ढंग बिल्कुल ही अलग था।

''हाँ जी, तो इस केस का इनिशियल रिपोर्ट तो हम सब तैयार कर लिए हैं; मतलब डॉक्टरी वाला नहीं; पुलिस जो रिपोर्ट तैयार करती है वो और इसी सिलसिले में पहले तुमसे कुछ पूछताछ होगा, तब उसको भेरिफाई

करने के लिए हो सकता है तुम्हारा घर भी जाना पड़ सकता है; तो सबसे पहले ई बताओ कि ऊ जो आग लगाई है, मतलब जो जली है वो घर के किस कमरे में थी?''

''छत पर वाले कमरे में।'' संजीव ने जवाब दिया।

''तुम अपने आपको बहुत बड़ा हीरो समझ रहा है! अभी तुमसे पूछा जा रहा था जो बीच में तुम टुभक दिया; तुमसे भी पूछा जायेगा और अच्छा से पूछा जायेगा, घबरा काहे रहा है तुम; आ अब जहाँ जो कुछ बीच में बोला, तब देखना तुमको कैसे पता लगाते हैं कि तुम कहाँ बैठल है।'' बड़े साहब की आँखें बिलकुल लाल हो गयी थीं। दूसरी बेंच पर बैठे कॉन्स्टेबल के चेहरे पर गुस्से और सहानुभूति का सम्मिलित भाव था, लेकिन रोम-रोम में बसी विवशता ने उसके दोनों भाव को अपने अंदर ही समाहित रखा। न ही वो बड़े साहब पर गुस्सा जाहिर कर सकता था और न ही संजीव के साथ अपनी सहानुभूति प्रकट कर सकता था। इस गुस्से से आतंकित महेंद्र ने संजीव का बचाव करते हुए कहा,

''सर, असल में यही लड़का उस समय अपने छत पर मौजूद था; आग लगते देखा तो दौड़ के गया और यही बचा के हॉस्पिटल ले गया, इसलिए आपके सवाल का जवाब ये दिया सर।''

''अच्छा तो यही सबसे पहले देखा है, तब तो इससे पूछताछ तो बनता ही है, लेकिन पहले तुम बताओ, जहाँ आग लगा है वहाँ किचन-विचन भी था? मतलब गैस-सिलिंडर जैसा भी कोई चीज वहाँ पर था?''

''नहीं सर, वैसा तो कोई चीज वहाँ नहीं था।'' इतना बोलने के बाद महेंद्र बिल्कुल चुप हो गया। ऐसा लगा जैसे पुराने जमाने में दूरदर्शन पर समाचार आ रहा हो और एंटीना घूम जाने के कारण मौन हो गया हो। दरअसल महेंद्र को ये बात याद आ गयी थी कि ऊपर वाला कमरा स्टोर-रूम टाइप था और अब इस्तेमाल न होने कारण मिट्टी का तेल एक-दो डिब्बे में रखा हुआ था।

बड़े साहब थोड़ी देर तक चुप होकर फोन में कुछ देखने लगे फिर उन्होंने महेंद्र की तरफ देखकर कहा,

''कुछो-कुछो लोग भेजते रहता है वाट्स एप्प पर। दुर्गा माँ का फोटो भेजकर लिखता है, एगारह आदमी को भेजो नै तो तुम्हारे साथ कुछ बुरा हो जाएगा; अब बताओ अगर नहीं भेजो आ कुछ बुरा हो जाए तब कैसा बुझायेगा, नै लगेगा कि दुर्गा माँ नाराज हो गयीं हैं मेसेज फॉरवर्ड नहीं किये तब, चलो भजिये देते हैं... कहीं तुम्हारे पास भी ऐसा ही मैसेज तो नहीं आया हो और तुम आगे फॉरवर्ड नहीं किया हो और ई सब हो गया?'' बोलने के बाद फोन का लॉक बटन दबाते हुए बड़े साहब ने फोन को टेबल पर रखा और काफी अभद्र हँसी हँस पड़े। महेंद्र निर्भाव बैठा रहा, लेकिन संजीव का उबाल बढ़ रहा था। शायद बड़े साहब को लगा कि उन्होंने कुछ गलती कर दी है, इसलिए उन्होंने अपनी हँसी रोकी और फिर से बोले,

''खैर, वो सब तो वहाँ जाने पर पता चल ही जायेगा, तुम ये बताओ तुम ज्यादा उसको तंग तो नहीं करता था? मतलब उसका तो किसी लड़का से कुछ था न, तो कहीं इसी बात को लेकर तुम उसको कुछ ऐसा बोल-बाल तो नहीं दिया जिसके कारण ऊ ई सब कर ली हो?''

''नहीं सर, हमको तो इस बारे में कुछो पता नहीं और हम तो कभी उससे डाँट के बात भी नहीं करते थे।'' महेंद्र की आँखें एक बार फिर सजल हो उठीं। वो इससे ज्यादा बोल नहीं पाया।

संजीव का चेहरा तमतमा चुका था। महेंद्र रोकर अपना बुरा हाल कर चुका था, इसीलिए बड़े साहब अब संजीव की ओर मुखातिब हुए।

''हाँ जी जनाब, तब से आप बहुत उछल-कूद किये हुए हैं; हॉस्पिटल से ही आपको देख रहे हैं, कोई डर-भय है कि नहीं तुमको पुलिस से?'' बड़े साहब ने जैसे गीदड़ भभकी देते हुए संजीव से पूछा।

''जब हम कुछ गलत किये ही नहीं हैं, तो हम डरेंगे क्यों!'' संजीव, जो कि सुबह से पुलिस की अनुदारता का दंश झेल रहा था, ने अब पूरी ढिठाई दिखाते हुए कहा।

''अच्छा, तुम कल का लौंडा, तुम हमको बताएगा कि क्या सही और क्या गलत है?'' बड़े साहब ने आवाज बिना ऊँची किये आवाज में तल्खी मिलाकर संजीव को डराने का प्रयास किया। महेंद्र अवसादग्रस्त था, गमछे

से बार-बार अपनी आँखों को हल्के-हल्के स्पर्श कर आँसुओं को सोख रहा था, जैसे वो प्रिया के जले घावों पर हल्के-हल्के मरहम लगा रहा हो। बड़े साहब के टेबल के दूसरी ओर हवलदार और कॉन्स्टेबल तमाशबीन बने बैठे थे। अब तो रात भी आ चुकी थी इस रंगमंच को एक अद्भुत रंग में रँगने।

संजीव बड़े साहब की बात पर चुप रहा, लेकिन उसे देखकर ऐसा लग रहा था जैसे अगर उसके हाथ में कुछ होता तो वो फेंककर मार देता। थोड़ी देर शान्ति के बाद जब साहब को लगा कि संजीव का गुस्सा शांत हो गया है, तो वो उसे थोड़ा समझाने की कोशिश करने लगे। "सही-गलत समझाते हो हमको बाबू, पता है कितना गलत तुम किया है जी; तुम प्रिया को जलते देखा और पुलिस में अभी तक रिपोर्ट नहीं किया।" बड़े साहब की आवाज सामान्य होने के बावजूद संजीव का गुस्सा फूटा और उसने बोल ही दिया,

"हाँ, हमलोग को तो बैठाकर पूछेंगे ही सवाल-जवाब और जिसके कारण ये सब हुआ है उसको तो अभी तक नहीं बुलाये हैं यहाँ पर; आपको सबकुछ पता चला तो ये नहीं पता चला कि राज और उसके दो दोस्त उस समय प्रिया की छत से कूदकर भागे थे!" संजीव धारा-प्रवाह बोले जा रहा था और महेंद्र लब-बस्ता बैठा, बस कभी बड़े-साहब तो कभी संजीव को देखा रहा था।

"अच्छा, बिना FIR के ही हम जेकरा मन ओकरा उठा के ले आएँ यहाँ! अभी तक कोई FIR भी हुआ है जी तुमलोग के तरफ से? उ तो भला हो तुमरे मोहल्ला के ज्ञानी जी का, जो आके एक FIR कर के गए हैं, उसी के कारण हमलोग कुछ इंभेस्टिगेट भी कर सकते हैं, नै तो पुलिस बिना FIR के क्या करेगी बताओ?" ज्ञानी जी सचमुच के ज्ञानी थे। उन्हें पता था कि पुलिस FIR नहीं होने पर अपनी जिम्मेदारी से भागेगी, इसलिए उन्होंने सबसे पहले आकर एक FIR कर दी थी। थोड़ी देर में एक गिलास पानी पीने के बाद बड़े साहब ने कहा, "चलो जो भी बोलना है अब तिवारी जी को जाके लिखा दो, मेरा तो दिमाग खा ही गए हो तुम साँझ से ही।"

यादव जी की जगह अब फाइल और रॉजिस्टर लेकर तिवारी जी बैठ गए थे। संजीव, तिवारी जी के पास जाकर अपना बयान दर्ज करवाने लगा।

संजीव पहली बार किसी पुलिसिया कार्यवाही का हिस्सा बन रहा था।

"हाँ जी, तो जो-जो तुम देखा है, शुरू से अभी तक का सारा राम-कहानी हमको सुनाओ; उस समय से देख रहे हैं कि तुम बहुत बोले ले चाह रहा था, अब आराम-आराम से हमको सबकुछ बताओ, हम जरा धीरे-धीरे लिखते हैं।" तिवारी जी ने अपना चश्मा नाक पर चढ़ाते हुए रजिस्टर निकालते हुए संजीव से कहा।

"सर, करीब चार-सवा-चार बजे शाम में हम अपनी छत पर टहलने के लिए गए थे, कि देखे प्रिया के ऊपर वाले रूम में आग लगी हुई थी। हल्की-सी एक बार प्रिया की आवाज भी आई, फिर बंद हो गयी। हमारी छत जुड़ी हुई है, बस एक साढ़े तीन-चार फ़ीट की पतली सी दीवार है; हम कूद के उसके छत पर गए ही थे कि देखे, नीचे गली में राज और उसका दो दोस्त प्रिया की छत से कूद कर जा रहे थे।"

"अरे रुको-रुको भाई...! हम आदमी हैं कि कंप्यूटर, जो इतना जल्दी लिख देंगे और हाँ, टाइम क्लियर बताओ, ये चार-सवा-चार क्या टाइम होता है... अडजेक्ट टाइम बताओ, स्टेटमेंट में हम ई थोड़े लिख सकते हैं कि चार-सवा-चार के आस-पास ये घटना हुई; एक टाइम बताओ और दीवार की भी एक्के हाइट बताओ।" तिवारी जी भी संजीव को तंग करने में कोई कसर नहीं छोड़ रहे थे।

"जी चार बजे के आस-पास ही लिख लीजिये और दीवार की हाइट भी चार फ़ीट लिख लीजिये।"

"अच्छा ठीक है, आगे फिर क्या हुआ ये बताओ।" तिवारी जी ने रजिस्टर में अपनी नजर गड़ाए हुए संजीव से कहा।

"सर, उसके बाद जब हम उसके छत पर गए तो देखा कि प्रिया जल रही है; आग उसके पूरे कपड़े में धीरे-धीरे पकड़ रही थी, हमको कुछ नहीं दिखा आस-पास में, तो एक-दो जूट की बोरी दिखी, हम उसी को प्रिया के ऊपर डालकर आग बुझा दिए फिर नीचे जाकर चादर लेकर उसको उसमें लपेट दिए और फिर नीचे ले आये। इतने में बात फैल गयी और बिट्टू दा अपनी गाड़ी ले आये और फिर उससे हॉस्पिटल चले गए और हॉस्पिटल में

तो थोड़ी देर में आप लोग आ ही गए थे।''

"अच्छा पहले तो राज के और दो दोस्तों का नाम बताओ और ये बताओ कि तुमने उनको प्रिया की छत पर से कूदते देखा कि उन्हें सिर्फ गली में जाते देखा था; देख लो, झूठा बयान देने के चक्कर में भी लंबा सजा होता है...!'' तिवारी जी भी संजीव को डराने की कुचेष्टा में लग गए। आखिर ठेकेदार साहब ने बेटे को बचाने की थोड़ी सी ठेकेदारी उन्हें भी सौंप रखी थी।

"उन दोनों का नाम विशाल और अनुभव है और हम उन तीनों को प्रिया की छत से कूदते ही देखे थे।'' संजीव भी अपने कहे पर अटल और अडिग रहा; निर्भीकता अब उसके व्यवहार में और ज्यादा स्थायित्व बनाये जा रही थी।

'ठीक है, बयान में थोड़ा-सा भी कुछ झूठ हुआ तो भुक्तभोगी तुम ही बनोगे।'' तिवारी जी ने एक बार फिर से डर का विष संजीव की तरफ फेंका, लेकिन संजीव पर कोई असर नहीं हुआ।

एक लिखित बयान महेंद्र का भी लिया गया, जिसमें उसने कहा कि उसके मोहल्ले के ही दीनानाथ ने उसे ये बताया था कि प्रिया जल गयी है और लोग उसको हॉस्पिटल ले गए हैं। वो भागता हुआ हॉस्पिटल पहुँचा और फिर थोड़ी देर, करीब एक घंटे या डेढ़ घंटे के बाद पुलिस वहाँ आ गयी। तिवारी जी ने महेंद्र से भी सभी जगह जाने का समय सही-सही नोट करवाने को कहा और फिर दोनों को छोड़ दिया गया। दोनों करीब साढ़े ग्यारह बजे हॉस्पिटल पहुँचे। भूख तो दोनों में किसी को नहीं थी और खाने-पीने की भी सारी दुकानें बंद हो चुकी थीं। महेंद्र और संजीव ने कांस्टेबल को थाने जाने को कहा, जिस पर बड़बड़ाता हुआ कांस्टेबल, हॉस्पिटल से चला गया।

"ये पुलिस का नौकरी भी करने लायक नहीं है; अब इतना रात को पैदल हम थाना जाएँ!'' मुँह बनाता हुआ कांस्टेबल वहाँ से निकल गया।

संजीव के लिए महेंद्र ने कुछ खाने का प्रबंध करने का यत्न किया, लेकिन असफल रहा। उतनी रात को वहाँ कुछ नहीं मिल पाया। फिर महेंद्र

ने संजीव से कहा,

"यहाँ तो खाने का भी कुछ नहीं है और तुम भी शाम से यहीं हो, थक गए होगे; तुम्हारे घरवाले परेशान हो रहे होंगे, ऐसा करो तुम घर चले जाओ, यहाँ अब कोई विशेष जरूरत तो है नहीं।" महेंद्र ने संजीव से घर जाकर आराम करने का आग्रह किया।

"नहीं चाचा, पहली बात तो मुझे भूख नहीं है और दूसरी बात कि अब जब तक प्रिया घर नहीं जायेगी मैं भी यहीं रहूँगा।" बोलता हुआ वो हॉस्पिटल के बरामदे में लगे एक बेंच पर बैठ गया। दूसरे बेंच पर महेंद्र बैठा था और कुछ अन्य बेंचों पर एक-दो और अन्य लोग भी थे। महेन्द्र ने अब संजीव से कुछ नहीं कहा और दोनों चुपचाप बैठे रहे। पता नहीं कब संजीव की आँख लग गयी और महेंद्र भी घड़ी में तीन बजे का काँटा देखने के बाद न जाने कब सो गया।

राम तेरी गंगा मैली हो गई

अगले दिन सुबह-सुबह ही महेंद्र की बहन भी आ गयी। वो घर पर सामान रखकर सीधे हॉस्पिटल पहुँची, जहाँ महेंद्र बदहवास सा एक बेंच पर लेटा था। महिमा ने उसे उठाना ठीक नहीं समझा। वो भाँप गयी थी कि महेंद्र थका हुआ और परेशान होगा, इसलिए उसे आराम करने दिया जाये। मोहल्ले के दो-तीन लोग और कुछ औरतें भी वहाँ मौजूद थीं। फोन पर ज्यादा बात नहीं होने के कारण उसे बस इतना ही पता चल पाया था कि प्रिया आग में जल गयी है और हॉस्पिटल में भर्ती है। वहाँ पर मौजूद महिलाओं ने उसे घेर लिया और सहानुभूति-संगीत प्रारम्भ कर दिया।

''कल ही सुबह हम देखे थे, एकदम अच्छी कंचन-सी जा रही थी मेरे घर के सामने से और शाम होते-होते देखिये क्या हो गया! डॉक्टर तो शायद बोला है कि अगर बहत्तर घंटा बच गयी तो बचने का चांस है और अगर उससे पहले...'' इतना बोलकर पहली महिला चुप हो गयी। महिमा इस बारे में और जानना चाहती थी, सो उसने उत्सुकतावश पूछ ही लिया,

''लेकिन ये सब हुआ कैसे? आग कैसे लग गयी?'' अपने दोनों बच्चों को अपनी ससुराल में ही छोड़कर, प्रिया की बुआ अकेली यहाँ आयी थी। वो नहीं चाहती थी कि इस तरह के माहौल का कोई भी बुरा असर उसके जवान होते बच्चों पर पड़े। तरुणाई को छूती किसी लड़की के आग में जल जाने की खबर के पीछे कुछ-न-कुछ तो बात जरूर होगी, इसलिए महिमा

अपने बेटे-बेटी में से किसी को लेकर नहीं आयी थी।

जितनी जिज्ञासा से महिमा के लबों से प्रश्न निकले थे, उतनी ही तत्परता से एक औरत ने जवाब दिया।

''जितने लोग उतनी बातें बहन जी, लोगों की बातों का क्या ठिकाना! कोई कह रहा था कि राज और उसका दो साथी मिलकर प्रिया के साथ कुछ गलत किया, इसीलिए प्रिया आग लगा ली है; वैसे तो उ लड़का है एकदम बिगड़ा हुआ ही, लेकिन अब कौन जाने क्या हुआ... हो सकता है ऐसा कुछ न हुआ हो और गलती से ही आग लग गया हो, लोग तो ऐसे ही किसी के बारे में कुछ भी बोलते रहते हैं।'' उस औरत ने जैसे पहले प्रिया को नंगा कर दिया और उसके बाद कपड़े के एक टुकड़े से ढँकने का प्रयास करने लगी। महिमा इस बात को सुनकर हतबुद्धि सी हो गयी; इसलिए नहीं कि प्रिया के साथ कुछ गलत हुआ था, बल्कि इसलिए कि वह अपनी ससुराल में क्या बताएगी कि प्रिया क्यों जली है। दरअसल वो वहाँ से सोच के चली थी, अगर ये आग लगना दुर्भाग्यवश हुई एक दुर्घटना नहीं रही तो जरूर ये प्रेम-प्रसंग का मामला होगा, लेकिन बलात्कार वाली बात तो जैसे उसके गले से नीचे उतर ही नहीं रही थी। सबसे ज्यादा चिंता उसे अपनी ससुराल में अपनी इज्जत को लेकर होने लगी। प्रिया की देखभाल करने के लिए आई बुआ अब भगवान से उसके मर जाने की प्रार्थना करने लगी थी।

महिमा को समझ नहीं आ रहा था कि वो अपने किसी भी रिश्तेदार को क्या कहेगी। ऐसी खबर उसने अपने आस-पास किसी के लिए कभी नहीं सुनी थी... शायद इसलिए नहीं सुन पायी क्योंकि इस तरह की वारदात होने पर ज्यादातर लोग बातों को दबाना ही चाहते हैं। बलत्कृत लड़की का परिवार तो चाहता ही नहीं कि ये बात किसी और को पता चले; पुलिस को रिपोर्ट करना तो उनके सपने में भी नहीं आता। वो बस यही सोच लेते हैं कि पता नहीं मुकद्दमे का क्या फैसला हो, लेकिन उसके पहले और बाद में बदनामी तो पक्की है। अगर प्रिया ही आगजनी की शिकार नहीं होती और संजीव के द्वारा तीन लड़कों के छत से कूदकर भागने की बात नहीं फैली होती तो शायद इस मामले को भी कोई नहीं जान पाता। महिमा के दिमाग में चल रही बात एक औरत ने वहाँ पर दोहरा दी।

"हम तो आज तक समाचार में ही सुने थे कि किसी के साथ गंदा काम हुआ है वो भी दिल्ली-बम्बई या दूर-दराज के किसी जगह पर; कभी सोचे भी नहीं थे कि हमारे घर के पास में ही ऐसा काम हो जाएगा, बताइये अब यहाँ भी ये सब होने लगा... वैसे पहली बार ही हुआ है ये सब हमारे पास लगता है।"

"पहली बार हुआ नहीं है, पहली बार हमलोग को पता चला है; कितना क्या होता है, सब पता ही चल जाता है क्या? सब जनरेशन का आदमी जब-जब मौका मिला है किया ही है गलत, ई कौनो नया बात नै है; हाँ लोग गलत होने के बाद भी इसलिए नहीं बताता है कि और ज्यादा बदनाम ना हो जाये!" पास ही खड़ी एक औरत ने थोड़ा ताव में आते हुए उस औरत को जवाब दिया।

महिमा को अपने बचपन से अभी तक की कई घटनाएँ याद आ गयीं, जब घर में औरतें आकर किसी लड़की या औरत के साथ हुई किसी अप्रिय घटना की चर्चाएँ बहुत ही गुप्त तरीके से करती थीं और एक दूसरे से ये निवेदन भी करती थीं कि ये बात बस यहीं तक रहनी चाहिए, फैलनी नहीं चाहिए और फिर न जाने वही निवेदन, वही बात बताते हुए कितनी औरतें कितनी जगहों पर करती थीं। इस तरह सरेआम किसी के बलात्कार की खबर आज तक नहीं फैली थी। महिमा को अपने साथ ही हुई एक घटना याद आ गयी। तब वह 18-19 साल की रही होगी। ट्रेन में महेंद्र के साथ-ही कहीं जा रही थी। भीड़ काफी ज्यादा होने के कारण बैठने को सीट नहीं मिल पाई थी। खचाखच भरी उस बोगी में महिमा को एहसास हुआ, कोई आदमी उसे गलत तरीके से हाथ लगा रहा है। भीड़ में हिलने तक की भी जगह नहीं थी, इसलिए उसने सोचा कि वो उस आदमी को सबक सिखाये, लेकिन फिर अपने भाई के बारे में सोचकर चुप हो गयी और वहाँ से धीरे-धीरे खिसक कर थोड़ी दूरी पर जाकर खड़ी हो गयी। महिमा इस असमंजस में थी कि प्रिया की तो दो तरफ से बदनामी हो रही है; कुछ लोग उसका गोविन्द से अफ़ेयर मान रहे थे और कुछ लोग राज की करतूत। दोनों में बदनामी प्रिया और उसके परिवार की ही थी। वो तय नहीं कर पा रही थी कि वो किसे क्या कहेगी। प्रिया के जलने पर उसकी देखभाल करने के लिये आयी उसकी बुआ को प्रिया की सेहत की तनिक भी फ़िक्र नहीं थी... वो तो

बस यही चाह रही थी कि किसी तरह प्रिया मर जाए, ताकि मरने के बाद लोगों की प्रिया से सहानुभूति हो जाए और उसे कहीं भी ज्यादा सफाई न देनी पड़े। महिमा ने सोचा, अगर वो प्रिया की जगह होती तो वो भी यही करती जो प्रिया ने किया है।

महिमा अब अपनी सोचों में खोयी हुई थी कि तभी महेंद्र उठकर आया। उसने महिमा को देखा और फिर गले लगकर बेतरह रोने लगा। महेंद्र, महिमा से उम्र में बड़ा था, लेकिन अपनी प्राण-तुल्य प्रिया की वैसी हालत देख के वो आपे से बाहर था। जैसे ही महिमा के रूप में उसे कोई अपना दिखा, वो अपने आपको उसके सामने बहने से नहीं रोक पाया। हालाँकि महेंद्र रो तो पहले से भी रहा था, लेकिन महिमा से जिस तरह वो गले लगके रोया, वो देखके किसी का भी दिल द्रवित हो जाता। वहाँ खड़ी औरतों और महिमा ने महेंद्र को सँभालना चाहा, मगर वो रो-रो कर बस यही कह रहा था कि प्रिया के बगैर वो कैसे रहेगा। ऊपरी मन से ही सही, पर महिमा ने उसका साहस बँधाते हुए कहा,

''कुछ नहीं होगा प्रिया को, आप सँभालिये अपने आपको, देखिये मैं आ गयी हूँ अब, अब आप ऐसे मत कीजिये भैय्या!'' अब महेंद्र कुछ बोल नहीं रहा था, लेकिन रोना अभी भी उसने बंद नहीं किया था। डॉक्टर बस आ-जा रहे थे, लेकिन कोई अभी कुछ भी कहने से परहेज कर रहा था। महेंद्र और महिमा के बीच बातें होने लगीं। महिमा शुरू से सबकुछ महेंद्र से सुन रही थी और वो अब तक हुई सारी बातों को धीमी आवाज में महिमा के सामने सुनाता जा रहा था। उसने थाने में हुई सारी बातें भी महिमा को बताईं। कभी-कभी उसकी भावनाएँ अनियंत्रित हो जाती थीं और वो फिर से रो पड़ता था। भाई-बहन के बीच संवाद देर तक चलता रहा।

मैं चोर, तू सिपाही

राज ने सुबह-सुबह अनुभव और विशाल को रेलवे के उसी परित्यक्त भवन में बुलाया, जहाँ बैठकर वो लोग सिगरेट पिया करते थे।

''मामला थोड़ा गड़बड़ा गया है, हम आज ही गोआ निकल रहे हैं, तुम लोग को भी चलना है तब बोलो, वास्कोडिगामा का टिकट बुक करते हैं; उ संजीवा साला पुलिस को हम लोग के बारे में आँय-बाँय बोल दिया है; मामला गर्म है, तब हो सकता है पुलिस हमलोग से भी पूछताछ करे, यहाँ रहेंगे तब कुछ भी हो सकता है। साला ई फेसबुक वाट्स-एप्प के युग में पता चला, हम लोग का नाम वायरल कर दिया, तब जेल जाने के अलावा कोई उपाइये नै बचेगा, ई ले जब तक मामला शांत नै होता है, तब तक बाहर रहने में फायदा है।'' राज ने उन दोनों से गंभीर चित्त से ये बातें कहीं।

''अरे राज, तुम ई क्या कह रहा है; तुम्हारे पापा का तो विधायकवा से बहुत अच्छा टर्म है ना रे, फिर काहे डर रहा है तुम? आ उ भी जिस पार्टी का सरकार है, उसका विधायक है उ; हाँ लेकिन अभी हम तुम्हारे साथ गोआ क्या पटना भी नै जा सकते हैं, कल पापा जो क्लास लिए हैं हमरा क्या बताएँ! साला क्या-क्या नै बोल दिए उ हमको। एक बाप ऐसा-ऐसा बात बेटा को बोल सकता है, हम सोचबो नै किये थे... आ हरेक लाइन के अंतिम में बोलते थे, अब जहाँ जो मिला है उ राज से कि देखना क्या करेंगे; उनको भी पता चल गया है कि संजीवा हमारा भी नाम दे दिया है ई केस में,

ई लिए हमारा तो टिकट कल ही रात को बुक हो गया; जीजा जी के पास आज शाम में निकल रहे हैं बागमती से बँगलुरू; पापा तो बोल रहे थे अब वहीं रह के पढ़ना भी। आ कुछ पैसा का भी जुगाड़ में लगे थे। बुझा रहा था पुलिस से बात किये थे तो कुछ पैसा माँगा है।'' विशाल ने अपनी आपबीती राज के समक्ष प्रस्तुत की।

''कुछ ऐसा ही हाल हमारे घर पर भी था; पापा आ भैय्या दोनों मिल के जो हमारा हाल किये क्या बताएँ हम, साला कुछ बोलते नै बन रहा था। वही एक हिदायत, कि राज के साथ नै रहना है; उसका बाप बड़का ठीकेदार है, विधायक से साँठ-गाँठ है, उसको कुछ नै होगा लेकिन तुम्हारे फेरा में हम सब भी जेल जाएँगे। और बोल रहे थे कि हम दिन भर दुकान पर मराते रहते हैं, कि दू पैसा हो ता तुमको दुकानदारी नै करना पड़े, आ तुम साला उसके साथ यही सब करते रहो... क्या बोलें भाय, भैया तो एकाध बार मारने पर उतारू हो गए, लेकिन पापा थे जो रोक लिए। हमको उस समय बहुत बुरा लगा भाय, जब पापा बोले कि तुम्हारी भी एक बहन है, कोई उसके साथ ऐसा करेगा तब कैसा बुझायेगा? मन तो कर रहा है अभी हम ही ले जाके दे दें तुमको पुलिस में... सच में भाई अगर हमारे घर में किसी के साथ ऐसा हो तो कैसा लगेगा? बहुत गलत करते हैं हम लोग, जो लड़की को तंग, या जो कुछ भी करते हैं।'' इसबार अनुभव ने अपनी रामकहानी कही।

''साला तुम दोनों फट्टू है आ तुम्हारे घरवाले भी; हमारे पापा को देखो, बोले कि कोई बात नै, हो जाता है ई सब काम ई सब उम्र में; पुलिस से बात हो गया है, लेकिन अभी यहाँ रहना थोड़ा ठीक नहीं है, इसलिये गोआ घूम के आओ... वहाँ विदेसी साथ मजा लेना; नै जाना है तो मत जाओ, लेकिन हम तो अभियो पूछ रहे हैं, कि चलना है तो बोलो, फिर पता नै मौक़ा मिले ना मिले।'' राज ने अभी भी पूर्ववत तेवर में कहा।

''नहीं भाई, तुम जाओ गोवा आ स्विट्ज़रलैंड, हमको नै जाना है; पापा सहिये कह रहे थे, किये तो गलत ही ना हम।'' अनुभव ने एक बार फिर शीघ्रता से जवाब दिया।

''भाई गोवा घूमने का मन तो हमारा भी था, लेकिन अभी ठीक टाइम

है नहीं तुम्हारे साथ जाने का, आ ऐसे भी हमारा टिकट बँग्लुरू का ऑलरेडी बुक हो गया है; तुम जाओ, फिर कभी मौक़ा हाथ लगेगा तब चले जायेंगे गोवा।'' विशाल ने भी राज से किनारा करते हुए अपनी बात रखी। विशाल और अनुभव दोनों पर अपने घरवालों की बातों का असर हुआ था। अनुभव तो जैसे पूर्णतया परिवर्तित-सा हो गया था। उसकी बातों से परिलक्षित हो रहा था, जैसे पूर्व में अपने किये कृत्यों से होने वाले परिणाम का उसे लेशमात्र भी अंदाजा नहीं था। उसे इसका तनिक भी इल्म नहीं था, कि वो जो कर रहा है उससे किसी की जिन्दगी में कितना अँधेरा आ जाएगा... या फिर, जिस मनःस्थिति में वो ऐसा कर रहा होगा, उस समय ज्यादा सोच पाने की क्षमता ही न रही हो उसके पास। लेकिन अब उसका हृदय परिवर्तित हो गया है, ऐसा प्रतीत हो रहा था।

''ठीक है जैसा तुमलोग का मर्जी, नै जाना है तो मत जाओ, लेकिन अभी कुछ दिन सँभल के रहना; उस संजीवा को तो पापा देख लेंगे... ऐसा फँसायेंगे न कि जीवन में कभी हीरो बनने का गलती नै करेगा।'' कहता हुआ राज, उन दोनों के पास से चला गया। अनुभव और विशाल दोनों शांत थे, उनकी समझ में नहीं आ रहा था कि क्या बात की जाय। कुछ देर यूँ ही शांत रहने के बाद अनुभव ने कहा-

''ठीक है भाई मैं भी चलता हूँ, हैप्पी जर्नी; हो सके तो अपने घरवालों की बातों पर ध्यान देना।''

''चलो मैं भी चलता हूँ, मैं यहाँ बैठ के क्या घंटा बजाऊँगा।'' और दोनों वहाँ से चलने लगे।

रास्ते में अनुभव ने विशाल से पूछा-

''तुमको क्या लगता है, ई जो हम लोग करते हैं, उ सही है क्या?''

''अरे सही होता तो बाप-भाय गरियाता काहे..! लेकिन क्या करें, अभी जवानी का मजा नै लेंगे, तब क्या कल बिआह-शादी होने के बाद ई सब करेंगे?'' विशाल ने जवाब दिया।

''लेकिन हमारे मजा के कारण देखो आज क्या हो गया प्रिया के साथ!'' अनुभव अब थोड़ा अनुभवी होता जा रहा था और उसके अनुभव में इजाफा हो रहा था। उसने बहुत ही गंभीर और विचारणीय बात विशाल से

कह दी थी। विशाल चुपचाप उसका मुँह देखने लगा। विशाल को ऐसा लगा, जैसे अनुभव उसको आइना दिखा रहा हो और चेहरे पर नवोदित दाग देखकर वो डर गया।

"अरे इतना ज्यादा करने के पक्ष में तो हम भी नहीं थे, लेकिन राज बोला तो; आ तुम तो साला पहले भी मना करता था, लेकिन फिर तुम भी तो कर ही लिया था सबकुछ।" विशाल ने अनुभव को जवाब दिया और बदले में उस दागदार तस्वीर में अनुभव की शक्ल होने का अहसास दिलाया।

"अरे उस टाइम तो हम भी कंट्रोल नहीं कर पाए यार, लेकिन जो हुआ उ देखो न... कितना बुरा हुआ है; ई राज के चक्कर में हमारा भी मत मारा गया था। ऐश-मौज का जिन्दगी चल रहा था ने, इसलिए अपने आपको शंहशाह बुझने लगे थे; अब उसका बाप तो बचा लेगा उसको, फँसेंगे हमदोनों, तब सब सहनशाही घुस जायेगा अंदर।" अनुभव, आगे होने वाले घटनाक्रम का पूर्वानुमान लगाकर भयभीत हो रहा था और अपने किये पर पश्चाताप भी कर रहा था।

"हाँ यार, ई कुछ ज्यादा ही हो गया; हम भी तो पहले ही मना किये थे उसको, जब बाहर से यहाँ पढ़ने वाली लड़की के साथ उ ऐसा किया था। उ साला बोला था, बाहर से आती है, क्या कर लेगी? आ जब सही में कुछ नै हुआ, तब बाहर से आने वाली एक-दू गो और लड़किया के साथ फिर हम दोनों भी मजा ले लिए। राज साला बोलता था, यहाँ कुछ नै होगा; कभी सुना है यहाँ कोई इस तरह का केस किया है? बाकी सब में कुछ हो ही नहीं रहा था; ना कोई FIR, ना कोई केस और ना ही घर में ही कोई शिकायत आ रहा था; तब हमलोग को तो यही लगने लगा, अब कुछ होगा ही नहीं। लेकिन यार, कमेंट-वमेंट जो करते थे, वो सब तो ठीक था, मगर ये सब जो हम लोग करने लगे थे ना, उ बहुत गलत होने लगा था।" विशाल, जैसे अपना इकबाल-ए-जुर्म अनुभव के सामने कर रहा था।

"गलत तो बहुत किये यार हमलोग; उसी के कारण आज एक जान भी जा सकती है; आ तुम्हारे हिसाब से कमेंट करना ठीक है, कैसे ठीक है? साला तुम दोनों की कोई बहन नहीं है तब न! ज़रा सोचो, तुम अपनी बहन के साथ जा रहा है, आ कोई कमेंट कर दे, 'वाह! आगे से तो मस्त हैये है,

पीछे से भी कम कसल नै है', या फिर ये बोले, कि 'इसका तो इतना बड़ा है कि दोनों हाथ में नै आयेगा'। बोलो कैसा फील होगा तुमको? नै लगेगा कि वहीं चीर दें बोलने वाले को? वो लड़की सबको बुरा नै लगता होगा, जब हम ऐसा कमेंट करते होंगे उनपर तो... बोलो; कैसा फील करती होंगी उ सब? साला बहुत गलत किये हमलोग यार! हम तो कहीं नहीं जायेंगे; पुलिस आये, आके ले जाए, हमको कोई फर्क नै पड़ता है; जब गलत किये हैं तो भोगेंगे।'' अनुभव का हृदय पूरी तरह बदल चुका था, वो अपने पापा की बताई बातों को शत-प्रतिशत समझ चुका था।

"तुम पागल हो क्या? तुम अगर ई सब बोल देगा पुलिस को, तो हम सब आराम से जेल जायेंगे और फिर पूरा जवानी जेले में कटेगा; हम लोग को अपना गलती का अहसास हो गया ना, चलो अब ऐसा कभी नै करेंगे, लेकिन प्लीज पुलिस-उलिस को मत बताना कुछ, ऐसे ही पता नै आगे क्या हो, तुम बोल देगा तब तो जेल पक्का है।'' अनुभव की बातों से भयभीत, विशाल ने अनुभव को समझाने का यत्न किया। उसे जेल से बहुत डर लगता था। उसने अपने ननिहाल में एक बार एक आदमी को देखा था, जिसे पुलिस पीटते हुए ले जा रही थी। पुलिस का पीटना इतना दर्दनाक था, कि उस आदमी के चीखने की आवाज पूरे गाँव में आ रही थी। तबसे विशाल को पुलिस से बहुत डर लगने लगा।

"ठीक है, नहीं कहेंगे पुलिस को कुछ, लेकिन किये तो हमलोग बहुत गलत...''

"अरे तो आगे से नहीं करेंगे न हमलोग कुछ।'' विशाल ने तुरंत बोला।

"हम्म... वैसे मेरे पापा भी आज हमको बुआ के पास भेज रहे हैं; उ तो हमको घर से निकलने के लिए ही मना किये थे... भैय्या आज दुकान नै गए, हमारा निगरानी में लगे हैं, उनको चकमा देके हम यहाँ आये थे; यही सोच के कि तुम लोग को सारा बात बता देंगे।'' विशाल की बात को लगभग स्वीकार करते हुए अनुभव ने कहा। उसके बाद दोनों अपने-अपने घर के रास्ते चले गए।

फूलों सा चेहरा तेरा, कलियों सी मुस्कान है

उधर गोविन्द से बर्दाश्त नहीं हुआ था और जब संजीव और महेंद्र पुलिस-स्टेशन में थे, तब चुपके से सबसे छुपते-छुपाते वो हॉस्पिटल पहुँच गया और दरवाजे में लगे शीशे से एक बार प्रिया को झाँककर तुरंत वापस अपने घर चला गया। प्रिया को उस हालत में देखकर वो जल उठा। जैसे उसके सीने में आग धधक उठी। घर जाकर वो अपने बिस्तर पर औंधे मुँह लेट गया और प्रिया के बारे में सोचने लगा। आज प्रिया, चेतनाविहीन, शैय्या पर लेटी थी, अपने स्वभाव के बिलकुल विपरीत। गोविन्द को एकाएक वो दृश्य याद आया, जब उसने पहली बार प्रिया को देखा था। उसके बाद जैसे उसके साथ बिताया हर एक पल, लड़ी की तरह दिमाग में सज गया।

जब उसने प्रिया को पहली बार देखा था, तो वो कॉलेज के गार्डन में फूलों के पास बैठी थी। वो बस फूलों को छू रही थी और पौधों में लगे फूलों को सूँघकर आनन्दित हो रही थी। गोविन्द, प्रिया को देखते ही उसमें डूब गया। फूलों सी ही कोमलता उसके कपोलों पर थी, हवाओं-सा चंचल और चपल उसका स्वभाव था; तारों की चमक लिए उसकी आँखें हर वक़्त बोलने को आतुर थीं और सबसे ज्यादा प्रिया की जिस चीज ने मोह लिया था, वो थी प्रिया की मुस्कान... समस्त धरती का आकर्षण, जैसे उसकी मुस्कान में ही समाहित हो गया था। जब भी वो हँसती थी, इतनी ज्यादा

आकर्षक दिखती थी, जिसकी परिभाषा कह पाना आसान नहीं।

बिस्तर पर पड़े-पड़े अब वो यादों में पूरी तरह खो गया। उसे सबकुछ शुरू से याद आने लगा था। प्रिया को देखने के बाद वो उसकी हर एक हरकत को देखकर अनुरक्त हो रहा था। उसने प्रिया पर ऐसे आँखें जमा ली थीं, जैसे कोई अजनबी चीज देख ली हो। वो भूल गया था कि वो अपनी क्लास जा रहा था। वो उसे देखता हुआ आगे बढ़ता जा रहा था। सामने क्या है, नहीं है, इससे उसे कोई मतलब नहीं था। थोड़ी ही दूर आगे बढ़ने पर वो बरामदे में मौजूद पिलर से टकरा गया। उसके सर में हल्की-सी चोट लगी। चोट से उसे कोई दिक्कत नहीं हुई, वो अपने अगल-बगल ये देखने लगा कि किसी ने ये वाकया देख तो नहीं लिया। संयोग से किसी ने उसे इस तरह बदहवास होकर चलते नहीं देखा था। वो फिर प्रिया को देखते हुए, नीम मदहोशी में, अपनी क्लास की ओर बढ़ता रहा। इस बार वो पम्मी से जाकर टकरा गया। पम्मी, गोविन्द की ही सहपाठिनी थी और गोविन्द को मन-ही-मन चाहती थी। ये बात गोविन्द को भी पता थी, इसलिए वो उससे थोड़ी दूरी बनाकर रखता था। पम्मी इस बात से अनभिज्ञ थी, कि गोविन्द उसे नहीं चाहता और उससे दूरी बनाकर रखना चाहता है। तो जब गोविन्द उससे टकराया, तो उसकी तो जैसे अरसे से माँगी मुराद पूरी हो गयी। पम्मी को लगा, जैसे गोविन्द जानबूझकर उससे टकराया है। गोविन्द भी उसके नजदीक आने के बहाने ढूँढ़ रहा है और ये घटनाक्रम उसी दिशा में बढ़ाया गया एक कदम है।

टकराने के तुरंत बाद गोविन्द ने प्रिया पर से नजर हटाई और नीचे झुककर कुछ ढूँढ़ने लगा।

"क्या ढूँढ़ रहे हो?" पम्मी ने अपने हाथ से पूछने वाला इशारा करते हुए पूछा।

"वो... मैं तुम्हारी किताबें देख रहा हूँ, कहाँ गिरी हैं।" गोविन्द ने हकलाते हुए पम्मी से कहा।

"हे भगवान...! तुम नाइन्टीज में जी रहे हो क्या, कि लड़का-लड़की टकराएँगे, किताबें गिरेंगी और लड़का किताब उठाने के बहाने लड़की से बात करेगा वगैरह-वगैरह..। अरे तुम्हारे टकराने से मेरा मोबाइल गिर गया,

वो देखो वहाँ पड़ा है। उठा के दो और हाँ, नम्बर चाहिए तो डायरेक्ट माँगो न यार, ये फ़िल्मी ड्रामा क्या कर रहे हो?'' पम्मी ने फर्श पर गिरे अपने मोबाइल की तरफ इशारा करते हुए कहा। गोविन्द का मुँह खुला का खुला रह गया। उसे तो समझ में ही नहीं आ रहा था कि पम्मी क्या कह रही थी, लेकिन उम्र के तकाजे ने उसे तुरंत समझा दिया, कि पम्मी क्या समझ रही है।

''नहीं ऐसी कोई बात नहीं है, दरअसल मैं भी कहीं और देख के चल रहा था और तुम भी शायद मोबाइल में बिजी थी, इसीलिए ये टक्कर हो गयी, आयम सॉरी!'' गोविन्द ने सारा असमंजस दूर करने का प्रयास किया।

''ठीक है तो फिर ध्यान से चला करो; साला लड़का होकर भी नम्बर लेने में इतना शर्माता है।'' पहली लाइन जोर से बोलने के बाद, दूसरी लाइन बुदबुदाती हुई पम्मी अपने रास्ते चली गयी और गोविन्द, जिसकी नजरों की पहुँच से प्रिया अब दूर हो चुकी थी, वो भी अपनी क्लास में चला गया।

क्लास में अपनी सीट पर बैठने के बाद भी गोविन्द खिड़की से बाहर की ओर झाँक रहा था। उसे पता था कि गार्डन उसकी क्लास से नहीं दिखता, फिर भी वो बार-बार बाहर देखे जा रहा था, ठीक उसी तरह, जैसे नदी किनारे कोई सिक्का नदी में गिर गया हो और उसे ढूँढ़ने के लिए बार-बार हम अपना हाथ नदी में डालकर उसे निकालने का यत्न करते रहते हैं। राजू उसका परम मित्र था और एक बेहद ही हँसोड़ प्रकृति का स्वामी भी। राजू, गोविन्द की बगल वाली सीट पर बैठता था। उसने गोविन्द को बार-बार ऐसा करते हुए देखकर हाथ और आँखों के इशारे में ही पूछा- 'बात क्या है?' गोविन्द ने भी चुप्पी में ही अपने मुँह को बनावटी अंदाज देते हुए सर हिलाकर जवाब दिया- 'कोई बात नहीं।'

''तो फिर टट्टी लगी है क्या?'' इस बार अपनी प्रकृति-अनुरूप राजू बोल पड़ा।

''नहीं यार... तुम भी साले, पता नहीं क्या-क्या आते रहता है दिमाग में तुम्हारे?'' गोविन्द ने कड़ककर कहा।

''हाँ तो महाशय, एक बार आप खिड़की की तरफ देख रहे हैं और एक बार दरवाजे की तरफ; खिड़की से शौचालय का स्पष्ट दर्शन होता है और दरवाजे से वहाँ तक पहुँचा जा सकता है... अब पिछला दस मिनट में सौ बार कम-से-कम आप ये कारनामा दोहराये होंगे, तो क्या गुनाह कर दिए, अगर पूछ दिए कि टट्टी लगा हुआ है, बताइये!'' राजू ने अपने लहजे में गोविन्द से कहा।

''तुम साला अपना काम से काम नहीं रख सकता है क्या?'' गोविन्द ने पूछा।

'नहीं।' राजू ने एक शब्द में जवाब दिया।

''हद आदमी हो यार; दूसरे के मामले में टाँग अड़ाने का आदत तुम्हारा नहीं जाएगा?'' गोविन्द ने राजू के जवाबोपरांत उसे डाँटते हुए कहा।

''देखो भाई, हम साफ़-साफ कह देते हैं, शायद पहले भी कहे होंगे तुमको; हमारा बस यही पता लगाना काम है कि किस आदमी का यहाँ क्या काम है, समझ गए....? तो हमको हमारा काम करने दो और ये बताओ कि तुम किस काम के लिए खिड़की-दरवाजा एक किये हुए हो?'' राजू ने अब सीधा प्रश्न गोविन्द के ऊपर दाग दिया।

''साला, तुमसे ढीठ आदमी हम नहीं देखे हैं; हमको ऐसे ही मन किया कि तुम्हारा बन्दर जैसा शक्ल को छोड़कर कुछ और देख लें, इसलिए बाहर देख रहे थे, ठीक!'' गोविन्द ने अपने जवाब में तंज मिश्रित करते हुए राजू को सौंप दिया।

''अब तुम बोलो चाहे नहीं, ढीठ तो हम हैं बाबू और खिड़की का रहस्य भी हम पता लगा ही लेंगे, चाहे तुम बताओ, या खिड़की पर पर्दा डालकर उसको छिपाओ।'' कहते हुए उसने एक कुटिल मुस्कान दी और गोविन्द की तरफ देखने लगा। गोविन्द अब खामोश हो गया और दोनों सामने, बोर्ड की ओर देखने लगे।

उस पूरे दिन गोविन्द, प्रिया को ढूँढ़ता रहा लेकिन वो उसे कहीं दिख नहीं पा रही थी। जैसे ही पहली क्लास ख़त्म हुई, वो भागकर बाहर निकला

और सीधा गार्डन पहुँचा, लेकिन प्रिया अब वहाँ नहीं थी। राजू एक कुशल जासूस की तरह उसका पीछा कर रहा था। गोविन्द, गार्डन में जाकर देखने लगा। वो सोच रहा था, शायद प्रिया अब किसी दूसरे कोने में जाकर बैठ गयी हो, लेकिन असफलता ही उसके हाथ लगी। जैसे ही वो गार्डन से बाहर निकला, तो उसकी नजर राजू पर पड़ी। फिर उसने इशारों में राजू से हाथ की चार उँगलियों को नचाते हुए अपनी गर्दन को ऊपर करते हुए बिन बोले ही पूछा, 'क्या?' जवाब में राजू ने अपनी गर्दन एक बार दाएँ और एक बार बाएँ करते हुए इशारे में ही जवाब दिया, 'कुछ नहीं।'

"चलो फिर क्लास चलते हैं, यहाँ क्या कर रहे हो?" गोविन्द ने राजू के कंधे पर हाथ रखते हुए कहा।

"क्यों जनाब, फूलों की महक क्या सिर्फ आपको ही मोहित करती है; हमें फूलों के सौंदर्य का लुत्फ़ उठाने का कोई हक़ नहीं है? और रही बात क्लास जाने की, तो चलेंगे; पहले मुझे बाथरूम और गार्डन का तार तो जोड़ लेने दीजिये।" एक बार फिर राजू ने कुटिल मुस्कान के साथ जवाब दिया।

"यार तुम अपना दिमाग पढ़ाई में लगा दो ना, तो टॉप कर सकते हो, क्यों फ़ालतू में इधर-उधर में अपना दिमाग खर्च कर देते हो?"

"देखो भैय्या, हम हैं अमीर खान के बहुत बड़े फैन, आ उ श्री इडियट्स में कह गए हैं, जिस काम में मन लगे, वही काम करना चाहिए; तो अब हमको भी जिस काम में मन लगता है, हम वही करते हैं, आ रहा बात पढ़ाई में टॉप करने का, तब हमको लगता है जो लड़का लोग मेहनत कर रहा है, उसको उसका फल मिलना ही चाहिए... हम पढ़ेंगे तो टॉप तो कर जायेंगे, लेकिन हमको कोई खुशी नहीं होगा, वहीं जो सब मेहनत किया होगा, उसके लिए तो मातम हो जाएगा ना! तब इसी सब कारण से हम कॉलेज के सूचना मंत्रालय का स्वतंत्र-प्रभार खुद ही ले लिए हैं; अब अपने मन से कोई सूचना दे देता है तब तो ठीक, नहीं तो हम खुद ही लग जाते हैं एक रिपोर्टर की तरह।"

"तुम्हारा कुछ नहीं हो सकता।" कहता हुआ गोविन्द, इधर-उधर नजर दौड़ाता हुआ क्लास की ओर बढ़ गया।

''अभी कुछ करना भी नहीं है।'' बोलता हुआ राजू भी गोविन्द के पीछे-पीछे क्लास की ओर बढ़ गया।

उस दिन गोविन्द दिन-भर हर एक क्लास के बाद कॉलेज कैंपस में इधर-उधर घूमता रहा, लेकिन प्रिया उसे दोबारा नहीं दिखी। राजू भी हमेशा उसके पीछे-पीछे घूमता रहा और दोनों में वही पुरानी नोंक-झोंक भी चलती रही। राजू और गोविन्द बचपन के दोस्त थे। बचपन से एक ही स्कूल में पढ़ने के बाद अब दोनों ने एक ही कॉलेज में एडमिशन भी लिया था। कॉलेज शुरू हुए अभी मुश्किल से दस-पंद्रह दिन ही हुए थे। गोविन्द एडमिशन के वक़्त से ही राजू को हिदायतें दे रहा था, कि कॉलेज में पढ़ लेना, नहीं तो मैं पास नहीं करवाऊँगा। इस पर राजू कहता-

"रहने दे, ऐसा लग रहा है जैसे मैं तुम्हारे कारण ही कॉलेज आने के लायक हुआ हूँ; अरे दसवीं में तूने तो साथ छोड़ दिया था, वो तो मेरे बगल वाली अस्मिता ने मेरी अस्मिता की रक्षा कर ली थी... हाँ, थोड़ी मेहनत करनी पड़ी थी पर्ची बनाने में, लेकिन पर्ची छुपाने के लिए उसके पास बहुत जगह थी; यहाँ भी ढूँढ़ लेंगे अस्मिता टाइप कोई।''

"तुम्हारा कुछ नहीं हो सकता।'' बस इतनी बातें एडमिशन के दौरान उन दोनों के बीच हो जाया करती थीं। बचपन से ही राजू थोड़ा शरारती था और गोविन्द, बचपन से ही थोड़ा समझदार था। गोविन्द बार-बार राजू को उसकी शरारतों के बाद समझाता और राजू फिर उसी वक़्त एक शरारत कर बैठता। गोविन्द की जुबान पर भी राजू के लिए बस एक लाइन चढ़ गयी थी, 'तुम्हारा कुछ नहीं हो सकता।'

उस दिन कॉलेज ख़त्म हुआ और घर लौटते वक़्त राजू ने गोविन्द से पूछा-

"यार देख, किसी और का मैटर होता, तब तो मैं बिल्कुल नहीं पूछने जाता; अपने दम पर ही सारा बात पता लगाता... लेकिन तुम है न तो हमको बर्दाश्त नहीं हो रहा है। देख, बच्चा से दोनों दोस्त हैं ना, कभी कुछ नहीं छुपाये हैं एक दूसरे से, बता दो ना क्या बात है? आखिर वो कौन-सा चीज था, जिसके लिए तुम गार्डन में परेशान होकर घूम रहे थे?''

"देख भाई, कोई और पूछता, तब तो उसको हम नहीं बताते, लेकिन तुम पूछा है तब तो बिल्कुल नहीं बतायेंगे बात क्या है।" बोलने के बाद गोविन्द, राजू की तरफ देखकर मुस्करा उठा।

"वाह बेटा..! मेरी बिल्ली मुझी से म्याऊँ, हमारा वाला जवाब हमहीं को दे रहे हो!"

"नहीं यार, देख एक बात तो तुम्हें पता है न, जिस चीज के बारे में मैं पहले से बता देता हूँ, वो चीज पूरी नहीं होती, इसलिए मैं अभी कुछ नहीं बता सकता।"

"साला अंधविश्वासी! मुझे बोलता रहता है कि मेरा कुछ नहीं हो सकता... तुम्हारा कुछ नहीं हो सकता।" बोलने के बाद एक तीखापन राजू के चेहरे पर छा गया। इसी तरह की खींचतान करते हुए दोनों अपने-अपने घर पहुँच गए।

घर पहुँचने के बाद भी प्रिया, गोविन्द के दिमाग से निकल नहीं पा रही थी। उसके जहन में बस वही तस्वीर नाच रही थी, जिसमें प्रिया गार्डन में बैठी फूलों के साथ मग्न थी। गोविन्द ये भी सोचने लगा कि उसे हो क्या गया है, पहले कभी भी ऐसा तो नहीं हुआ, कि किसी को देखा और उसके बारे में ही सोचता रहा हो। वो सोचने लगा, पता नहीं कल वो लड़की कॉलेज आये या न आये। अगर आती भी है, तो पता नहीं वो किस क्लास की हो। हो सकता है वो सीनियर भी हो। फिर वो उसके बारे में इतना ज्यादा क्यों सोच रहा है? लेकिन जितना ही वो उसके बारे में नहीं सोचना चाह रहा था, उतना ही ज्यादा वो उसके बारे में सोचे जा रहा था। उसे अपने-आप पर गुस्सा भी आने लगा। उसने अपने आप को समझाना चाहा, कि वो कॉलेज पढ़ाई करने के लिए गया है, इश्क लड़ाने नहीं, लेकिन दिमाग को पढ़ाये इस पाठ का भी कोई फायदा नहीं हुआ; प्रिया की मुस्कान, परमानेंटली उसके दिमाग पर छप गयी थी, जैसे बचपन में इतवार को देखा गया शक्तिमान का एपिसोड छप जाता था और अगले संडे से पहले मिटता नहीं था। उसने सोचा, अगर शक्तिमान वाली दिल्लगी इस लड़की से हो जायेगी तब तो और भी बेकार, क्योंकि बहुत मुमकिन था कि प्रिया उसे रोज कॉलेज में दिख जाए।

रात में कब तक वो अपने घर के पास के कुत्तों के भौंकने की आवाज सुनता रहा, ये तो उसे याद नहीं, लेकिन सुबह उठने में उसे देर जरूर हो गयी थी। राजू, तैयार होकर जब उसे बुलाने आया तब उसकी माँ ने कहा-

"वो तो अभी तक सो ही रहा है; मुझे लगा आज उसका कॉलेज नहीं है, इसलिए जगाया नहीं।"

"नहीं आंटी ऐसी कोई बात नहीं है, कॉलेज तो आज खुला हुआ ही है।" राजू ने जवाब दिया।

"ठीक है फिर जगाओ उसको, पता नहीं क्यों आज नहीं जग पाया और दिन तो खुद से जग जाता था।"

राजू, गोविन्द के कमरे में गया और और पेट के बल सोते गोविन्द के नितंबों पर कॉपी से मारकर जगाते हुए बोला,

"और हीरो, किसके सपने में खोये हो इतनी देर तक, जो जगने का मन ही नहीं कर रहा है!"

राजू के मारने से गोविन्द की नींद टूटी और वो हड़बड़ाकर जग गया। कुछ सेकेंड तक तो उसे समझ में नहीं आया कि क्या हुआ है और वो राजू की ओर ताकता रहा। कुछ समय उपरान्त उसे ये आभास हुआ, कि कॉलेज का टाइम हो गया है और वो अभी तक सोया हुआ ही था।

"अरे यार मैं लेट हो गया! तुम यहीं पाँच मिनट रुको, मैं तुरंत तैयार होकर आता हूँ।" गोविन्द ने अपने सर पर हाथ मारते हुए कहा और तेज़ी से उठकर बाथरूम की तरफ भागने लगा।

"अरे बताते तो जाओ कि किसके सपनों में खोये थे इतनी देर तक और क्या-क्या कर रहे थे?" राजू ने कुटिल मुस्कान के साथ पूछा।

"साले, माँ यहीं पे है, सुन लेगी तो... साला कहीं भी कुछ भी बोलते रहता है; तुम्हारा कुछ नहीं हो सकता।" बहुत ही धीमे स्वर में बोलता हुआ, आँखें बड़ी करते हुए गोविन्द, बाथरूम की तरफ चला गया।

बीस मिनट में गोविन्द नहा-धोकर वापस आ गया और तैयार होने लगा। उसने कपड़े पहनने से पहले डियो मारा और फिर बालों में कंघी

करने लगा। चेहरे पर क्रीम उसने अभी लगाया ही था कि राजू बोल पड़ा-

"आज डियो-सियो, क्रीम-ब्रीम, क्या बात है.....? कहीं कॉलेज के गार्डन में कोई नया फूल तो नहीं खिल गया है? बराबर महक के चक्कर में ही तो कहीं ये सौंदर्य-सामग्री का इस्तेमाल नहीं किया जा रहा है?"

"तुमको सब चीज में टोकना जरूरी ही है! डियो तो हम रोज लगाते हैं और डियो ही क्यों, जितना भी हम आज कर रहे हैं, वो रोज करते हैं; तुम हमको देखा है कभी तैयार होते हुए?" गोविन्द के जवाब में चिढ़ थी। गोविन्द तैयार हुआ और दोनों कॉलेज के लिए निकल पड़े। माँ ने जाने से पहले कहा-

"अरे एक रोटी तो खाते जाओ!"

"रहने दो माँ, वहीं कॉलेज के कैंटीन में ही कुछ खा लूँगा, अभी देर हो रही है।" गोविन्द ने कहा।

"मुझे पता है किस बात की देर हो रही है।" बोलते हुए राजू ने अपनी हँसी नीचे दबा ली।

"तुम्हारा कुछ नहीं हो सकता।" अपने परिचित अंदाज में गोविन्द ने कहा।

दोनों अपनी-अपनी साइकिल से, बातें करते हुए कॉलेज पहुँचे। साइकिल, पार्किंग में खड़ी करके आगे बढ़ते हुए राजू ने पूछा-

"अभी कुछ ध्यान दिए चचा?"

"क्या? वैसा तो मुझे कुछ दिखा नहीं ध्यान देने लायक, रास्ते में कुछ था क्या?" गोविन्द को लगा जैसे राजू ने प्रिया को कॉलेज में कहीं देखा और उसकी सुंदरता से आकर्षित होकर, हो न हो वो उसी के बारे में बात कर रहा है।

"अरे तुम सचमुच चचा ही रह जाएगा। जब साइकिल लगा रहा था तब देखा नहीं एक नयी लेडीज साइकिल वहाँ थी।"

"तो ये कौन सी ध्यान देने लायक बात है?" गोविन्द ने उदासीन भाव से जवाब दिया, लेकिन अपनी बात ख़त्म करते-करते उसकी आँखें बड़ी हो

गईं। उसे लगा कि ये नयी साइकिल उस नयी लड़की की भी हो सकती है। उसने पीछे पलटकर देखा तो सच में एक साइकिल, पार्किंग में खड़ी थी, जिसे उसने पहले कभी नहीं देखी थी। चूँकि वो पहले ही लेट हो चुके थे, इसलिए गोविन्द ने कहा-

"अच्छा रहने दो, अगर नयी साइकिल है भी तो हमें क्या करना, चलो जल्दी, क्लास स्टार्ट हो गया है।"

दोनों क्लास में घुसे। गोविन्द, मास्टर जी द्वारा पढ़ाई गयी चीजों को बोर्ड पर देखता हुआ अपनी सीट पर जाकर बैठ गया, वहीं लेट होने की वजह से निकल गए लेक्चर की परवाह किये बगैर, पूरे क्लास का मुआयना करते हुए राजू अपनी सीट पर बैठ गया। बैठते ही उसने मुँह पर हाथ रखते हुए गोविन्द से पूछा-

"इस बार क्लास में कुछ ध्यान दिए कि नहीं?"

"हाँ यार, अच्छा खासा लेक्चर निकल गया है।"

"तुम साला पढ़ाई-लिखाई के बाहर भी कुछ सोच सकता है?"

"अब क्या अजूबा देख लिया तुम? यहाँ भी कोई नयी साइकिल लगी है क्या?"

"तुम गधा है; क्लास में साइकिल रहता है कि साइकिल वाली रहती है?" राजू की इस बात को सुनकर गोविन्द में जैसे एक अलग ही चेतना जागृत हो गयी। 'साइकिल वाली' शब्द सुनते ही प्रिया का चेहरा एक बार फिर उसकी आँखों के सामने घूम गया। उसने बोर्ड से ध्यान हटाकर थोड़ी तेज़ आवाज में उससे पूछा,

'कहाँ?'

"वाह बेटा! चौंक तो ऐसे रहे हो जैसे तुम तो जानते ही हो उस साइकिल वाली को।" राजू के इतना कहते ही गोविन्द थोड़ा झेंप सा गया।

"अबे वो सब छोड़, ये बता कहाँ देखा है तुमने उसे?" बेचैनी भरे लफ़्ज़ों के साथ गोविन्द ने राजू से पूछा।

"सब्र रखो, पहले हमको ई बताओ तुम बिना उसके बारे में जाने इतना

बेचैन काहे हो रहा है?''

''अरे हमको लग रहा है, हो-ना-हो, ये साइकिल वाली ही गार्डन में खिला नया फूल है।'' गोविन्द ने जैसे खिड़की पर ढँके पर्दे को हटा दिया।

''अच्छा! मतलब सच में बगिया में फूलों की महक तुम्हें आकर्षित कर रही थी और इसीलिए आज खुद भी पूरे महक के आये हो ताकि समान आकर्षण बना रहे।''

''अबे अब बता दिया ना! तुम ज्यादा बातें मत बनाओ और ये बताओ कहाँ देखा तुमने उसे?''

''साला तुम बेहोस होकर क्लास में घुसा ही, तब क्या किया जा सकता है; देख लो अपने से ठीक दू बेंच पीछे दू गो नयी क्लासमेट आकर बैठी हुई हैं; अब पता नै इसमें तुम्हारा गार्डन लव कौन है, या फिर है भी कि नहीं। हाँ लेकिन ज़रा सँभल के, पम्मी भी उसके एक बेंच पीछे है; कहीं वो ये ना सोच ले कि तुम उससे तार जोड़ने का कोशिश कर रहा है।''

''हाँ यार ये बात तो है ही और मेन बात तो ये है कि हमको ही पीछे देखने का हिम्मत नहीं हो रहा है, क्लास ख़त्म होने के बाद ही देखेंगे।'' गोविन्द ने राजू को जवाब दिया, लेकिन अब गोविन्द से बर्दाश्त कर पाना मुश्किल हो रहा था। उसे पता था पीछे पम्मी बैठी है। उसने पीछे देखा तो पम्मी पक्का यही सोचेगी कि वो उसी को देख रहा है, लेकिन फुलटॉस बॉल पर रिस्क तो लेना बनता ही है... या तो कैच आउट होगा या फिर छक्का पड़ेगा। उसने पीछे मुड़कर देखा। नजर पहले पम्मी पर ही पड़ी। पम्मी ने गोविन्द को देख के मुस्का दिया। गोविन्द भी अपने होठों पे मुस्कान चढ़ाकर नजरों से मजदूरी करवाता रहा। बहुत-ही कम मेहनत के बाद उसे प्रिया दिख गयी। उसकी खुशी का ठिकाना नहीं रहा, लेकिन साथ ही उसकी धड़कनें भी ड्रम की तरह आवाज निकालने लगी थीं। जैसे ही वो आगे मुड़ा, राजू पूछ बैठा-

''क्या हुआ, तुम्हारा वाला फूल है या ऐसे ही कोई और है।''

''हाँ यार वही है।'' अपनी खुशी को अंदर दबाने का प्रयास करते हुए गोविन्द धीरे से फुसफुसाया। उसके बाद उन दोनों की हरकत देख कर

प्रोफेसर ने कहा-

"बहुत देर से आप लोगों के बीच कुछ पक रहा है; या तो आप अपना चूल्हा बुझा लें, या फिर जो भी व्यंजन है उसे बाहर जाकर खायें और पचायें, दूसरों को डिस्टर्ब मत करो।" शुरूआत में काफी शालीनता से बोलने के बाद प्रोफेसर साहब बड़े तल्ख़ हो गए थे। उसके बाद उन दोनों के बीच कोई बात नहीं हुई। गोविन्द का पूरी क्लास में मन करता रहा कि एक बार पीछे घूमकर जरूर देखे, लेकिन संयम और भटकाव के बीच संयम ही विजयी हुआ और गोविन्द ने पीछे मुड़कर नहीं देखा।

क्लास ख़त्म होते ही गोविन्द ने फिर से पीछे मुड़कर देखा। पम्मी ने फिर से देख लिया कि गोविन्द पीछे मुड़कर देख रहा है। दोनों के बीच फिर मुस्कान का आदान-प्रदान हुआ। ब्रेक से पहले गोविन्द, पम्मी की परवाह किये बगैर समय-समय पर पीछे मुड़कर प्रिया को ताकता रहा। ब्रेक में जब राजू और गोविन्द एक साथ बैठकर बातें कर रहे थे तो पम्मी को सामने से आते राजू ने देखा।

"गोविन्द, तुम्हारा क्या ख्याल है?" राजू ने पम्मी की ओर देखते हुए पूछा।

"किस बारे में?" गोविन्द ने गार्डन की ओर गर्दन मोड़ते हुए उसके जवाब में पूछा।

"वही, क्लास में जो कुछ चल रहा था, उसके बारे में क्या खयाल है?"

"यार मैंने तो कई बार उसे देखा, लेकिन मुझे लगता है, उसने थोड़ा-सा भी ध्यान नहीं दिया।"

"नहीं बेटा, ध्यान तो बहुत दिया है उसने, देख तेरी ओर ही आ रही है।"

गोविन्द ने गार्डन से नजर हटाकर गर्दन सीधी की। जैसे ही वो मुड़ा, पम्मी उसके पास आकर खड़ी हो गयी थी।

"गोविन्द, एक मिनट के लिए इधर आना जरा!" पम्मी उन दोनों से थोड़ी दूर जाते हुए बोली। गोविन्द उठकर उसके पीछे हो लिया।

"मुझे बड़ा अच्छा लगा ये जानकर कि मैं तुम्हें पसंद हूँ।'' पम्मी ने हर्ष से भरते हुए कहा। गोविन्द, ने अपनी भौंहें सिकोड़ लीं।

''किसने कहा तुम्हें....?'' गोविन्द ने चौंकते हुए पूछा। पम्मी के चेहरे का भाव नकारात्मक होता देख, गोविन्द ने अपने प्रश्न को सुधारा।

''मेरा मतलब है, तुम्हे कैसे पता चला कि मैं तुम्हें पसंद करता हूँ?'' गोविन्द के भाव में अभी तक आश्चर्य घुला था।

''और नहीं तो क्या, उस दिन तुम जानबूझकर मुझसे टकरा गए थे और आज बार-बार पीछे मुड़कर देखना, मैं इतनी भी तो बेवकूफ नहीं हूँ!'' पम्मी ने मुस्काते हुए कभी गोविन्द की ओर तो कभी जमीन की तरफ देखते हुए कहा।

''अरे यार...!''

''क्या हुआ?''

''यार, पीछे बार-बार मुड़कर मैं तुम्हें नहीं देख रहा था।''

''तो फिर किसे देख रहे थे?'' पम्मी की जुबान पर गुस्सा चढ़ चुका था।

''वो मैं...' बस इतना बोलकर गोविन्द, दूर बैठे राजू की ओर देखने लगा।

''क्या वो मैं? तो क्यों बार-बार पीछे देख रहे थे? मुझे नहीं तो और किसे देख रहे थे?''

''यार पम्मी, वो मेरे और राजू के बीच शर्त लगी थी।''

''कौन सी शर्त?''

''वो ये बोल रहा था, कि वो अपनी हरकतों के लिए बहुत बार डाँट सुन चुका है, लेकिन मुझमें इतनी काबिलियत नहीं है कि मैं किसी प्रोफेसर की डाँट सुन सकूँ।''

''डाँट सुनना कौन-सी काबिलियत है?

''व...वो.... राजू के हिसाब से है, तो इसीलिए मैं बार-बार पीछे देख

रहा था, ताकि मैं शर्त जीत जाऊँ और देखा, मैं शर्त जीत भी गया!'' अपने उत्तर देने के बाद गोविन्द जहाँ खुश हो रहा था, वहीं गुस्से में पम्मी वहाँ से बिना कुछ बोले चली गयी। शायद इसे वो अपनी बेइज्जती समझ रही थी और आहत भी हुई।

पम्मी के जाने के बाद गोविन्द फिर से राजू के पास गया।

''और, क्या बातें हुईं दोनों में? जिस मुद्रा में मोहतरमा ने प्रस्थान किया है, लग रहा है सम्बन्ध-विच्छेद हो गया।'' राजू ने फिर कुटिल मुस्कान के साथ गोविन्द से प्रश्न किया।

''तुम साले ज्यादा मजा मत लो और जैसे गँवार जैसा बोलते हो, वैसे ही बोलो, वही बोली तुम पर सूट करता है, ज्यादा सुद्ध हिंदी का कोई जरूरत नै है।''

''अरे भाई गुस्सा क्यों हो रहे हो, बात क्या है ये तो बताओ!''

''अरे यार, पम्मी ये सोचती है कि मैं उसे पसंद करता हूँ; क्लास में जब बार-बार पीछे मुड़कर देख रहा था, वो समझ रही थी कि उसपर लाइन मार रहा था... अब बताओ यार, जिसे देख रहा था, उसे तो कोई फर्क ही नहीं पड़ा और ये हैं कि बस...। मतलब शादी किसी और की और शेरवानी कोई और सिलवा रहा है।''

''अरे भाई, तो तुम्हें तो इस सूचना-मंत्री ने पहले ही सूचित किया था, कि वो तुम्हें पसंद करती है, अब पता चल गया ना!''

''अरे यार, तो उसके पसन्द करने से क्या होगा; मुझे वो उस तरह से पसन्द नहीं है।''

''अच्छा वो सब छोड़ो, ये बताओ बात क्या हुई? क्या तुमने डायरेक्ट कह दिया कि तुम उसे पसन्द नहीं करते?''

''नहीं यार; जब उसने पूछा कि मैं बार-बार पीछे मुड़कर उसे क्यों देख रहा था, तब मैंने कह दिया कि ये हम दोनों के बीच की शर्त थी।''

''कौन सी शर्त बे?'' राजू थोड़ा और गोविन्द की ओर मुड़ गया।

''यही कि तुमने शर्त रखी है कि मैं प्रोफेसर से डाँट नहीं सुन सकता

और अगर सुन गया तो तुम शर्त हार जाओगे।''

''वाह बेटा! अब तुम्हारा भी दिमाग पढ़ाई के अलावा दूसरी जगह पर चलने लग गया है; कभी तुम्हारा दिमाग गार्डन में घूम लेता है तो कभी बेचारी पम्मी को दुःखी कर देता है; वैसे मैं एक सलाह दूँ?''

''तुम कैसा सलाह दोगे मुझे सब पता है, लेकिन जब बचपन से सब बात सुने ही हैं तुम्हारा, तब आज भी अपना दिमाग का कचरा फैला ही दो।''

''साला मेरा बात तुमको कचरा लगता है, ये मत भूलो कि हम इस कॉलेज के सूचना मंत्री हैं, जब चाहें तब गार्डन में खिल रहे नए फूलों की जानकारी उपलब्ध करा दें।'' राजू ने दम्भ भरते हुए कहा था।

''अरे यार मैं तो मजाक कर रहा था; आदमी उसी की बुराई करता है जिसको पसंद ज्यादा करता है, बता भाई क्या आइडिया आया है तुम्हारे दिमाग में?'' गोविन्द भी इस बात से अवगत था कि किसी के बारे में जानकारी जुटाने के फन में राजू माहिर है और इस वक़्त वो प्रिया के बारे में जल्दी-से-जल्दी कुछ जानना चाहता था, बस इसीलिए उसने अपने स्वर को बहुत ही नरम करते हुए राजू से सवाल किया।

''उ तो हमको पता है तुम हमको कितना पसंद करता है और हमको ये भी पता है कि आदमी समय पर गदहो को बाप बना लेता है।''

''अब ज्यादा भाव मत खाओ, चुपचाप बताओ क्या आया है तुम्हारे दिमाग में।''

''पहले किरिया (कसम) खाओ कि तुम गुस्सा नहीं होगा।''

''चलो ठीक है बताओ, नहीं गुस्सा होंगे हम!''

''नहीं ऐसे नहीं, कसम खा के।''

''तुम साला कैसे कॉलेज में आ गया, ये सब तो प्राइमरी का बच्चा करता है... चलो खाये कसम, अब बताओ।''

''किसका कसम खाया?''

''तुम्हारा खाये; अब बताएगा कि खाली बकवास करेगा तुम!''

"नहीं हमारा कसम क्यों; उसी का खाओ, जिसका कसम खाने के बाद तुम कसम तोड़ नहीं सकता है।"

"किसका कसम? किसका कसम खा के हम नहीं तोड़ सकते हैं? देखो ई सब बात के लिए हम माँ का कसम कभी नहीं खाएँगे।"

"नहीं, माँ का कसम तो हम खाने भी नहीं कहेंगे; उसी का कसम जिसका बचपन में खाता था... भगवान् का, लेकिन क्रिकेट के भगवान् का।"

"साला हमको पता था कि तुमको अभी तक याद होगा; चलो सचिन का कसम खाते हैं कि हम गुस्सा में तुम्हारे मुँह का नक्सा नहीं बिगाड़ेंगे।"

"मतलब तुम गुस्सा होगा ही?"

"अब तुम बताएगा कि खाली..."

"हाँ, तब सुनो; देखो, गार्डन में जो फूल खिला है, उसका खुशबू तुम्हारे लिए है कि नहीं, ये क्या पता; अरे, लेकिन जो बगीचा ही तुम्हारा है उसमें पौधे क्यों नहीं लगा रहे हो?"

"हमको पता था तुम्हारे दिमाग में ऐसा ही कुछ चल रहा होगा; अच्छा हुआ कसम खिला दिया था, नहीं तो मुँह अभी तक फूल गया होता तुम्हारा।"

"देख लो भाई सूचना मंत्री हैं हम... बहुत सारा लड़का पम्मी पर चांस मार रहा है और ऊ तुम्हारे लिए जान देती है, बुराई क्या है? भगवान् के घर जाओगे तो कुछ ना कुछ प्रसाद जरूर मिल जाएगा; यहाँ तो भगवान् खुद आया है तुम्हारे पास और रही बात उस फूल की, जो तुम्हें पसंद है, तो लगे रहो उसको भी अपने सुगंध में सुगन्धित करने की कोशिश में, मगर इसको छोड़ना तो बेवकूफी है बेटा।"

"बस हो गया तुमको बोला हुआ?"

"हाँ हमको तो हो गया, लेकिन तुम सोचना जरूर, बहुत कुछ मिल जाएगा.....।" एक कुटिल मुस्कान के साथ राजू ने अपनी बात ख़त्म की। जैसे ही उसने अपनी बात ख़त्म की, उसे लगा फिर से गोविन्द कुछ बोलेगा,

लेकिन ऐसा कुछ नहीं हुआ। उसने आश्चर्य से गोविन्द की ओर देखा। गोविन्द की नजरें प्रिया पर टिकीं थीं, लेकिन फिर गोविन्द कन्फ्यूजन ही क्रिएट कर रहा था। अभी प्रिया और पम्मी बरामदे में साथ चलते-चलते बातें कर रही थीं। प्रिया पम्मी के बायीं ओर थी और ये लोग उसके दाहिने साइड बैठे थे। कहने का मतलब ये, कि फिर से नजर पहले पम्मी पर ही पड़ती, उसके बाद प्रिया थी।

"अबे अभी मत देख उधर, नहीं तो चाँटा खा जाएगा इस बार!" राजू ने अपने दाँतों को पीसते हुए कहा। उस वक़्त तक गोविन्द को थोड़ा भी इल्म नहीं था कि प्रिया, पम्मी के साथ चलती हुई बात कर रही है।

"क्या हुआ, किसी को देख रहे हैं तो क्या हो गया; हम कौन-सा उसको छेड़ रहे हैं, जो चाँटा मार देगी?" गोविन्द, नयनाभिराम ताकते हुए बोला।

"बेटा, थप्पड़ प्रिया नहीं, पम्मी मारेगी; साले जब वो तुमसे पूछने आती है कि तुम उसको पसंद करते हो, तब तो मना कर देते हो और हर बार ऐसी सिचुएशन क्रिएट करते हो, कि उसे लगता है जैसे उस पर लाइन मार रहे हो।"

"अरे प्रिया पम्मी के साथ है क्या?" गोविन्द बहुत जोर से चौंका।

"नहीं प्रीती जिंटा के साथ और तुम ब्रेट ली हो, अभी आके गले लगाएगी तुमको।" राजू ने तंज कसा।

"अरे मैं क्या करूँ यार, जब भी प्रिया को देखता हूँ, सब कुछ भूल जाता हूँ, लगता है बस उसको देखता ही रहूँ।" गोविन्द के चेहरे पर एक अलग ही सुकून था।

"और गिटार-विटार भी बजता है? गाना-वाना का कोई धुन.....!"

"साला तुमको हर बात मजाक ही लगता है; यहाँ साला समझ नहीं आ रहा कि उससे दोस्ती कैसे करें, आ ये हैं कि म से मदद करने के बदले, म से मजा ले रहे हैं।" चिढ़ती आवाज में गोविन्द ने कहा। थोड़ी देर तक दोनों चुप रहे फिर, गोविन्द ही बोल पड़ा।

"देख भाई, तुमको तो पता ही है कि बचपन से पढ़ाई-लिखाई ही मेरा

दीन-दुनिया रहा है; खेल में भी क्रिकेट देख तो लेते थे, लेकिन खेल कभी नहीं पाए, ना कभी एक ओवर बैटिंग कर पाए, ना कभी बॉलिंग मिला। याद है हमको एक बार लास्ट ओवर में 28 रन बचा था, तब शोभित हमको बॉलिंग दे दिया था; सोचा था बहुत ज्यादा भी रन दिए, तब दस-पंद्रह रन देंगे। साला 7 वाइड जब दे दिए थे तब 3 गेंद पर 7 रन बचा था बनाने के लिए, तब शोभित मेरा बेबी ओवर करना चाहता था, लेकिन सामने वाला टीम नहीं माना था और फिर तीन वाइड और एक चौका से विरोधी मैच जीत गया था। उसके बाद कभी कोई बॉलिंग नहीं दिया था और अभी तक नहीं देता है। बैटिंग भी सबसे लास्ट में। एक बार पता नहीं क्या हुआ था हमको, या फिर बॉलर ही बेकार आ रहा था, हम 14 गेंद पर 25 रन बनाकर लास्ट में अच्छा स्कोर पहुँचा दिए थे और हमारा टीम जीत गया था। अगला बार खुश होकर हमको फर्स्ट डाउन भेज दिया था शोभित। अब बॉल पता ही नहीं चल रहा था हमको, कोई कान के पास से जाए कोई पेट में लग रहा था; एक तो वहाँ भी लग गया था। फास्ट बॉलर साला लगा शोएब अख्तर रहा हो। उस दिन तो मरते-मरते बचे थे। एक मिनट में दुनिया घूम गये। आँख बाहर आ गयी थी। उसी दिन जाकर गार्ड खरीदे थे, सब चिढ़ाता भी था, 'खेलने आता नहीं है लेकिन उतरता पूरा व्यवस्था के साथ है'। उस दिन भी वही हुआ। रिटायर्ड हर्ट भी नहीं मान रहा था ऑपोज़िट टीम वाला। 3 ओवर खाने के बाद हिट विकेट होकर आये थे 2 रन बनाकर। तब से आज तक जब भी तुम बुलाया है, खाली फील्डिंग कर के ही आये हैं ना! जब भी तुम्हारा टीम पूरा नहीं पड़ा है, हम गए हैं कि नहीं? भले हमको बॉलिंग-बैटिंग कुछ नहीं मिलता है। तब दोस्त, मेरा भी कुछ मदद करो यार! कुछ तो बताओ कि कैसे दोस्ती की जाए प्रिया से; तुमको बाहरी दुनियादारी हमसे ज्यादा पता है न।'' गोविन्द अब प्रिया से दोस्ती करने के लिए राजू से सुझाव माँग रहा था।

''देखो भाई, सिम्पल दोस्ती में तो कुछ है नहीं, लेकिन तुम जिस तरह का दोस्ती का बात कर रहा है ना, वो दोस्ती से कुछ ज्यादा टाइप वाला है; तब उसके बारे में तो हमको भी कोई अनुभव नहीं है। अब तुमको क्या बता रहे हैं, तुमको तो साला मेरे अंडरवेअर का नम्बर तक पता है... हमको सूचना भले मिल जाता है कि कौन किसके साथ क्या कर रहा है, लेकिन

कौन किसके साथ कैसे कर रहा है, ये तो पता नहीं चल पाता; किसी मामले का, इतना स्क्रूटिनी आज तक किये नहीं हैं। हाँ, अभी तुम नाम लिया ना शोभित का तब उससे भले कुछ सलाह लिया जा सकता है; साला ग्राउंड में छक्का मार-मार के बाहर कितना विकेट वो गिराया है, क्या बताएँ तुमको और ये भी पता चला है कि बहुत-सारा मैच में तो उसको ओपनिंग करने का चांस भी मिला है... अपना-अपना किस्मत होता है ये सब भी; एक वो है जहाँ बाढ़ आयी हुई है, एक तुम हो; जिसके पीछे पम्मी पड़ी है और एक हम हैं, साला जानकारी लेकर ही खुश रह रहे हैं।''

"तुम कहना क्या चाहते हो? जिस तरह क्लास का सब लड़का हमारे पास सिलेबस का प्रॉब्लम सॉल्व करने आता है, उस तरह हम शोभित के पास जाएँ ये कहने कि हमको थोड़ा इस मैटर में हेल्प कर दो।''

"हाँ बुराई तो कुछ है नहीं, लेकिन साला एक बात का रिस्क है, कहीं वही ना प्रिया को... और अपना एक स्कोर बढ़ा ले।'' राजू के चेहरे पर फिर से एक मजाकिया मुस्कान थी।

"साला मेरा अब यही काम बच गया है कि हम सबके पास जाके लव टिप्स लेते रहें; तुम अपना आदमी था इसलिए तुमसे पूछ भी लिए, नहीं तो...'' इतना बोलने के बाद वो उठकर फिर से क्लास में चला गया।

क्लास के बाद आज एक-दो बार गोविन्द की नजरें प्रिया से टकराईं। अगर प्रिया, गोविन्द की आँखों को पढ़ पाती तो उसे बहुत सारा संवाद उसकी आँखों में ही दिख जाता। पम्मी को अब धीरे-धीरे समझ में आने लगा कि गोविन्द के दिल में प्रिया के लिए कुछ है। वो अब उसकी हर एक उठती-गिरती नजर पर ध्यान बनाये हुई थी। जब दिन ख़त्म होने के बाद सभी बाहर निकलकर जाने लगे, तो प्रिया भी पार्किंग की तरफ बढ़ी। उसके साथ सोफिया थी। वो चर्च साइड से आती थी। उसका घर ज्यादा दूर पड़ता था, इसलिए वो साइकिल लेकर आती थी। आज गोविन्द और राजू को पता चला कि साइकिल सोफिया की है। सोफिया के घरवालों ने निर्धनता दूर करने के लिए धर्म परिवर्तन किया था। उसके घरवाले कम पढ़े-लिखे थे। वो किसी भगवान् से ज्यादा उसी को मानते थे, जिसने संकट की घड़ी में धर्म-परिवर्तन के बदले पैसे दिए थे। वो उसी के बताए अनुसार उसके सुझाये

भगवान् की उपासना करने लगे। उनका मानना था कि भगवान् अलग-अलग हो ही नहीं सकता; चाहे तरीका कुछ भी हो, चाहे नाम किसी का लें, उपासना तो सब एक की ही करते हैं और संकट से जो उबार दे, सही मायने में भगवान् तो वही है। प्रिया और सोफिया, प्रिया के घर तक पैदल जाती थीं, उसके बाद सोफिया साइकिल पर बैठकर चली जाती थी। आज कॉलेज से निकलते वक़्त जब गोविन्द की नजर बार-बार फिसलकर प्रिया पर जमा रही थी और फिर वो तुरन्त अपनी नजर वहाँ से हटा लेता था, तो इसी बीच उसने ध्यान दिया कि प्रिया की भी एक तिरछी नजर उससे टकराई और हल्की मुस्कान जब प्रिया के चेहरे पर तैरी, तो वो और भी खूबसूरत लगने लगी थी। सूचना मंत्री की नजर भी इस पूरे घटनाक्रम पर बनी हुई थी और जैसे ही इन लोगों के रास्ते अलग हुए, गोविन्द ने राजू से पूछा-

"कुछ देखा तुमने?"

"हाँ देखा।"

"मतलब उसके भी दिल में कुछ है!"

"यार एक बार देख के हल्की-सी मुस्कान दे देने से ये तो नहीं मान सकते ना कि उसके दिल में कुछ है; अब प्लीज ये मत कहना कि हँसी तो समझो फँसी, ये सब पहले होता था; अब उल्लू समझ के हँसती हैं।" बदले में गोविन्द ने कुछ नहीं कहा, बस गुस्से में राजू को देखा।

"क्या हुआ, तेरा चेहरा वाट्सप के लाल कलर के इमोजी जैसा क्यों हो गया?" राजू ने फिर चुहल की।

"चुपचाप से अपना काम कर, नहीं तो मारूँगा तो तेरा चेहरा एक ही बार में तरह-तरह के इमोजी जैसा हो जाएगा।" राजू, गोविन्द के गुस्से को भाँप गया और फिर अलग ही बातें करने लगा। बातें करते-करते दोनों अपने-अपने घर पहुँच गए।

गोविन्द की हालत आज भी पिछली रात जैसी ही थी। वो पढ़ने बैठा तो किताब पर छपे काले अक्षरों में उसे कुछ लिखा पता नहीं चल पा रहा था, आज तो बस काले अक्षर ही नजर आ रहे थे। उसने किताब बंद कर दी और सोने का प्रयास करने लगा। पहले जब भी वो सोता था तो पढ़ाई के

बारे में ही सोचता रहता था, लेकिन अब वो सोच रहा था, कि अगर ऐसा ही चलता रहा तो फिर वो ग्रेजुएट नहीं हो पायेगा। उसने तय किया कि वो प्रिया के बारे में नहीं सोचेगा, लेकिन इश्क़ में अपने-आप पर बस कहाँ चलता है। आज गार्डन में बैठी प्रिय के चेहरे के तुरंत बाद उसका तिरछी नजरों से देखकर मुस्काना याद आ जाता था और गोविन्द का दिल एक अलग सुकून से भर जाता था। न जाने यादों में सोने से पहले कितनी बार उसने प्रिया की मुस्काती तस्वीर को देखा और फिर उसकी आँख लग गयी।

आज उसने एक सपना भी देखा था। बड़ा ही अजीब सपना! शायद राजू की कही बात उसके दिमाग में रह गयी थी, या फिर पाने से पहले प्रिया को खोने का डर उसके दिल में समा गया था। उसने सपने में देखा कि रोज चाहकर भी वो प्रिया से बात नहीं कर रहा है, वहीं शोभित से प्रिया की बातें होने लगी हैं। जब भी शोभित क्रिकेट खेलता है, तो प्रिया वहाँ पहुँची रहती है। क्रिकेट में तो चाहकर भी वो कुछ अच्छा नहीं कर पा रहा है और जिस चीज में वो अच्छा है, वहाँ भी उसका परफॉर्मेन्स डाउन हो गया है। पढ़ाई में भी वो अच्छा नहीं कर पा रहा है, क्योंकि न तो वो क्लास में ध्यान दे पाता है और ना ही घर में पढ़ाई पे ध्यान लगा पाता है। वो एकाएक चौंक कर तब उठ गया, जब उसने देखा कि प्रिया, शोभित को प्रपोज कर रही है। ये बात सूचना मंत्री को पहले ही पता चल गयी थी, कि प्रिया आज शोभित को प्रपोज करेगी और उसने जगह और टाइम बता दिया था गोविन्द को। गोविन्द वहाँ छुपकर खड़ा था और जैसे ही प्रिया ने शोभित को प्रपोज किया, गोविन्द की नींद टूट गयी। अगर नींद नहीं टूटती तो शायद सपने में वो प्रिया को वहीं मना कर देता और ये कह देता कि शोभित अच्छा लड़का नहीं है, इसका बहुत लड़कियों के साथ अफेयर है; लेकिन नींद खुली तो उसने समय देखा। सुबह के चार बज रहे थे। अब तो गोविन्द और ज्यादा डर गया। उसे किसी ने कहा था, कि सुबह का सपना सच हो जाता है। बचपन में तो कई-कई बार सुबह में देखा उसका सपना सच भी हो गया था। इस बात से गोविन्द बहुत ज्यादा घबरा गया। उसे भगवान् में ज्यादा विश्वास नहीं होने के बावजूद वो उसी क्षण भगवान् से प्रार्थना करने लगा कि ये सपना सच न हो। भगवान् को याद करते-करते वो फिर से सो गया।

आज गोविन्द ज्यादा देर तक सोया नहीं रहा। वो समय से तैयार होकर

राजू का वेट कर रहा था। राजू घर के बाहर आकर बाइक का हॉर्न मारने लगा। दरवाजे पर जाकर उसने देखा तो राजू, बाइक लेकर आया हुआ था। वो थोड़ा हैरत में पड़ते हुए आगे बढ़ा।

"अबे किसकी उठा लाये?"

"साले बैठ जा, बाइक ही है, किसी की बीवी थोड़े ही लेकर आया हूँ जो ऐसे चौंक रहा है; एक काम कर मैं पीछे बैठता हूँ, तू चला; आज प्रिया से तेरी सेटिंग का कुछ जुगाड़ करना ही पड़ेगा।"

"ये बाइक किसकी है, पहले ये तो बता!"

"बाइक मेरे ममेरे भाई की है; वो अभी 4-5 दिन यहीं रहेंगे, उन्हें पटना में कुछ काम है, तो रोज दलसिंहसराय से अप-डाउन तो नहीं कर सकते, इसलिए वो पाँच दिन यहीं से पटना जायेंगे, तब तक मजे लो इस बाइक के।"

"वैसे एक बात बोलूँ, सेटिंग मत बोलो यार, दोस्ती बोलो ना, सेटिंग बहुत बुरा लगता है।"

"जनाब आपका जो अंदाज-ए-एप्रोच है ना, उसको हमारी भाषा में सेटिंग ही कहा जाता है और दोस्त तो आप भी उसको नहीं बनाना चाहते; खयाल तो कुछ ज्यादा के ही हैं आपके मन में भी... दोस्त तो पम्मी है, वो भी आपकी नहीं, मेरी; आपके लिए तो उसके भी दिल में कुछ-ना-कुछ चल रहा है।"

"तुम साला ऐसे ही दिमाग चलाते रहो, तुम्हारा कुछ नहीं हो सकता।"

"अच्छा, हम दिमाग नहीं चलाते, तो कुछ पता नहीं चल पाता हमको; बहुत कुछ पता चल गया है हमको प्रिया के बारे में, लेकिन चूँकि मेरा कुछ हो नहीं सकता, इसलिए जिनका होना है वही जानें।" राजू, रूठने का अभिनय करने लगा।

"अरे भाई वो लाइन तो मेरे लबों पर चढ़ गयी है, इसलिए मुँह से निकल जाती है; भला तुम्हारा कुछ कैसे नहीं हो सकता... बताओ ना कहाँ घर है उसका?" गोविन्द, विनम्र निवेदन करने लगा।

''भाई अब ये तो मैं कभी नहीं बताऊँगा, तुम चाहे जो भी कर लो।'' इसके बाद राजू ने कुछ नहीं बताया। उसने कहा कि तुम बार-बार कहते रहते हो कि मेरा कुछ नहीं हो सकता, इसकी यही सजा है कि उसके घर का पता तुम्हें कल बताया जाएगा।'' शायद राजू को भी प्रिया के घर का पता नहीं था और वो इतना कॉन्फिडेंट था कि उसे ये बात कल तक पता चल ही जायेगी। गोविन्द बहुत बार उससे विनती करता रहा, लेकिन राजू नहीं माना। इसी तरह नोंक-झोंक करते-करते दोनों कॉलेज पहुँच गए।

कॉलेज पहुँचते ही गोविन्द की बाँछें खिल गईं। प्रिया, कॉलेज के ग्राउंड में सोफिया के साथ टहल रही थी और उसने गोविन्द पर कुछ ज्यादा ही ध्यान दिया। गोविन्द आपे से बाहर होने लगा। उसने एक्सेलरेटर को कुछ ज्यादा ही घुमा दिया। सड़क, जहाँ मुड़ रही थी, वहाँ भी उसने रफ़्तार धीमी नहीं की और बाइक झुकाते हुए आगे बढ़ा। अब ग्राउंड में मौजूद लगभग सारे लोग उसे ही देख रहे थे। चूँकि वो कॉलेज के अंदर था, इसलिए उसे स्टंट दिखाने का मौक़ा कम मिला और गाड़ी तुरंत पार्किंग के पास पहुँच गयी।

''साला बाइक सीखे हुए अभी एक साल हुआ नहीं है, 500 किलोमीटर बाइक चलाये नहीं होंगे और ये लहरिया कट! क्या जरूरत था ऐसा करने का? जहाँ जरा सा भी गाड़ी अनबैलेंस होता ना, तब वहीं हाथ-गोर चार गो हो जाता, आ अभी जो अपने-आपको हीरो समझ रहे हो न, तब कहते, किसी तरह जल्दी ले चलो यहाँ से, प्रिया देख ना ले!''

''अरे यार, प्रिया को देख के अपने आप ही सबकुछ होने लगा। मुझे तो पता ही नहीं चला कि मैं कर क्या रहा हूँ।''

''बस हो गया, लौटने में बाइक हम चलाएँगे।''

''अच्छा एक बात पर तुमने गौर किया?''

''साला अब तुम बहुत गौर करने लगा है; पहले तो हर बार हमको पूछना पड़ता था, कि गौर किया कि नहीं, अब तुम अपने समझदार हो गया है... वैसे बताओ बात क्या है गौर करने लायक?''

''साला तुम क्या दोस्ती करवाएगा प्रिया से हमारा, जब इतना-सा बात

पर भी गौर नहीं किया कि प्रिया कभी ग्राउंड नहीं जाती, लेकिन आज वो ग्राउंड में टहलते हुए गेट के तरफ ऐसे देख रही थी मानो किसी का इंतज़ार कर रही हो।''

''अच्छा, एक बात बताओ, आजकल तुम कैडबरी डेरीमिल्क शॉट्स तो नहीं खा रहा है?''

''क्या बात कर रहा है तुम!'' गोविन्द ने उसकी तरफ भौंहें सिकोड़ते हुए देखा। उसे अभी कुछ खाने की बात बड़ी अप्रासंगिक लगी।

''और नहीं तो क्या, आजकल बड़े लड्डू फूट रहे हैं तुम्हारे मन में।'' राजू के इतना कहने के बाद गोविन्द को कैडबरी का वो ऐड याद आ गया।

''तुम भी न, तुम्हारा कुछ नहीं हो सकता।''

'बेटा, लड़की कभी आगे नहीं आती; माना कि मैंने कभी प्यार-मोहब्बत किया नहीं है, लेकिन इतना तो मुझे पता है... अगर वो तेरा इंतज़ार भी कर रही होगी, तब भी मैं एक बात दावे के साथ कह सकता हूँ, कि वो तुझसे कहने नहीं आएगी, 'अजी सुनिये! मैं आपसे दोस्ती करना चाहती हूँ'।''

''हाँ यार ये बात तो मुझे भी पता है, लेकिन कैसे बात की जाए यही समझ नहीं आता।''

''तुमसे कुछ नहीं होगा, लगता है हमको ही कुछ करना पड़ेगा; सोफिया से कुछ बात करना पड़ेगा।''

''अब ई सोफिया कौन है?''

''अरे वही, जो प्रिया के साथ ग्राउंड में टहल रही थी।''

''नहीं रुक जा, अभी कुछ दिन मैं ही ट्राय कर लेता हूँ, हो सकता है बात बन जाए।''

''ठीक है देख ले, कहीं देर होने पर शोभित बाजी ना मार ले जाए; एक-दो बार मैंने उसे भी देखा है प्रिया की तरफ देख रहा था।'' राजू के इतना कहते ही गोविन्द को रात का सपना याद आ गया, वो फिर से घबरा गया। उसे फिर से दिन में देखे गए सपने के सच होने वाली बात याद आ

गयी।

"क्या हो गया?" गोविन्द के चेहरे का उड़ा रंग देखकर राजू ने पूछा। एक बार तो गोविन्द के मन में आया कि राजू को सपने के बारे में बता दे, लेकिन वो ये सोचकर चुप रह गया, कि अगर उसे ये बात बता देता है, तो वो उसके बहुत मजे लेगा।

"अच्छा, शोभित के कैरेक्टर के कारण तुम इतना डर गए! घबराओ नहीं दोस्त, अगर तेरा प्यार सच्चा होगा तो वो बस तुझे ही मिलेगी।" राजू ने फ़िल्मी अंदाज में मजे लेते हुए ये बात कही।

"तुझे हर वक़्त मजाक ही सूझता है।" गोविन्द अभी भी अपने सपने से ख़ौफ़ज़दा था। राजू को लगा कि उसकी बात उसे बुरी लग गयी है। उसने तुरंत ही नॉर्मल होते हुए कहा-

"चलो ठीक है तुम ट्राय करो, मैं भी अपनी तरफ से कोशिश करता हूँ।" गोविन्द अब बिल्कुल चुप था। दोनों क्लास में जाकर बैठ गए।

वो दिन भी ऐसे ही आँख-मिचौली में बीत गया। गोविन्द, प्रिया से कोई बात नहीं कर पाया और न ही राजू ने सोफिया से कोई बात की। राजू तो बात कर भी लेता, लेकिन गोविन्द के मना किये जाने के कारण उसने बात करना मुनासिब नहीं समझा। कॉलेज से लौटते वक़्त भी बाइक गोविन्द ही चला रहा था, वो भी बहुत धीमी रफ्तार में। राजू ने पहले ही उसे कह रखा था कि गाड़ी घर की तरफ न ले जाकर इधर-उधर घुमाएँगे, थोड़ी मस्ती वगैरह करेंगे। लेकिन इस धीमी रफ़्तार के बाद राजू ने गोविन्द से पूछा-

"ये माना कि लहरिया कट मार के गाड़ी नहीं चलाना है, लेकिन भइया कुछ तो रफ़्तार दो गाड़ी को......!"

"राजू, तुम ही चलाओ गाड़ी यार, मेरा मन नहीं कर रहा।" उदास मन से गोविन्द ने कहा। गोविन्द बहुत ही कम मौकों पर इतना दुःखी हुआ था। एक बार उसकी माँ बीमार हुई थी तो गोविन्द खाना नहीं खा पा रहा था। जब तक उसकी माँ पूरी तरह ठीक नहीं हुई थी, गोविन्द भी ठीक से खा-पी नहीं पाया था। आज बहुत दिनों बाद गोविन्द दुःखी दिख रहा था, लेकिन उतना नहीं जितना माँ के बीमार होने पर वो था। उसे दुःखी देख राजू भी

थोड़ा सजग होते हुए पूछ बैठा।

"क्या हुआ गोविन्द तुझे, सबकुछ ठीक तो है ना?"

"नहीं यार कुछ भी ठीक नहीं है; दो-तीन दिन से ना तो पढ़ पा रहा हूँ और ना ही उससे बात कर पा रहा हूँ, मुझे समझ नहीं आ रहा कि ये मेरे साथ हो क्या रहा है; कितनी अच्छी मेरी गाड़ी पढ़ाई की पटरी पर दौड़ रही थी, कहाँ से ये मैं प्यार-मोहब्बत के चक्कर में पड़ गया यार...!"

"अच्छा, तो तुम प्रिया से प्यार करते हो.....?" एक बार फिर राजू के चेहरे पर एक चुहल थी।

"और नहीं तो क्या है ये....? और प्यार होता क्या है? साला जब पढ़ने बैठो तो उसी की याद, आँखें बंद करो तो उसी का चेहरा, गाना सुनो तो लगता है जैसे मेरे लिए ही लिखा गया है; वक़्त बेवक़्त बस वही दिलो-दिमाग पर छाई रहती है, अब तुम ही बताओ ये प्यार नहीं है तो और क्या होता है प्यार?"

"अच्छा, हमको लगा था सिनेमा हॉल में, पार्क में, कभी-कभी मंदिर के पीछे भी और किसी दोस्त के रूम पर जो करते हैं, उसको प्यार कहते हैं।" बोलकर, राजू अपना मुँह दबाकर हँसने लगा।

"तुम्हारा कुछ नहीं हो सकता।" गोविन्द ने बस इतना ही कहा।

राजू और गोविन्द अभी-अभी कलकत्ता घूम के आये थे। वहाँ बहुत ही हसरत से दोनों विक्टोरिया मेमोरियल घूमने गए थे, लेकिन उसके बाहर का नजारा देख के दोनों बिहारी, आँखें फाड़े रह गए थे। राजू को पहले से थोड़ा बहुत पता था, लेकिन इस तरह साक्षात सबकुछ देखने के बाद उसे भी यकीन नहीं आ रहा था कि इतने खुले में इतना सबकुछ मुम्किन है।

"तुम देखा....!" गोविन्द ने अपनी आँखें बड़ी करते हुए लौटते वक़्त राजू से पूछा था।

"हाँ तो हम अंधे हैं क्या! कुछ और चल रहा होता तो नजर नहीं भी जाती, लेकिन ये सारी चीजें भला कैसे छूट सकती हैं!"

"यार ये लोग कैसे कर लेते हैं पार्क में ही ये सब?"

"साला तुम ही बोल रहा है कि देखा और फिर तुम ही पूछता है कि कैसे कर लेते हैं; देखा नहीं कैसे कर रहे थे?"

"तुम तो हर एक बात को अलग ढंग से ही समझता है यार; मेरे कहने का मतलब है उन लोगों को लाज-शर्म नहीं आता क्या? वो एक बार भी नहीं सोचते क्या, कि जो भी देखेगा वो क्या कहेगा?"

"भाई, उतना सोचेगा तो प्रेम नहीं कर पायेगा; तुमको पता नहीं है प्यार अंधा होता है... तब बस, उस समय प्यार अंधा हो जाता है और बस एक दूसरे को ही वो महसूस करते रहते हैं।"

"तुम तो ऐसे बोल रहा है जैसे तुम प्यार पर PHD किया हुआ है!"

"PHD तो उ सब पार्क में कर रहा था, हम तो बस प्यार वाला टॉपिक पर करेस्पांडेंस कोर्स ही कर पाए हैं; उसमें जितना ज्ञान हमको मिल पाया है वो दे रहे हैं।"

कलकत्ता से आने के कुछ दिन बाद तक दोनों में यही बहस चलती रहती थी कि मोकामा में भी कोई पार्क वगैरह होना चाहिए। गोविन्द हमेशा मना करता था, जबकि राजू का मत था कि प्रेम अबाध है और लोगों के प्यार करने के लिए एक पार्क का होना नितांत आवश्यक है। आज भी जब गोविन्द ने 'तुम्हारा कुछ नहीं हो सकता' कहा, तो राजू बोल पड़ा-

"हाँ अभी प्रिया से बात नहीं हो रही, मिल नहीं पा रहे हो, तब प्यार बस नजरों और खयालों तक है; एक बार बातचीत शुरू हो गयी ना, तो तुम भी कॉर्नर सीट और रूम ढूँढ़ते फिरोगे।"

"तुम अपनी बकवास बंद करो यार!" गोविन्द, राजू की बातों से चिढ़ गया। राजू ने भी मौके की नजाकत को समझते हुए बात करने का ढंग बदल दिया।

"अरे यार तो ऐसे दुःखी होने से कुछ नहीं होगा; तुम उसे टोको, उससे बात करो, पढ़ाई के ही किसी टॉपिक पर बात करो... लेकिन जबतक तुम बात नहीं करोगे, इस बात की तो मैं गारंटी लेता हूँ, कि वो तुमसे बात करने नहीं आएगी; और हाँ, एक इम्पोर्टेन्ट बात और... वो भी तुमको थोड़ा-बहुत ही सही, प्यार तो करती ही है।" राजू की इतनी बातें सुनकर

गोविन्द का मूड थोड़ा-थोड़ा सही हुआ।

''यही तो समझ नहीं आ रहा कि बात कैसे शुरू करूँ यार... चल, कल मैं पक्का उससे कुछ-ना-कुछ बात जरूर करूँगा।'' दोनों ने उसके बाद बहुत देर तक बाइक राइडिंग का आनंद लिया और फिर उसके बाद अपने-अपने घर को प्रस्थान कर गए।

अगले दिन फिर बाइक चलाता हुआ गोविन्द थोड़ी देर से ही कॉलेज आया था। वो ये सोचकर देर से आया था कि प्रिया पहले से आ चुकी होगी और कल की तरह आज फिर ग्राउंड के चक्कर लगा रही होगी, लेकिन उसकी उम्मीद के विपरीत, प्रिया ग्राउंड में तो क्या, कॉलेज-कैंपस में ही नहीं थी। वो बाइक लगाते हुए पार्किंग का पूरा मुआयना करते हुए सोफिया की साइकिल खोज रहा था, लेकिन उसकी साइकिल भी पार्किंग से नदारद थी। बोझिल मन से वो ग्राउंड की तरफ बढ़ने लगा।

''यार आज तो प्रिया आयी ही नहीं है!'' राजू ने गोविन्द का मन पढ़ते हुए कहा।

''हाँ यार, जब आज इतना सोचकर आया था कि आज हर हालत में उससे कुछ-ना-कुछ बात करूँगा ही, तो देखो आज वो आयी ही नहीं।''

''कोई बात नहीं यार, अभी भी क्लास शुरू होने में पाँच मिनट बाकी है, आ जायेगी।''

''लेकिन वो तो कभी लेट नहीं होती थी... कहीं आज नहीं ही ना आये।'' गोविन्द ने चिंतायुक्त भाव से कहा।

''तुम तो ऐसे बोल रहे हो जैसे उसे वर्षों से जान रहे हो; अरे भाई हो सकता है आज किसी कारण से लेट हो गयी हो।''

''भगवान् करे तुम्हारी बात सही हो।'' चिंता अभी भी गोविन्द के चेहरे पर मौजूद थी। नजरें कॉलेज के मेन गेट की तरफ।

क्लास शुरू हो गयी, लेकिन प्रिया का अभी तक कोई अता-पता नहीं था। आधी क्लास बीतने के बाद प्रिया और सोफ़िया दोनों एक साथ क्लास आयीं। राजू ने बहुत ही धीमी आवाज में गोविन्द से कहा-

"जनाब! कब्ज समाप्त हुआ?"

"क्या बोलते रहते हो तुम?"

"हाँ तो तुम्हारी शक्ल देख के तो यही लग रहा था जैसे तुम्हें कब्ज था और देखो जैसे ही मैडम के दर्शन हुए, आप बिलकुल ही फ्रेश नजर आने लगे।"

"अब तुम अपना मुँह बंद करोगे कि फिर से प्रोफेसर से डाँट खानी है?"

"कोई KG का बच्चा भी शायद अपने टीचर से इतना नहीं डरता होगा।"

"भाई बात डरने की नहीं है, हर बार बेज्जती करवाना अच्छा लगता है क्या?"

"अच्छा मैं तो ये भूल ही गया था कि जनाब को लड़की पटाना है, तो अब इज्जत के बारे में भी सोचना पड़ेगा।" बोलकर राजू ने अपनी तर्जनी अपने होठों पर रख दी।

"तेरा कुछ नहीं हो सकता।" बोलकर गोविन्द, लेक्चर की ओर ध्यान देने लगा, लेकिन उसका दिमाग कहीं और ही चलने लगा। उसने एक बार पीछे मुड़कर प्रिया की तरफ देखा। प्रिया ने उसे देखा और हल्का-सा मुस्का दी। गोविन्द की खुशियों का कोई ठिकाना ही नहीं रहा।

ब्रेक के बाद जब प्रिया, गार्डन में फूलों के बीच बैठी थी तो गोविन्द ने सोचा था कि आज प्रिया से बात जरूर की जायेगी। गोविन्द, राजू से नजर बचाकर प्रिया के पास गया और प्रिया की तरफ न देखकर इधर-उधर देखते हुए प्रिया से पूछा-

"आज देर क्यों हो गयी आपको आने में?"

चूँकि गोविन्द, प्रिया की तरफ देख नहीं रहा था, इसलिए प्रिया को लगा कि हो सकता है उसने किसी और से पूछा होगा। प्रिया ने एक बार उसकी तरफ देखा और फिर फूलों की ओर देखने लग गयी।

"मैंने आपसे ही पूछा, आज आप कॉलेज देर से आयीं!" गोविन्द ने

फिर से अपना प्रश्न दुहराया। प्रिया को समझ नहीं आ रहा था कि वो क्या करे। वो गोविन्द के प्रश्न का जवाब दे कि न दे। उसे न तो उसे जवाब देने का कोई कारण मिल रहा था और न तो जवाब नहीं देने का ही कोई कारण उसके पास था।

"जी... दरअसल... वो सोफिया की साइकिल ख़राब हो गयी थी इसलिए देर हो गयी।" पहले थोड़ा सा रुकने के बाद प्रिया ने अपनी पूरी बात एक ही साँस में खत्म कर दी, जैसे कोई दवाई एक ही साँस में गटक जाता है। गोविन्द आगे क्या बोले ये उसकी समझ में नहीं आ रहा था और दूसरे उसे लग रहा था, अगर राजू ने देख लिया तो तमाम प्रश्न पूछकर उसकी हालत पतली कर देगा।

"ठीक है प्रिया जी, अपना खयाल रखियेगा!" कहते हुए गोविन्द, गार्डन से बाहर निकल गया।

गोविन्द अपने आपमें आज बहुत खुश था। आज उसने प्रिया से बात करने की हिम्मत जुटा ली थी। प्रिया को समझ नहीं आ रहा था कि उसके साथ क्या हो रहा है। उसे यही समझने में मुश्किल हो रही थी, कि अगर गोविन्द उससे केवल उसके लेट आने की वजह पूछ के गया है, तो वो इतनी ज्यादा खुश क्यों हो रही है? इसमें आखिर इतनी खुशी की बात क्या है? लेकिन न चाहते हुए भी प्रिया अन्दर-ही-अन्दर से खुश हो जा रही थी।

ब्रेक के बाद, पूरे क्लास में क्या-क्या पढ़ाया गया, गोविन्द को कुछ पता नहीं चला। लौटते वक्त गोविन्द ने राजू से कहा-

"चलो ना आज सिंघाड़ा खाते हुए चलते हैं और तुम्हारा फेवरेट क्रीम-चोप भी खा लेना।"

"तुम खिला रहा है क्या!" राजू ने गोविन्द की तरफ आँखें बड़ी करते हुए पूछा।

'हाँ।' बोलकर गोविन्द चुप हो गया। राजू भौंहें सिकोड़ते हुए गोविन्द की तरफ देखने लगा।

"ऐसे क्या देख रहे हो? चलो अब।" बोलने के बाद गोविन्द ने राजू की बाँह पकड़कर उसे खींचा। सामान्यतया गोविन्द कभी भी बाहर खाने की

फरमाइश या पहल नहीं करता था। अगर राजू कभी बोलता भी था, तो गोविन्द भरसक प्रयास करता कि बाहर न खाना पड़े। लेकिन आज खुद गोविन्द ने जब बाहर जाने की बात की, तो राजू को समझ आ गया कि जरूर दाल में कुछ काला है।

"देखो बौआ, क्रीम-चोप तो हम छोड़ेंगे नहीं, लेकिन उससे पहले ये बताओ कि ये अघोषित दावत जो है, वो किस उपलब्धि को हासिल करने की खुशी में दी जा रही है?"

"देखो, तुम गँवार टाइप बोलता है तभी अच्छा लगता है; आ रहा बात क्रीम-चोप का, तो आम खाओ न, गुठली गिनने का कोशिश काहे करने लगता है बार-बार।"

"जब तुमको पता है कि हम सूचना मंत्री हैं, तो कैसे नहीं गिनेंगे गुठली बताओ... अरे बताओ ना, कल से प्रिया को भौजी कहना शुरू कर दें क्या?"

"तुम साला...! कुछ भी बोल देना है मतलब; हमको आज सिंघाड़ा खाने का मन किया तब बोल रहे हैं... मेरा मन नहीं कर सकता क्या कभी?"

"हाँ कर सकता है, काहे नहीं कर सकता है; लेकिन क्या हम ये जान सकते हैं कि ये मन आज तक काहे नहीं किया कुछ खाने का; पहले तो हम कुछ बोलते भी थे, तब भी नहीं मन होता था।"

थोड़ी देर और सवाल-जवाब करने के बाद गोविन्द ने हार मान ली और आज हुए पूरे वाकये की कमेन्ट्री राजू को सुना दी। पूरी बात सुनने के बाद राजू ने कहा-

"अरे वाह! तुम भी अब बहुत हिम्मत वाला हो गया है रे; तुम्हारा हिम्मत देख के तो लग रहा है बहुत जल्दी तुम भी शोभितवा का बराबरी कर लेगा।"

"साला तुम लोग का दिमाग में तो बस इतना ही चीज रहता है।"

"नहीं तो बताओ... चलो हम ई मान लिए कि तुम शादी के पहले कुछो ऐसा-वैसा नहीं करेगा, लेकिन अगर प्रिया से तुम्हारा बिआह हो

जाएगा उसके बाद?'' पूछने के बाद राजू अपनी प्रश्नवाचक शरारती नजरों से गोविन्द की ओर देख रहा था।

''अरे शादी के बाद का बात और होता है; हम साला अभी आज उसको पहली बार टोके ही हैं और तुम ये उल्टा-पुल्टा पता नहीं क्या बोलने लगा।''

''हम उल्टा-पुल्टा कुछ नहीं बोल रहे हैं; बात थोड़ा आगे तो बढ़ने दो, देखो ना तुम ही आएगा हमको कहने कि भाई कहीं रूम का जुगाड़ हो जायेगा क्या।''

चूँकि गोविन्द, प्रिया से थोड़ी-सी ही सही बात हो जाने की खुशी में मस्त था, इसलिए उसने राजू की इस बात पर गुस्सा न कर हँसते हुए अपनी वही पुरानी लाइन दुहरा दी,

''तुम्हारा कुछ नहीं हो सकता।''

रात भर गोविन्द के कानों में रोमांटिक गाने बजते रहे और उधर प्रिया इस बात से परेशान रही कि ये उसके साथ हो क्या रहा है। दो लोग दो अलग-अलग जगह, एक रात को काट रहे थे। काट नहीं रहे थे, जी रहे थे। पहली बार गोविन्द को पता चला था कि रातें इतनी हसीन भी होती हैं और पहली बार प्रिया ये जान पायी थी कि खुद से भी बातें करना कितना मजा देने वाला होता है। वो रात दो नए पनपे प्रेमियों को थोड़ा पोषित करती हुई धीरे-धीरे ढल रही थी, जिस तरह मोम पिघल जाता है अपनी लौ से रौशनी देते हुए। रात अँधेरी जरूर होती है, लेकिन बहुत सारे सृजन का कारण भी बनती है; कुछ अच्छे तो कुछ बुरे। सुबह होने तक गोविन्द के मन में एक दृढ़-निश्चय था कि वो आज भी प्रिया से किसी न किसी बहाने से बात जरूर करेगा, तो वहीं प्रिया के मन में ये सवाल था कि क्या आज भी गोविन्द उससे बात करेगा? अपने-अपने निश्चय और सवाल के साथ कब दोनों को नींद ने अपनी आगोश में ले लिया, ये उन्हें पता नहीं चला।

अगले दिन जब गोविन्द ने प्रिया को देखा तो उसने एक मुस्कान गोविन्द को भेंट कर दी। ये कोई साधारण मुस्कान नहीं थी; इस मुस्कान में बहुत सारे सन्देश बंद थे। शायद वो सारे सन्देश, वो सारी बातें, प्रिया

गोविन्द से कभी कह भी न पाए। बदले में गोविन्द ने भी एक बड़ी-सी मुस्कराहट अपने होठों पर रख ली। ये मुस्कान भी अपने-आप में कई जवाब और कई भावनाएँ समेटे थी। ऐसी भावनाएँ, जो गोविन्द कभी भी जाहिर न कर पाए। इस मुस्कान का चश्मदीद बना था सूचना मंत्री। उसके चेहरे पर भी एक अजीब-सा आश्चर्य था। माथे पर कुछ लकीरें एक साथ तो थीं ही, आँखें भी शायद इस दृश्य के कुल मायने समझने की जद्दोजहद में लगी थीं। सूचना मंत्री के शक्ल की इस बनावट को शायद और कोई समझ पाता या नहीं, लेकिन गोविन्द उसे अच्छी तरह समझ गया था।

क्लास में, बरामदे पर, गार्डन में और पूरे कॉलेज में दो नजरें और चार आँखों ने आज न जाने कितनी बातें कीं, कितने सवाल-जवाब हुए, कितनी ही मुलाकातें भी हुईं। आज गार्डन में नए-नए फूल उग आये थे, कॉलेज का बरामदा नया हो गया था... धूप-छाँव, सब-कुछ नया था। पूरा कॉलेज, समूचा वातावरण एक नयेपन में नहा-सा गया था, मगर बस दो लोगों के लिए। आज हर एक की बात में भी मिठास थी। सभी की आवाज सुरीली थी। लेक्चर में भी संगीत का ही मिश्रण था, मगर वो भी बस दो लोगों के लिए ही। अक्सर, या यूँ कहें हमेशा, दुनिया वही रहती है, बस हमारे देखने का नजरिया बदला हुआ रहता है। दुनिया अपनी चाल से अपनी ही दिशा में हमेशा जाती रहती है। बस हमारे हाल और हमारी दिशा पर ये निर्भर करता है कि दुनिया हमें लग कैसी रही है। अब एक उदाहरण बारिश का ही ले लीजिये। कोई उसी बारिश में भीगकर बारिश को एन्जॉय करता है, तो वही बारिश किसी के काम में खलल डालकर विलेन का भी काम करती है। खैर वो दिन प्रिया और गोविन्द की आँख-मिचौली में ही निकल गया। उस दिन लबबस्ता ही रह गए। सारा पार्ट टाइम और ओवर टाइम आँखों ने ही किया।

पहले प्यार की पहली चिट्ठी

एक दिन तो जैसे-तैसे गोविन्द ने प्रिया से बात करने की हिम्मत जुटा ली थी, लेकिन अब प्रिया से कैसे बात करे, उसकी समझ में नहीं आ रहा था। जब हम बोल नहीं पाते तो हमें सबसे बड़ा उपाय दिखता है लिखना। ऐसे भी कहा गया है कि कलम, बन्दूक से भी ताकतवर है... तो इस प्यार में भी गोविन्द को कलम का सहारा लेना पड़ा। जब दूसरे दिन भी प्रिया और गोविन्द की बात नहीं हो पायी, तो गोविन्द ने एक पर्ची पर कुछ लिखकर प्रिया को देने का फैसला किया। जब ये बात उसने राजू को बताई, तो राजू बहुत जोर से हँस पड़ा। कारण पूछने पर उसने बताया-

''भाई आज जब दुनिया विडियो कॉल कर के पता नहीं क्या-क्या कर रही है, उस दौर में तुम चिट्ठी...!'' बोलते हुए उसने अपने मुँह पे हाथ रख लिया और गोविन्द से थोड़ी दूर हो गया।

''अबे साले, अब तुम गाली सुनोगे कह रहे हैं; जब उसका नम्बर है ही नहीं मेरे पास, तो कहाँ से ऑडियो, आ विडियो कॉल करेंगे हम!'' गुस्से में इतना बोलने के बाद गोविन्द थोड़ा नरम हुआ और फिर बोला-

''अभी तक तो ये भी नहीं पता है कि वो मुझसे बात करने में भी इंटरेस्टेड है कि नहीं।''

गोविन्द को थोड़ा दुखी होता देख राजू ने मोर्चा सँभाला और बोला-

''अरे, ऐसे कैसे नहीं इंटरेस्टेड है। भाई अभी तक कोई अफेयर नहीं हुआ है मेरा, लेकिन अफेयर वालों से ज्यादा मुझे एक्सपीरियंस है। देख तुझे मैं पम्मी के बारे में भी बता रहा था, अब प्रिया के बारे में भी मुझे पता है, वो पसंद करने लगी है तुमको।'' थोड़ा सा चुप होने के बाद तुरंत उसने गोविन्द से कहा-

''वैसे एक बात कहें?''

''कह लो।''

''प से पम्मी, प से प्रिया; अरे तुम्हारे जिंदगी में तो प से प्यार ही प्यार है.....''

''अब प से अपना पिंगिल बंद करके बताओ चुपचाप कि लिखें क्या कागज़ पर प्रिया को देने के लिए?''

''इसमें इतना सोचना क्या है जी, सीधा-सीधा लिख दो कि हम आपको पसंद करते हैं और आपसे बात करना चाहते हैं, बहुत ट्राई किये आपका नम्बर लगा ही नहीं, अब ये हम अपना नम्बर दे रहे हैं, आप एक बार ट्राई कर लीजियेगा फ्री होकर।''

''सही में लिख दें इतना?''

''और नहीं तो क्या।''

''गोसा तो नहीं जायेगी न?''

''अरे हम उसका आँख देखे हैं, पता है क्या है उसके आँख में.....!''

''क्या है?''

''इंतज़ार......, तुम्हारे इसी चिट्ठी का।''

''भक साला, हाथ देख के भले कुछ कोई बताता है, तुम आँख देख के कैसे बता देगा?''

''रह गया ना तुम सब दिन का अन्धविश्वासी ही; साला हाथ में आज तक टेढ़ा-मेढ़ा लकीर के अलावा कुछ दिखा है... आँख देखो आँख.....! आदमी जो छुपायेगा भी वो भी उसका आँख कह देता है, आ प्रिया तो कुछ

छुपाना भी नहीं चाह रही थी, ई भी उसका आँख में ही हम देखे।''

''देखो तुम्हारा अनुभव देखकर हम उ सब बात लिख देते हैं जो तुम बोला है; कुछ भी हुआ तो तुम जिम्मेदार होगा।''

''तुम लिखो तो सही।''

और फिर इस तरह से गोविन्द ने अपनी पहली चिट्ठी लिख दी। पहला प्रेम-पत्र, जो कुछ इस तरह था।

हम आपसे थोड़ा-सा बात करना चाहते हैं। बहुत ट्राई किये आपका नम्बर, लेकिन लगा नहीं। सोच रहे थे कहीं आप भी हमारा नम्बर लगा-लगा के उतना ही परेशान ना हो गईं हों, इसलिए अपना नम्बर लिख दे रहे हैं, फुरसत मिले तो कॉल कर लीजियेगा।

- गोविन्द

गोविन्द के पहले 'आपका' लिखकर काट दिया उसने और फिर गार्डन में बैठी प्रिया के पास जाकर चुपके से वो पर्ची गिरा दी। इसके बाद जो गोविन्द की हालत थी, वो किसी वैसे बिज़नसमैन से कम नहीं थी, जिसने अपनी सारी पूँजी एक ही डील में लगा दी हो। उससे वहाँ रुका नहीं जा रहा था। उसने ये तक भी नहीं देखा कि प्रिया ने पर्ची उठाई भी कि नहीं। वो जल्दी से राजू के पास गया और बोला-

''तुम भी मेरे साथ आओगे या मैं अकेला ही घर जाऊँ?''

''क्यूँ क्या हुआ? अभी तो बहुत क्लास बची हुई है!''

''मैं यहाँ अब नहीं रुक पाऊँगा।''

''अरे मैडम ने प्रेम-पत्र उठा लिया है, देख तो लो क्या रिप्लाई आता है।''

''मुझे आज कुछ नहीं देखना, जो भी होगा कल ही देखूँगा।''

गोविन्द अब बिना इंतज़ार किये चल दिया। राजू भी उसके पीछे-पीछे आ गया। रास्ते में राजू ने कहा-

''यार इश्क भी न अजीब चीज है, अच्छे-अच्छे फट्टू से न जाने क्या-

क्या करवा देती है, लेकिन वो साले फिर भी फट्टू ही रह जाते हैं।''

''तुम अपनी बकवास बंद करेगा!''

''चलो हमको पता है तुम्हारा अभी भी फट रहा है, लेकिन रिजल्ट पॉजिटिव ही आएगा; प्रिया जी पर्ची उठाते हुए मुस्करा रही थीं।'' दोनों इसी तरह बात करते अपने-अपने घर पहुँच गए। प्रिया ने पर्ची उठा तो ली, लेकिन उसने कॉलेज में उसे खोलकर देखा नहीं।

घर पहुँचकर प्रिया ने चिट्ठी खोली। लबों पर तो पहले से ही मुस्कान थी। दिल की धड़कनें तेज़ होने लगीं। ऐसा लग रहा था, जैसे बोर्ड का पेपर हाथ में ले रखा हो। पता नहीं उसमें कौन-कौन से सवाल हों। तेज़ धड़कनों के साथ प्रिया ने पर्ची की तहें खोलनी शुरू की। पूरा खोलने के बाद जब उसने देखा कि थोड़ा कम लिखा हुआ था, तो उसे थोड़ी मायूसी हुई। उसने एक बार में चिट्ठी पूरी पढ़ डाली। एक मिनट से भी कम का समय लगा। जी में तो उसके आया कि अभी पापा का फोन लाकर तुरंत ही नम्बर मिला दे, लेकिन उसकी किसी सहेली ने बताया था कि कभी भी किसी लड़के को तुरंत हाँ नहीं करनी चाहिए, इसलिए उसने गोविन्द को फोन नहीं करने का सोच लिया। मगर उससे रहा नहीं जा रहा था। वो पापा का मोबाइल उठा के ले आई और बार-बार उसमें नम्बर डायल कर रिंग होने से पहले ही तुरंत काट देती थी। जब इससे मन भर जाता, तो एक बार और वो गोविन्द की चिट्ठी पढ़ लेती थी। रात भर न जाने कितनी बार उसने नम्बर डायल किया होगा और कितनी बार उसने वो चिट्ठी पढ़ी होगी। इधर गोविन्द, रात भर यही सोचता रह गया कि पता नहीं उसका क्या रिप्लाई आएगा। शुरू में तो फोन अपने हाथ में लेकर बैठा रहा। वो फोन पर कुछ और नहीं कर रहा था। आज के दिन उसने डाटा कनेक्शन भी बंद करके रखा हुआ था। वो फालतू में किसी और चीज में उलझना बिलकुल नहीं चाहता था। अचानक से उसका फोन बज उठा, वो भी नए नम्बर से। गोविन्द का दिल पूरी तरह धड़क उठा। उसे पक्का यकीन हो गया कि ये प्रिया का ही नम्बर है। इससे पहले कि प्रिया का मूड बदल जाए उसने फोन उठा लिया। कुछ भी बोलने से पहले उधर से आवाज आई 'हेल्लो...!' आवाज जानी पहचानी थी, मगर लड़के की थी।

"अबे इतनी रात को फ़ोन क्यूँ किया?" गोविन्द की आवाज में चिढ़ थी।

"अरे भाई अभी कौन सी रात हो गयी है, अभी साढ़े दस ही तो बजे हैं।"

"हाँ जो भी हो बको, किसलिए फ़ोन किये हो? और हाँ, ये हर बार नए नम्बर से फोन करने का क्या मतलब बनता है?"

"अरे तुम्हारे ही साथ तो लिया था जिओ का नया नम्बर; चालू हो गया तो सोचे तुमको बता दें, तुम्हारा चालू हुआ कि नहीं?"

"हम सिम नहीं लगाये हैं और अभी लगायेंगे भी नहीं; कुछ और भी कहना है कि रखें फोन।"

"अरे इतना जल्दीबाजी में काहे हो भाई? अच्छा, मैडम फ़ोन कर रही होंगी, लेकिन मेन बात सुन लो। एक जबरदस्त विडिया भेजे है watsapp पर, वैसा विडियो आज तक नहीं देखा होगा।"

"ठीक है, देख लेंगे और अब फोन नहीं करना... और, हाँ, एक बात और कोई मैडम-वैडम का फ़ोन नहीं आया है।"

"अरे तो दुःखी क्यों हो रहे हो, आ जायेगा, थोड़ा सब्र कर लो।"

"ठीक है तुम्हारे केयर के लिए शुक्रिया।" राजू की कोई भी और बात सुने बिना गोविन्द ने फ़ोन काट दिया।

गोविन्द फोन हाथ में लिए रात भर मोबाइल ताकता रहा और प्रिया भी मोबाइल और गोविन्द के ख़त के साथ घड़ी के काँटे की आवाज में माकूल जवाब तलाशती रही। अंततः उसने ये तय किया कि चिट्ठी का जवाब वो भी चिट्ठी से ही देगी। उसने कलम उठाई और चिट्ठी लिख डाली।

जवाब लिखकर प्रिया सुबह का इंतज़ार करने लगी। वो इस खयाल से थोड़ी अन्यमनस्क हो जाती थी, कि अगर कल गोविन्द कॉलेज नहीं आया तो? फिर वो खुद अपने दिल को बहला लेती कि वो जरूर आएगा। प्यार में दो शब्द बहुत ज्यादा इस्तेमाल होने लगते हैं, पहला 'उम्मीद' और दूसरा 'इंतज़ार'। प्यार में हर वक्त हम किसी से कुछ उम्मीद कर रहे होते हैं और

हर समय किसी-न-किसी का इंतज़ार कर रहे होते हैं। प्यार में हमेशा ये उम्मीद बढ़ती जाती है कि हमें इंतज़ार कम करना पड़े और फिर इंतज़ार शुरू हो जाता है उस पल का, जब हमारा इंतज़ार ख़त्म हो जाए।

रात ख़त्म हुई, सुबह दोनों स्कूल पहुँचे। प्रिया के हाथ में जवाब वाली चिट्ठी थी और गोविन्द के हिस्से में डर और बेकरारी। ब्रेक से पहले गोविन्द पीछे मुड़कर प्रिया को देखने की कोशिश में था, लेकिन प्रिया ने उसपर कोई ध्यान नहीं दिया। ब्रेक के बाद जब प्रिया गार्डन में बैठी थी, तो गोविन्द इस असमंजस में था कि वो क्या करे। उसने इस बाबत एक बार फिर राजू से सलाह लेना ही उचित समझा।

''राजू यार, चिट्ठी ने पूरा काम ख़राब कर दिया; पहले देख के मुस्का भी देती थी, अब तो साला देख भी नहीं रही है और न ही उसका कोई फोन ही आया, अब क्या करूँ यार कुछ समझ नहीं आ रहा?''

''अरे यार, मेरा तजुर्बा तो कहता है कि सबकुछ ख़त्म हो ही नहीं सकता; वो थोड़ा भाव खा रही है, अब एक काम कर तू भी भाव खाना शुरू कर दे।''

गोविन्द ने गुस्से में उसकी तरफ देखा।

''मतलब तू क्या चाहता है? जमीन ले ली, उसपे boundry भी कर दी, महल का सपना देखा... अब जब उसे बनाने का समय आया तो मैं उसे छोड़ दूँ?''

''अरे भाई तू घबरा मत; जमीन तेरी है और भूमिपूजन भी तू ही करेगा।'' राजू के इस जवाब पर गोविन्द ने उसे घूरा।

''यार मेरी हर बात का गलत मतलब मत निकाला कर; मेरा मतलब ये है कि प्रिया की आँखों में मैंने देखा है तेरे लिए बहुत प्यार है।'' राजू ने अपने बचाव में कहा।

''अच्छा अब फ़िल्मी डायलॉग मारना बंद कर और ये बता करना क्या है?''

''देख, अभी तू कुछ दिन उसे बिलकुल भी भाव मत दे; कहने का

मतलब, उसे देखना बंद कर दे.. उसे बिलकुल भी ये नहीं लगना चाहिए कि तू उसपे ध्यान दे रहा है और हाँ, हो सके तो पम्मी से अपनी बातें थोड़ी बढ़ा दे, फिर देख क्या होता है।''

''यार कहीं फिर से पम्मी ने ही कुछ सोच लिया तो?''

''नहीं उस हद तक बातें मत बढ़ा यार, बस थोड़ा-बहुत दिन में एकाध बार प्रिया को दिखाकर पम्मी से बात कर लिया कर।''

''चल ठीक है, लेकिन अगर कुछ उल्टा असर हुआ ना तो देख लेना तेरा क्या होगा!''

''अबे हो ही नहीं सकता, मेरा भी इश्क-निशानेबाजी का लम्बा एक्सपीरियंस है।''

तो सूचना-मंत्री, जिनके पास अब शिक्षा मंत्रालय भी था, की शिक्षानुरूप, गोविन्द ने प्रिया को इग्नोर करना शुरू कर दिया। उस दिन ब्रेक के बाद गोविन्द का बहुत मन था कि वो गार्डन में जाकर प्रिया से बात करे, लेकिन वो नहीं गया। प्रिया ने सोचा था कि वो गार्डन जरूर आएगा और वो ये चिट्ठी उसे थमा देगी, लेकिन चिट्ठी उसके पास ही रह गयी और वो दिन ख़त्म हो गया।

प्यार अपने साथ सबसे ज्यादा बेचैनी ही लाता है। आज की रात फिर दोनों के लिए पिछली दो रातों की तरह ही थी। प्रिया का मन आया कि वो चिट्ठी फाड़ दे, लेकिन चूँकि वो उसकी पहली चिट्ठी थी, इसलिए उसने इसे अपने पास सँभालकर रख लिया और दूसरी चिट्ठी लिखने लगी। पहली चिट्ठी में क्या लिखा था, ये किसी को पता नहीं था। दूसरी चिट्ठी लिखते वक़्त उसे यही ख्याल आ रहा था, कि किसी तरह उसे ही वो चिट्ठी दे देनी चाहिए थी। फिर उसने सोचा, चलो जो होता है अच्छे के लिए ही होता है। कोई जवाब न मिलने पर गोविन्द को लग रहा था कहीं उसने कुछ गलत तो नहीं कर दिया... कहीं ऐसा तो नहीं, प्रिया अब उससे कभी बात नहीं करेगी।

उन सारे सवालों के जवाब ढूँढ़ता अगले दिन वो कॉलेज पहुँचा। राजू के सिखाये अनुसार उसने प्रिया की तरफ थोड़ा भी ध्यान नहीं दिया और

प्रिया को दिखाकर उसने पम्मी से थोड़ी बात भी की। हालाँकि इससे प्रिया को कोई फर्क नहीं पड़ा, लेकिन उसे नहीं देखे जाने से वो थोड़ी हैरान थी। पूरा दिन उसने इंतज़ार किया कि गोविन्द कभी उसके पास आएगा और वो उसे अपनी चिट्ठी पकड़ा देगी, लेकिन आज भी दिन भर गोविन्द, प्रिया के कवरेज एरिया से बाहर ही रहा। जब कॉलेज ख़त्म हो गया और प्रिया साइकिल के पास थी, तो गोविन्द और राजू वहाँ से गुजर रहे थे।

''सुनिए! मेरी दोस्त की साइकिल का ताला नहीं खुल रहा है, क्या आप मेरी मदद कर देंगे?'' प्रिया ने अपनी धीमी आवाज में काफी तेज़ी से अपनी लाइन पूरी कर दी, कि कहीं गोविन्द निकल न जाये। उसकी मदद के लिए राजू आगे बढ़ रहा था, लेकिन गोविन्द ने उसका हाथ पकड़कर पीछे किया और खुद ताले की तरफ बढ़ गया। उसने देखा, ताले में चाबी लगी है और जैसे ही उसने चाबी घुमाई, ताला खुल गया।

''thank you.'' प्रिया ने कहा और चुपके से अपनी दूसरी चिट्ठी गोविन्द के हाथ में थमा दी। चिट्ठी हाथ में लेकर गोविन्द ने मुट्ठी बंद की और चिट्ठी अपनी जेब में रख ली। कागज़ का ये टुकड़ा जैसे गोविन्द के लिए जिन्दगी भर की वसीयत था। गोविन्द इतना खुश हो गया था कि उससे ये खुशी सँभाली नहीं जा रही थी। उसे ऐसा लग रहा था जैसे कोई बड़ा-सा खजाना उसे मिला हो और उसे खाली करने के लिए उसके पास बस एक छोटा-सा डब्बा हो। उसके दिल में खुशी समा नहीं रही थी। इतनी ज्यादा खुशी उसे आज मिली थी कि उसे पता ही नहीं चल रहा था वो क्या करे।

''most welcome.'' बोलकर गोविन्द वहाँ से जाने लगा। प्रिया भी मुस्कराती हुई, सोफिया के साथ आगे बढ़ गयी।

गाड़ी, पार्किंग से निकालते समय गोविन्द ने राजू से कहा-

''जल्दी से सीधे घर ले चलना, आज इधर-उधर बिलकुल नहीं घूमना और रस्ते में भी किसी से कोई हाई-हेल्लो नहीं, सीधा घर।''

''क्या हुआ, जोर से टट्टी लगी है क्या?''

''तुम साला आदमी हो कि जानवर? जब ना तब टट्टी की ही बात करते रहते हो; अरे भाई, सारे क्रियाकलाप का एक निश्चित टाइम होता

है।''

''तो घर में ऐसी कौन-सी इमरजेंसी आ गयी है कि डायरेक्ट घर; कुछ पान-गुटखा खाते घर चलेंगे।''

''तुम आ जाना पान-गुटखा के लिए वापस, हमको अभी घर छोड़ दो।''

''अच्छा, अब समझ आ गया; ऐसा क्या बोल दी साइकिल ठीक करते समय प्रिया मैडम कि सीधे घर भागे जा रहे हो... अरे! कहीं कोई चिट्ठी-पतरी तो नहीं दी है?''

''बताऊँगा सबकुछ, पहले घर पहुँचा दो।''

''अरे इतना भी क्या प्राइवेसी, चलो ना दोनों मिलके गंगा जी में बैठ के पढ़ते हैं एक-साथ तुम्हारा प्रेम-पत्र।''

''कहा ना सबकुछ बता दूँगा... अब सीधे घर पर रोकना बाइक।''

''अच्छा मतलब चिट्ठी लिखवाओ हमसे, आ जब जवाब आये तो अकेले-अकेले मजे लो, आ बाद में हमको बता दोगे कि क्या लिखा हुआ था। हमको पंडी जी समझा है क्या, कि जब ग्रह-नक्षत्र सही नहीं चल रहा हो तो जा के पैर पकड़ लिए पंडी जी का, आ पंडी जी बेचारा लग गए हवन करने में; जब सबकुछ ठीक हो गया तो जाके उनको थोड़ा सा दक्षिणा थमा दो।''

''अरे भाई वो बात नहीं है; हमको बस ये चिट्ठी अकेले पढ़ने का मन कर रहा है... तुम ठीक आधा घंटा बाद आना मेरे पास, तुमको चिट्ठी पढ़वा देंगे, लेकिन अभी बिलकुल अकेला पढ़ने का मन कर रहा है, समझा कर भाई।''

''हाँ प्यार में हो सकता है मन कुछ भी करे; चल ठीक है, आधा घंटा बाद आता हूँ, बताना जरूर क्या लिख के दी है भाभी चिट्ठी में।'' राजू की इस बात पर गोविन्द ने उसकी तरफ दूसरी नजर से देखा। राजू मतलब समझ गया और उसने फिर से उसका जवाब दिया।

''हाँ तो भाभी बोल दिया तो कौन सा गुनाह कर दिया?''

''तुम्हारा कुछ नहीं हो सकता।'' बोलता हुआ गोविन्द, तेज़ क़दमों से अपने घर में घुस गया।

घर में जाते ही वो छत पर चला गया। छत पर एक कोने में उसने चिट्ठी खोली। धड़कनें कबड्डी कर रही थीं और हाथ अस्थिर हो गए थे। अपने शरीर के कम्पन के बीच उसने चिट्ठी खोली, जो इस तरह थी।

''अभी रात के दो बज रहे हैं। मैंने कल भी एक चिट्ठी लिखी थी, मगर आपको दे नहीं पायी, ये दूसरी चिट्ठी है। लिखते हुए यही लग रहा है पता नहीं ये भी आप तक पहुँच पाएगी कि नहीं। अगर ये भी आपको नहीं दे पायी तो मैं तीसरी चिट्ठी नहीं लिखूँगी। मैं पहली चिट्ठी ही आपको किसी तरह पहुँचा दूँगी। मेरे हाथ में मोबाइल है, लेकिन मुझमें इतनी हिम्मत नहीं कि मैं आपको फोन लगा दूँ। पता नहीं ये बात लिखनी चाहिए या नहीं, लेकिन मोबाइल मेरा नहीं है, पापा का है, इसलिए आपको इसका नम्बर नहीं दे सकती। मगर ये भी बात है कि जिस दिन भी आपको कॉल करूँगी, उस दिन आपको मेरा नम्बर मिल ही जायेगा। तब तक आप वही नम्बर ट्राई करते रहिये जो आपके पास है। हाँ एक बात और... अपने दोस्त की बात माना कीजिये, मुझे वो थोड़ा समझदार लगता है।''

चिट्ठी पढ़ते हुए हमेशा एक मुस्कान गोविन्द के चेहरे पर मौजूद रही, लेकिन जैसे ही उसने लास्ट लाइन पढ़ी वो चौंक गया। उसने तुरंत राजू को फोन लगाया।

''यार कहाँ है, जल्दी मेरे घर आ जा। गंगा जी चलते हैं।''

''हाँ ठीक है, पहले ये तो बता, क्या लिखा हुआ है चिट्ठी में?''

''तू आ, तुझे चिट्ठी ही पढ़वाता हूँ।''

''ठीक है, ठीक है दो मिनट में पहुँच रहा हूँ।''

फोन काटकर राजू तुरंत गोविन्द के घर पहुँच गया। वहाँ से वो दोनों गंगा-घाट के लिए निकल पड़े।

''ये देख क्या लिखा है उसने चिट्ठी में!''

''क्या है?''

"तू बाकी चिट्ठी छोड़, बस अंतिम लाइन पढ़।"

"ऐसा क्या है अंतिम लाइन में? तुम्हारा अंतिम संस्कार तो नहीं करवाना चाह रही है वो?"

"बकवास बंद कर और अंतिम लाइन पढ़।" राजू, अंतिम लाइन पढ़ने लगा। अंतिम लाइन पढ़ते ही उसके भी होश उड़ गए।

"BC सूचना-मंत्री की सूचना उसे कैसे मिल गयी? आखिर किसने बताया होगा उसे, कि मैंने तुम्हें चिट्ठी लिखने में मदद की है; अच्छा वो छोड़, वो बाद में सोचेंगे, पहले मुझे पूरी चिट्ठी पढ़ने दे, देखूँ तो और क्या-क्या पता है प्रिया मैडम को।"

राजू ने पूरी तसल्ली से चिट्ठी पढ़ी। "मुझे नींद ना आये, मुझे चैन ना आये, कोई जाए ज़रा ढूँढ़ के लाये, ना जाने कहाँ दिल खो गया अरे भाई, मैडम को तो प्यार हो गया; लिखा नहीं उसने, लेकिन बता दिया कि रात को अब उसे नींद नहीं आती है।"

"यार देख मजाक मत कर; ये तो पता चल गया कि उसे भी मुझसे दोस्ती करने का मन है और उसे हमारे बारे में बहुत सारी बातें भी पता हैं, अब मेरी समझ नहीं आ रहा क्या करूँ... तुम ही बताओ यार क्या किया जाए?"

"अच्छा, मेरा तो कुछ हो ही नहीं सकता ना...! अब मैडम ने मुझे समझदार कह दिया, तो अब शुरू से ही मुझसे सलाह ली जा रही है।"

"यार देख, सच में कुछ समझ नहीं आ रहा; बता आगे क्या करना है?"

"करना क्या है; जब इस 4जी और विडियो कालिंग के युग में तुम्हारे हिस्से में चिट्ठीबाजी ही आई है, तो लिखो फिर और एक चिट्ठी... लेकिन मुझे ये पता लगाना जरूरी है कि मेरी जासूसी कौन कर रहा है।"

"ठीक है, फिर बता क्या लिखना है चिट्ठी में।"

"उस टाइम भी आना पूछने कि कैसे करना है..." इतना कहकर राजू चुप हो गया और कुटिल मुस्कान देने लगा। गोविन्द ने उसको गुस्साई

नजरों से देखा और फिर कहा-

''चुपचाप बताओ कि अब क्या लिखूँ।''

राजू की मदद से गोविन्द चिट्ठियाँ लिखता रहा। करीब एक हफ्ते तक प्रिया और गोविन्द के बीच चिट्ठियों का आदान-प्रदान चलता रहा और एक दिन रात में दस बजे के करीब गोविन्द के फोन पर फोन आया।

'हेल्लो'

''हाँ प्रिया जी कहिये, आज कैसे याद आ गयी मेरी?'' अननोन नंबर से कॉल आने के बाद जब उधर से लड़की की आवाज आई, तो गोविन्द समझ गया कि ये प्रिया की ही कॉल है।

''कौन प्रिया?''

''वही जिनसे मेरी बात हो रही है।''

''अरे वाह! आपने तो बड़ी जल्दी मेरी आवाज पहचान ली; आपको इतनी जल्दी मालूम हो गया कि ये मेरा नंबर है?''

''अब क्या करें, जिस नम्बर को मैं एक हफ्ते से ट्राई कर रहा हूँ, उसे पहली ही बार में देखके कैसे नहीं पहचानूँगा, बताइए!''

''अच्छा, इतना ही पता था तो पहले क्यों नहीं लगा लिया मेरा नम्बर?''

''आपकी मर्जी भी तो होनी चाहिए ना; अब मैं आपको फोन करता और आप फोन काट देतीं तो...?''

''बातें बनाना तो आप बहुत अच्छे से जानते हैं, या फिर आपके उस दोस्त ने सिखाया है इतनी बातें करना?''

''अच्छा, दोस्त से याद आया, आपको कैसे पता कि मेरा दोस्त राजू, चिट्ठी लिखने में मेरी मदद करता है?''

''अरे इतना तो किसी को पता चल जाएगा; जब आप मेरे पास गार्डन में आकर अपनी पहली चिट्ठी गिरा गए थे, तो आप बार-बार अपने दोस्त की तरफ ही तो देख रहे थे। वो आँखों से इशारे कर रहा था और आप आगे

बढ़ रहे थे, जैसे कि वो ट्रैफिक पुलिस हो और आपको आगे बढ़ने का सिग्नल दे रहा हो।''

'अच्छा...!'

''ठीक है बाकी बातें बाद में, आप प्लीज इस नंबर पे कॉल मत कीजियेगा, ये पापा के पास रहता है; अभी मैं रखती हूँ, कल कॉलेज में मिलते हैं बाय।'' बोलकर, बिना जवाब सुने प्रिया ने फोन काट दिया।

गोविन्द ने पहली बार प्रिया की आवाज इतनी देर तक और इतने अच्छे से सुनी थी। उसके कानों में बार-बार प्रिया की आवाज सुनाई दे रही थी। हर किसी का कोई-न-कोई अपना जरूर होता है, जिससे वो अपनी सारी बातें शेयर करता है और गोविन्द का वो दोस्त था राजू। गोविन्द, टूटी-फूटी कवितायें लिख लेता था... अच्छी न होने के बावजूद राजू उन कविताओं की तारीफ़ जरुर करता था। गोविन्द जब भी कुछ नया लिखता, राजू को जरूर सुनाता था। आज भी प्रिया से बात करने के बाद जब उसके खयाल घुमड़-घुमड़ के आने लगे, तो गोविन्द ने एक छोटी सी कविता लिख दी और फिर राजू को फोन लगाया।

''यार एक कविता लिखी है मैंने, सुनोगे?''

''इतनी रात को?''

''अभी कहाँ रात हुई है यार, साढ़े ग्यारह ही तो बजा है अभी।''

''वाह बेटा, मैं साढ़े दस बजे भी करूँ तो रात हो जाती है और तुम्हारा साढ़े ग्यारह भी जल्दी ही रहता है; चलो सुनाओ क्या लिखे हो, इसी बहाने कुछ हँस भी लूँगा।''

सुनो!

इक नयी आवाज थी,

चाहत वही पुरानी सी

एक किस्सा जो पुराना था

आज उसमें एक नया पन्ना जुड़ गया।

सफर मीलों का था,

अब भी है,

पर मंजिल थोड़ी नजदीक आ गयी''

पहले गोविन्द की कवितायें ऐसी रहती थीं कि सुनने वाले को खूब हँसी आ जाती थी। ये कविता राजू की समझ में कम आई, लेकिन नयी आवाज वाली लाइन से वो इतना समझ पाया था कि शायद प्रिया ने उसे कॉल किया है।

''कविता थोड़ी छोटी है, लेकिन है बहुत ही सधी हुई, एकदम बेहतरीन कविता है।'' राजू को लगा इसमें कुछ अच्छे-अच्छे शब्द हैं, तो कविता अच्छी ही होगी और वो कविता की अपने हिसाब से समीक्षा करने लगा।

''thanks यार!''

''अच्छा ये बता, प्रिया ने फोन किया है क्या तुम्हें?''

''हाँ यार, तभी तो ये कविता लिखी है मैंने।''

''अरे यार तो मेन बात बताओ न कि बात क्या हुई; तुम अपनी कविता सुनाने लग गए।'' राजू की इस बात से एक कवि की आत्मा को थोड़ी ठेस लगी और कवि हृदय ने दुःखी स्वर में पूछा-

''इसका मतलब तुम्हें मेरी कविता पसंद नहीं आई?''

''अरे भाई, तुम दुखी मत हो, कविता बहुत अच्छी थी। इतनी अच्छी थी कि मुझे लग रहा है तुम दोनों के बीच उससे भी अच्छी बातें हुई होंगीं... अब प्लीज पोएट साहब, बताइयेगा बात क्या हुई आप दोनों के बीच?''

''बात ज्यादा कुछ नहीं हुई।'' और इतना बोलने के बाद उसने पूरे वार्तालाप का ब्यौरा शब्दशः दे दिया।

आने वाली है मिलन की घड़ी

अगले दिन से कॉलेज में आँखों से बातें होतीं और फिर रात को प्रिया का फोन आता था। कभी आता तो किसी दिन गोविन्द रात भर इंतज़ार ही करता रह जाता। एक दिन जब रात में प्रिया ने फोन किया तो कहा-

''गोविन्द! मैं तुमसे मिल के कुछ बात करना चाहती हूँ।'' गोविन्द की तो खुशी का ठिकाना नहीं रहा। अब तक प्रिया से बस वो फोन पर ही बात कर पाया था। वो चाहता था कि कभी अकेले में बैठकर प्रिया को देखते हुए उससे बातें करे। जब आदमी सामने होता है तो वो कुछ छुपाना भी चाहे तो नहीं छुपा पाता, उसका चेहरा और आँखें बता देती हैं कि वो कुछ छुपा रहा है। वो चाहता था कि वो प्रिया के कुछ और करीब आये, थोड़ा और ज्यादा वो प्रिया को समझे और प्रिया उसे कुछ और ज्यादा समझ पाए। गोविन्द, उससे मिलने की कल्पना में कहीं खो सा गया था, तभी उधर से फिर से आवाज आई।

''गोविन्द मैंने कहा कि मैं तुमसे मिलना चाहती हूँ।''

''ह...हाँ तो मिलते हैं न।''

''मगर कहाँ?''

''हाँ यार, ये तो कोई बड़ा शहर है नहीं, कि कहीं भी कॉफ़ी-कैफ़े में जाकर बातें कर लेंगे; यहाँ हर जगह दस कोई तुम्हें पहचानता होगा और दस

कोई मुझे।''

''मुझे उससे कोई फर्क नहीं पड़ता।'' प्रिया की ये बात सुनकर गोविन्द को थोड़ा अजीब लगा। एक लड़की होकर उसे कोई फर्क नहीं पड़ता, उसने मन-ही-मन सोचा।

''ठीक है, फिर तो कहीं भी मिल लेते हैं।''

''नहीं ऐसे नहीं कहीं भी; कोई ऐसी जगह, जहाँ थोड़ी-बहुत शान्ति हो, थोड़े कम लोगों का आना-जाना हो।''

''प्लान क्या है तुम्हारा?'' गोविन्द ने शरारत की।

''कोई प्लान नहीं है, तुम अपना दिमाग ज्यादा मत चलाओ, कोई जगह है तो बताओ।''

''यार ऐसी कोई जगह तो मेरे दिमाग में नहीं है।''

''चलो फिर तो और भी अच्छा है, मुझे पता है एक ऐसी जगह के बारे में, जहाँ शान्ति हो।''

''चलो तुम ही बताओ फिर।''

''चर्च में जो गार्डन है, वहाँ बहुत सारे अच्छे फूल लगे हैं, वहीं बैठ के बातें करेंगे।''

''OK''

अगले दिन ब्रेक के बाद गोविन्द और प्रिया चर्च चले गए। गोविन्द ने राजू को और प्रिया ने सोफ़िया को इत्तेला दे दी। चर्च के गार्डन में घुसते ही प्रिया का चेहरा फूलों-सा ही दमक उठा। दोनों वहाँ की नर्म घास पर एक पेड़ की छाया में बैठ गए।

''गोविन्द, तुम्हें पता है, मुझे फूल बहुत पसंद हैं?'' प्रिया ने एक फूल को छूते हुए पूछा।

''हाँ, तुमने फोन पर कई बार बताया है।''

''लेकिन तुमने एक बार भी ये नहीं पूछा कि फूल मुझे क्यों इतने ज्यादा पसंद हैं।''

''चलो, तो अभी बता दो।''

''पता है सुबह-सुबह फूलों को देखकर यूँ ही मन खुश हो जाता है और सबसे ज्यादा इसलिए अच्छे लगते हैं, कि वो हमेशा मुस्काते रहते हैं; अगर एक फूल मुरझा भी जाए तो वो दूसरे फूल को मुस्कराना सिखाकर जाता है। हम इन्सान उनसे कितने अलग हैं, हमें दूसरे की खुशी देखी नहीं जाती।''

गोविन्द शांतचित्त, प्रिया की बातों को सुन रहा था, उसकी भावनाओं को समझ रहा था। थोड़ी देर रुककर प्रिया ने फिर से पूछा,

''पता है गोविन्द तुम मुझे क्यों पसंद हो?'' गोविन्द ने कोई जवाब नहीं दिया, न कुछ पूछा। वो बस प्रिया को निहारने लगा। इससे पहले प्रिया ने कभी ये नहीं कहा था कि वो गोविन्द को पसंद करती है।

''वैसे मत देखो यार, लड़की हूँ, शर्म आती है मुझे भी; हाँ तुम मुझे पसंद हो।'' बोलकर प्रिया ने नजरें नीची कर ली।

''अच्छा तो फिर बताओ क्यों पसंद करती हो मुझे?'' पूछते हुए एक बार को गोविन्द को लगा जैसे वो शाहरुख खान हो गया, लेकिन अगले ही पल उसे याद आ गया कि वो वही है।

''क्योंकि तुम भी हमेशा लोगों को हँसाने की कोशिश में रहते हो; मैंने देखा है, क्लास में खाली टाइम में जब तुम पढ़ नहीं रहे होते हो तो सारे लोग तुम्हारी बातों पर हँस रहे होते हैं।'' प्रिया से अपनी बड़ाई सुनकर गोविन्द फूलता जा रहा था। उसे अभी तक ये पता नहीं था कि प्रिया उसे इतना Observe करती है।

''हाँ एक सलाह दूँ?'' प्रिया ने पूछा। ''इतना मत पढ़ा करो, वर्ना दिमाग हैंग हो जायेगा।''

''फिलहाल तो दिमाग हैंग ही है।''

''ज्यादा लाइन मत मारो!'' इसके बाद दोनों के चेहरे पर एक बड़ी-सी हँसी थी। माहौल और भी ज्यादा खुशनुमा हो गया था।

कुछ और बातें चलती रहीं और फिर एक बार प्रिया ने एक फूल को

सहलाते हुए कहा-

"पता है गोविन्द, मुझे फूलों के बारे में सबसे बुरा क्या लगता है?"

'क्या?'

"लोगों को जो फूल पसंद आते हैं, वो उन्हें तोड़कर अपने पास रख लेना चाहते हैं; बहुत कम लोग होते हैं जो उस पौधे को अपने घर में लगाकर उसे सींचकर, फिर फूल उगाकर अपने घर की शोभा बनाना चाहते हैं। कोई उतनी मेहनत उतना प्यार देना ही नहीं चाहता, बस जो चीज पसंद आई, वो अपनी हो जाए अभी के अभी।" प्रिया के चेहरे पर थोड़ी गुस्से वाली लाली आ गयी।

शायद बहुत दिनों बाद प्रिया अपने दिल की बात साझा कर रही थी। गोविन्द की समझ में नहीं आया कि वो क्या बोले। वो बस प्रिया को देखकर उसे समझने की कोशिश कर रहा था। आज तक प्रिया से उसकी इस तरह गंभीरता से बात नहीं हुई थी। जब भी दोनों बात करते थे, हँसी-मजाक ही उनके गप में ज्यादा होता था।

"पता है गोविन्द, मेरी एक कजिन है; मैं कुछ दिनों के लिए उसके यहाँ गयी थी; उसकी ससुराल में उसके पति के अलावा कोई नहीं था। असल में वो अपनी ससुराल में नहीं थी। पटना में उसका पति जॉब करता था और वहीं फ्लैट लेकर दोनों रहते थे। बाहर से देखने में दोनों बहुत सुखी लगते थे। मैंने भी सोचा था कि दोनों की लाइफ बहुत ही मस्त चल रही होगी, क्योंकि जीजाजी को ही दीदी पसंद आई थी और उन्होंने अपने घर में कहा था कि वो दीदी के घरवालों से बात करें। शादी भी हो गयी और वो दीदी को अपने साथ पटना भी लेकर चले गए। मैं वहाँ पहुँची तो एक-दो दिन तक सब नॉर्मल ही था, लेकिन तीसरे दिन से पता चल गया कि वो मेरी दीदी को नौकरानी से ज्यादा कुछ ट्रीट ही नहीं करते... फूल भी उनसे कितना मिलता-जुलता है न; पसंद आया तोड़ लिया... जब तक उसमें सुगंध है तब तक वो अच्छा है, जब वो सुगंध देना छोड़ दे, या फिर हम उस सुगंध से ऊब जाएँ, तो फिर उसे फेंक दिया जाए।"

गोविन्द को ऐसा लगा रहा था जैसे प्रिया के दिल में बातों का पहाड़

खड़ा था, जिसे वो परत दर परत उसके सामने ढहा रही हो। वो अब बस चुपचाप उसे सुन रहा था। प्रिया के अंतस से उसका परिचय हो रहा था। एक हँसती-खेलती लड़की अन्दर से कितनी गंभीर है, उसे आज पता चल रहा था। अपने आस-पास की हर एक गतिविधि का वो कितनी गंभीरता से अवलोकन करती है, ये उसे पता चल रहा था। जब प्रिया कुछ पूछती, तभी वो कुछ बोल रहा था, अन्यथा वो श्रोता बन उसके दिल को पढ़ रहा था।

"गोविन्द तुम्हें पता है मैं किसी से ज्यादा दोस्ती नहीं करती, चाहे वो लड़का हो या लड़की?"

'हाँ।'

"क्या तुमने सोचा है, इतनी confined रहने वाली ये लड़की, जो कि लड़कियों से भी कम ही बोलती है, कम ही दोस्ती रखती है; इस छोटे शहर में जहाँ हर एक दूसरा आदमी इस बारे में कल बातें करने लगेगा, क्यों तुम्हारे साथ यूँ अकेले में कॉलेज छोड़कर बात करने आई है?" इस बात का कोई भी जवाब गोविन्द को नहीं सूझा। वो जानता था कि जो जवाब वो दे रहा है, वो माकूल नहीं है, फिर भी उसने कहा-

"हाँ, क्योंकि तुम मुझे पसंद करती हो।"

"तुम भी बिलकुल बेवकूफ हो; केवल पसंद करने से कोई अपने दिल की बात नहीं कह देता उल्लू... पसंद तो मुझे इंग्लिश के प्रोफेसर भी हैं, क्या मस्त पर्सनालिटी है उनकी; उनके सामने क्या हो तुम? 32 साल का भरा-पूरा उनका शरीर देखा है कितना आकर्षक लगता है!" गोविन्द का चेहरा उतर गया।

"इसमें उदास होने वाली बात नहीं है यार... तुम मुझे बहुत पसंद हो, लेकिन आज मैं तुम्हारे साथ यहाँ इसलिए नहीं हूँ कि तुम सिर्फ मुझे पसंद हो... उससे भी ज्यादा कुछ है।" ये बात सुनकर गोविन्द के चेहरे का रंग एकदम बदल गया। जैसे सिक्का एकदम से उलट दिया गया हो और टेल के बदले हेड आ गया हो। उसे तो ये लग गया कि प्रिया आज अपने प्यार का इज़हार कर देगी, क्योंकि पसंद के बाद प्यार का ही तो नम्बर आता है। उसने सुना था, लड़कियाँ 'i like you' से ही शुरू करती हैं और बाद में

'i love you' पर पहुँचती हैं।

एक बड़ी उम्मीद को दिल में तुरंत ही बसा लेने के बाद गोविन्द ने प्रिया से पूछा-

"और कौन-सी बात है प्रिया?"

"बताती हूँ, पहले ये बताओ, तुम्हें ये पता है कि मैं तुम्हें कब से जानती हूँ?" एकाएक ये प्रश्न गोविन्द को थोड़ा अजीब लगा।

"जब से तुमने कॉलेज ज्वाइन किया है तब से।"

"बिलकुल गलत।"

"तो फिर.....?" प्रश्न पूछते वक्त गोविन्द की आँखों का आकार सामान्य से थोड़ा बड़ा था।

"तुम्हें याद है, जब हम इंटर में पढ़ रहे थे, तब एक निबंध-प्रतियोगिता हुई थी, सारे मैट्रिक और इंटर के विद्यार्थियों के बीच?"

"हाँ मुझे याद है और उसमें मुझे फर्स्ट प्राइज भी मिला था।"

"हाँ, तो ये बताओ, वो निबंध तुमने अपने मन से लिखा था?"

"और नहीं तो क्या यार.......!"

"क्या तुमने वो निबंध अपने दिल से लिखा था?"

"बोला तो यार, हाँ।"

"वो मन से हाँ बोला; अब मैं पूछ रही हूँ क्या तुमने वो अपने दिल से लिखा था?"

"हाँ यार, दरअसल वो निबंध से ज्यादा मेरे दिल की बातें ही थीं।"

"इसीलिए तुम्हें फर्स्ट प्राइज मिला था।"

"यार बात प्राइज की नहीं है; आज जब तुम इतनी बातें कर रही हो, तो मुझे लग रहा है कि तुम्हारी सोच मुझसे कितनी ज्यादा मिलती-जुलती है; हाँ, मैं फूलों की खूबसूरती पे उतना ध्यान नहीं देता।"

"बस तो यही जवाब है उस सवाल का, कि मैं इतनी बेबाकी से तुम्हारे

साथ अपनी बातें क्यों शेयर कर रही हूँ, क्योंकि हमारी सोच एक है; तुम मेरी बातें समझ सकते हो, वर्ना वो इंग्लिश प्रोफेसर क्या बुरा है?'' प्रिया ने फिर थोड़ी चुहल की और दोनों हँस दिए। थोड़ी-सी और बात हुई और फिर दोनों वहाँ से चले गए।

प्रिया अपने घर चली गयी और गोविन्द कॉलेज चला गया। वो क्लास में न जाकर बाहर ही गार्डन में बैठा रहा। गार्डन में बैठकर उसे ऐसा लग रहा था जैसे वो प्रिया को यहाँ भी महसूस कर रहा हो। जैसे ही कॉलेज ख़त्म हुआ, राजू बाहर आया। राजू ने देखा गोविन्द किसी खयाल में डूबा हुआ है। राजू ने चुपके से उसके पीछे से जाकर उसे जोर से हिला दिया। गोविन्द को ऐसा लगा जैसे उसे किसी ने नींद से जगाया हो। वो चौंक गया।

''ऐसे कौन करता है भाई...?'' गोविन्द ने डॉक्टर गुलाटी के स्टाइल में कहा।

''ऐसे मैं करता हूँ और करता रहूँगा; चल अब घर चलते हैं और मुझे तुम्हारी पूरी रासलीला आराम से सुननी है तुम्हारे फेवरेट प्लेस गंगा किनारे।''

''हमको पता था तुम्हारा दिमाग और कहीं जा ही नहीं सकता; साला पूरा क्लास में तुम यही सोच रहा होगा... घर जाकर पैन्ट तो नहीं बदलना पड़ेगा ना तुमको?'' बातें करते हुए दोनों बाइक से घर को निकल पड़े।

''वाह बेटा...! रासलीला करो तुम और पैन्ट बदलें हम; चुपचाप पूरा बताओगे कि क्या-क्या हुआ आज चर्च में।''

''चलो ठीक है, तुम घर से आओ फिर बताते हैं।''

''हाँ पैन्ट बदल लेना।'' गोविन्द को घर पर छोड़ने के बाद बाइक आगे बढ़ाते हुए राजू ने कहा।

''तुम्हारा कुछ नहीं हो सकता।'' कहते हुए गोविन्द अपने घर चला गया।

थोड़ी ही देर बाद राजू आया और फिर दोनों गंगा किनारे थे।

''चलो बताओ पूरा डिटेल में।''

"तुम तो हद आदमी हो यार; हम और प्रिया चर्च इसलिए गए थे कि वहाँ आराम से बैठकर बात कर सकें।"

"अच्छा, हम भैंस नहीं चराए हैं... इसका क्या मतलब है डगर भी नै देखा हुआ है हमको; बौआ सब पता है हमको, कि किस स्टेज पर पहुँच के आशिक सब को ईशु की याद आती है।"

"तुम साले भैंस ही चराओ, क्योंकि तुम्हारे दिमाग में भूसा ही भरा है।"

"ज्यादा स्मार्ट मत बनो; नहीं बताना है तो मत बताओ, हाँ अब तो बहुत चीज पर्सनल हो गया होगा ना! साला हम तो खाली चिट्ठी लिखवायें आ फ़ोकट का आइडिया देते रहें।"

"अरे भाई तुम तो सचमुच का नाराज हो गए... अब सुनो, अगर सच में विश्वास करते हो तो बताता हूँ; सच में वैसा कुछ नहीं हुआ हमारे बीच, जैसा तुम सोच रहे हो।"

"अरे साला तुम गधा है, हमको पता था तुम कुछ नहीं करेगा; कोई फायदा नहीं उठा पाया।"

"यार देखो, लड़की कोई फायदा उठाने की चीज नहीं होती और अगर प्यार रहा दोनों के बीच, तो ये सब होना गलत नहीं है और ना ही कोई नफा-नुकसान है इसमें।"

"चलो छोड़ो, हमको पता है तुम कुछ नहीं किया है; अब ये बताओ इतना देर बात क्या किया तुम दोनों?"

"यार, प्रिया एकदम इस नदी की तरह है; ये देखो, देखने में इतनी शांत लग रही है, लेकिन कितनी गहरी है, ये उसमें उतरने के बाद ही पता चलता है; वो भी देखने में जितनी शांत है, उसकी बातों में उतनी ही ज्यादा गहराई थी।"

"तुम आज तक साला इतना कविता सुना-सुना के पकाया हमको, लेकिन आज तक नहीं लगा था कि तुम पोएट है; आज ई दू लाइन जो तुम बोला है ना, एकदम कवि वाला फीलिंग आ गया, एक गाना भी याद आ गया... मैं शायर तो नहीं, मगर ऐ हसीं जबसे देखा मैंने .....'' राजू, गाने

को पूरे लय में गाने लगा।

''बस कर दो नहीं तो गंगा जी भाग जाएँगी।'' गोविन्द ने राजू को बीच में ही रोकते हुए कहा और फिर आज हुई सारी बातें बता दीं।

''तुम दोनों सही में जोड़ीदार हो।'' बोलते हुए उसने मजाकिया लहजे में गोविन्द के सामने दोनों हाथ जोड़ लिए।

गोविन्द और प्रिया की बातों का सिलसिला शुरू हो चुका था, लेकिन जिनती देर और जितना खुल के उस दिन दोनों ने बातें की थीं, उतनी बात फिर कभी नहीं हो पायी थी। अब दोनों कॉलेज में भी एक साथ बैठकर थोड़ी देर बात कर लेते थे, लेकिन दिक्कत वही छोटे शहर की थी... नहीं, छोटे शहर से भी ज्यादा छोटी सोच की और फोन चूँकि प्रिया के पापा का था, इसलिए फोन पर भी सीमित बात ही हो पाती थी। लेकिन जितनी भी बातें-मुलाकातें हुई थीं, उसने उन दोनों के बीच की दूरी कम कर दी थी। एकदिन प्रिया ने फोन पर कहा-

''गोविन्द, उस दिन जब हम चर्च में थे तो तुमने बस मेरी ही बातें सुनी थीं, अपने बारे में तो कुछ बताया ही नहीं!''

''क्या जानना चाहती हैं मिस प्रिया? पूछिए, मैं सबकुछ बताने के लिए तैयार ही हूँ।''

''नहीं अभी नहीं और ऐसे भी नहीं; फिर वहीं आराम से बैठकर बातें करेंगे और इस बार मैं सिर्फ सुनूँगी और तुम बोलोगे... मैं इतनी बड़ी इडियट थी कि उस दिन मैं खाली बकबक ही करती रह गयी और तुम सुनते रह गए; अच्छा एक बात बताना।''

''हाँ पूछो।''

''मैं बहुत ज्यादा पकाऊ हूँ क्या?''

''किसने कहा तुमसे?''

''अरे कहा किसी ने नहीं मुझसे; मैं यूँ तो किसी से ज्यादा बात ही नहीं करती, लेकिन जब मैं बात करना शुरू कर देती हूँ तो फिर मेरा बोलना ख़त्म नहीं होता।''

‘‘अरे नहीं मुझे तुम्हें सुनना बहुत अच्छा लगता है; तुम जब भी बोलती हो, लगता है हर एक शब्द के कुछ-ना-कुछ मायने हैं और जब तुम हँसती हो तो तब बिलकुल ख़तरनाक लगती हो, दिल को संभाल के रखना पड़ता है।’’

‘‘अच्छा चलो अब ज्यादा लाइन मत मारो, ये बताओ कब मिल रहे हैं हम लोग फिर से?’’

‘‘कल ही मिलते हैं फिर।’’

‘‘OK.....GOOD NIGHT.....’’

‘‘अरे इतनी जल्दी!’’

‘‘हाँ पापा नीचे वेट कर रहे होंगे, अब कल आराम से बात करते हैं।’’

‘‘OK, Good Night.’’ बोलने के बाद गोविन्द को लगा वो फोन पर ही प्रिया को एक किस कर ले, लेकिन उसने अपनी भावनाओं को नियंत्रित कर लिया।

अगले दिन कॉलेज न जाकर दोनों सीधे चर्च पहुँचे। एक बार फिर सुबह की ताजगी, जो फूलों पर मौजूद थी, प्रिया के चेहरे पर उतर आई। एक बहुत ही सुन्दर दिख रहे गुलाब के पास प्रिया तुरंत जाकर बैठ गयी। गोविन्द ने भी उसका अनुसरण किया। बैठते ही फूलों के बीच ये दोनों बस अपने आपको ही मौजूद मान रहे थे। बाकी दुनिया जैसे गायब सी हो गयी थी।

‘‘अच्छा ये बताओ, तुम्हें फूलों से जो इतना प्यार है, तुम फूलों के बिना जी कैसे लेती हो?’’

‘‘किसने कहा मैं फूलों के बिना जी लेती हूँ?’’

‘‘तो तुम्हारे घर में भी गार्डन है क्या?’’

‘‘नहीं, गार्डन तो नहीं है, लेकिन गमले बहुत हैं और हर एक में अलग-अलग तरह के फूल लगे हुए हैं... कभी आओ तो दिखाऊँ कितने फूल लगा रखे हैं मैंने!’’

"तुम कभी बुलाती ही नहीं, नहीं तो मैं हमेशा तैयार हूँ।'' बोलते हुए गोविन्द थोड़ा-सा प्रिया की ओर झुक-सा गया।

"बाबू ज्यादा ख्वाब मत देखो, वो तो मैंने ऐसे ही कह दिया था; मैं कभी नहीं बुलाने वाली तुम्हें।'' गोविन्द के माथे को अपने दायें हाथ की तर्जनी से धकेलते हुए प्रिया ने कहा। प्रिया का जवाब बिलकुल एक टिपिकल छोटे शहर की युवा होती लड़की की ही तरह था।

"हाँ, मेरे बर्थडे पर मेरे पापा इस बार मुझे फोन देने वाले हैं, कहोगे तो फोटो भेज दूँगी।'' गोविन्द को पीछे करने के बाद बोलते हुए उसकी आँखों में थोड़ा arrogance था।

"अच्छा, पापा फोन दे रहे हैं; फिर तो तुम अपनी अच्छी-अच्छी पिक्स भेजना।''

"चलो बैठे रहो मैं नहीं भेजने वाली अपनी पिक्स, मैं तो फूलों की पिक्स के बारे में बात कर रही थी।'' एक बार फिर प्रिया की उम्र में मौजूद बचपना उसकी बातों में भी था।

थोड़ी देर के लिए गोविन्द चुप हो गया। उसे समझ नहीं आया कि वो क्या बोले। फिर प्रिया ने ही शुरूआत की।

"पता है मेरे पापा मुझे बहुत प्यार करते हैं; मुझे ना किसी भी चीज के लिए पापा को कुछ भी नहीं कहना पड़ता, वो सबकुछ अपने-आप समझ जाते हैं और वो चीज बहुत जल्द मेरे पास आ जाती है... अब मोबाइल को ही देख लो, इधर कुछ दिनों से मैं उनका मोबाइल यूज कर रही थी, तो उन्हें लग गया कि मुझे मोबाइल की जरूरत है। एकदिन कह रहे थे, अब तुम कॉलेज चली गयी हो, पढ़ाई के लिए नेट वगैरह की जरूरत होती होगी ना, तुम्हारे इस जन्मदिन पर एक मोबाइल ले आऊँगा।'' मेरे पापा सच में बहुत ही अच्छे इंसान भी हैं यार। देखो इस बार हमने तय किया था कि तुम बोलोगे और मैं सुनूँगी और फिर मैं नहीं बकबक किये जा रही हूँ; अच्छा तुम बताओ अपने बारे में, तुम अपने पापा से कितने क्लोज हो?'' प्रिया ने अपनी हथेली अपनी ठुड्डी पर रख ली और गोविन्द की तरफ देखने लगी।

प्रश्न सुनकर गोविन्द का मुँह लटक-सा गया। वो नीचे मौजूद नर्म

घास को देखने लगा।

"क्या हुआ? मैंने कुछ ऐसा पूछ लिया जो मुझे नहीं पूछना चाहिए था?"

"नहीं प्रिया, ऐसा बिलकुल भी नहीं है; मैं अपने पापा के बहुत क्लोज हूँ, लेकिन मेरे पापा मुझसे क्लोज नहीं हो पाते यार!"

"क्यों ऐसा क्यों है?"

"He is a businessman उन्हें अपने फोन और डील से फुर्सत नहीं मिलती; पता नहीं कितना पैसा कमायेंगे और क्या करेंगे?" जमीन की ही ओर देखते हुए गोविन्द ने घास सहलाते हुए कहा।

"I'm sorry मुझे पता नहीं था कि अपने पापा से तुम क्लोज नहीं हो।" उसने अपना हाथ गोविन्द की बाँह पर सांत्वना स्वरूप रखना चाहा। उसका हाथ शुरू में रुक गया, लेकिन अपनी बात ख़त्म करते हुए उसने गोविन्द की बाँह को एक दो बार थपथपाया।

टीन-एज से बाहर आते हुए इस तरह की बातों का ये दोनों के लिए पहला अनुभव था। जहाँ प्रिया ने थरथराते हाथों से पहली बार गोविन्द को छुआ था, वहीं गोविन्द के लिए भी एक बिलकुल-ही अलग स्पर्श था, जिसे उसके पूरे जिस्म ने महसूस किया था। जो भी था, बहुत अच्छा था। पूरे वार्तालाप के बीच वो दो से चार सेकंड का वक़्त जैसे कुछ धीमा बीता था और जैसे वो लमहा अब तक बीत रहा था। ये हर किसी के लिए पहली बार होता है और उस पहली बार के साक्षी इस बार गोविन्द और प्रिया बन रहे थे। अचानक इस फीलिंग से बाहर आते हुए गोविन्द को याद आया कि प्रिया सॉरी बोल रही है और इस बात से थोड़ी दुःखी भी हो गयी है।

"अरे, पापा मेरे क्लोज नहीं हैं तो क्या हुआ, करते रहें वो अपना बिज़नेस; मेरी माँ है ना मेरी बहुत अच्छी दोस्त... पता है, वो लाइफ में मेरी आइडल हैं; पता है, किसी भी भौतिकवादी चीज के लिए उनकी थोड़ी सी भी डिजायर नहीं है। जहाँ पापा हमेशा इसी सब के बारे में सोचते रहते हैं, वहीं माँ अपने बच्चों के लिए; मुझसे बड़ी दो बहनों की शादी हो चुकी है और दोनों की दोनों ने हायर एजुकेशन ली है... छोटी वाली दी ने तो बी-

टेक किया, जॉब भी कर रही थीं, लेकिन शादी के बाद उन्होंने खुद घर सँभालना ही सही समझा। उनके husband की तरफ से उन्हें कोई दबाव नहीं था कि जॉब छोड़ दें। उनकी पूरी family ही बहुत मस्त है। ये सब मेरी माँ के कारण ही हो पाया है। पता है, बचपन से अभी तक मैंने अपनी माँ को कभी किसी से लड़ते नहीं देखा है। पापा भी कुछ बोल देते हैं तो वो कभी कोई जवाब नहीं देतीं। पापा या किसी और की बात से अगर वो ज्याद दुखी हो जाती हैं, तो अकेले में थोड़ा रो लेती हैं। Really she is great. I love my mom.''

''मेरी भी माँ बिलकुल ऐसी ही थीं।'' इस बार प्रिया की आँखें नम हो गयीं।

गोविन्द ने प्रिया को गौर से देखा वो सचमुच रो रही थी। प्रिया की नम आँखें और उसका 'थीं' शब्द इस्तेमाल करना इस बात को बताने के लिए काफी था कि अब उसकी माँ नहीं है। लेकिन गोविन्द इस असमंजस में था कि उसकी माँ प्रिया को सदा के लिए छोड़कर इस दुनिया से चली गयी है, या फिर कुछ और हुआ है, जिसके कारण उसकी माँ जुदा हो गयी और अभी प्रिया से दूर है।

''थी मतलब...?'' गोविन्द ने अपना असमंजस दूर करने के लिए प्रश्न किया।

''मतलब अब वो इस दुनिया में नहीं हैं।'' प्रिया जोर से रो पड़ी थी। गोविन्द को ये अंदाजा नहीं था कि उसके असमंजस की समाप्ति की ये कीमत होगी।

कुछ पल के लिए जैसे हर एक लमहा सालों-सालों में बीता। गोविन्द की समझ से परे था कि वो क्या बोले।

''पता है, पम्मी-मम्मी बनने वाली है?'' गोविन्द ने बात को बदलते हुए कहा। प्रिया का भी ध्यान एकाएक से माँ से हटकर इस बात पर आ गया।

'क्या!?' प्रिया ने अपने आँसुओं को पोंछते हुए बड़ा सा मुँह खोला।

''हाँ खबर पक्की है, सूचना मंत्री ने दी है।''

''कौन ? तुम्हारा दोस्त राजू ?''

''हाँ और पता है डैडी कौन हैं ?''

'कौन ?'

''The smartest person………., your English professor.''

'क्या ?' इस बार वाला क्या, पिछले से भी ज्यादा खतरनाक था।

''हाँ, राजू ने प्रोफेसर को abort करने वाली दवाई पम्मी को देते देखा है।''

''तुम लोग भी ना, कुछ भी बोलते और सोचते रहते हो; हो सकता है वो दवाई कुछ और ही हो ?''

गोविन्द का मतलब निकल चुका था। प्रिया अब रोना बिलकुल बंद कर चुकी थी।

''अच्छा वो सब छोड़ो, कोई मम्मी बने कोई पापा बने हमें क्या; तुम बताओ, तुम अपनी लाइफ में क्या बनना चाहती हो ?''

''यार क्या बनूँगी ? अभी तक तो सोच रही हूँ, ग्रेजुएशन होगा, उसके बाद बी. एड. वगैरह करके टीचर बन जाऊँगी। टीचर वाले जॉब से ससुराल वालों को भी ज्यादा प्रॉब्लम नहीं होगी और मुझे भी ये satisfaction रहेगा कि पढ़ाई की तो कुछ-ना-कुछ कर रही हूँ।'' प्रिया के बोलने से ऐसा लग रहा था, जैसे वो करना कुछ और चाहती है और बोल कुछ और रही है... बिलकुल ही बेमन से। शादी होने से पहले ही ससुराल वालों की मर्जी ढोने को एक आदर्श भारतीय बहू की तरह वो तैयार है।

''क्या तुम सचमुच यही करना चाहती हो ? क्या सच में तुम टीचर ही बनना चाहती हो ? हो सकता है टीचर की जॉब आसान हो, लेकिन जिम्मेदारी बहुत बड़ी होती है; पता है मैंने कहीं पढ़ा था, किसी को गलत शिक्षा देना, किसी का मर्डर करने से बड़ा क्राइम है, क्योंकि अगर आप किसी को मार रहे हैं तो आप बस एक व्यक्ति को मार रहे हैं और उससे कुछ परिवार शोकग्रस्त होंगे; लेकिन अगर आप किसी को गलत शिक्षा दे रहे हैं,

तो वो पीढ़ी-दर-पीढ़ी को खराब करती रहेगी... अब बताओ, क्या तुम शिक्षक की ड्यूटी इतनी जिम्मेदारी से कर लोगी ?''

''तुम इतनी बड़ी-बड़ी बातें कहाँ से सीखते रहते हो ? मुझे नहीं लगता कोई टीचर भी ये बात जानता होगा और उसपे इतना गौर करता होगा; खैर, अगर मैं टीचर बन गयी तब तो पूरी जिम्मेदारी से काम करूँगी ही, लेकिन मेरा मन कुछ और करने का है।'' प्रिया का मन फिर आधा बुझा-सा था।

''क्या करना चाहती हो ?''

''मैं जो करना चाहती हूँ, वो मुझे कोई करने नहीं देगा यार; लड़का होती तो एक बार को कर भी लेती, लेकिन लड़की, वो भी यहाँ छोटे शहरों और गाँवों में, कौन करने देता है ? बड़े शहर में रह रही लड़कियाँ तो अब अपने मन से कुछ कर भी रही हैं; उसके लिए भी उन्हें कितनी मशक्कत करनी पड़ती होगी, ये तो उन्हें ही पता होगा... कितने लोगों की बातों को अनसुना करके चलना पड़ता होगा ये तो वही जानती होंगीं; पता है गोविन्द, लड़की होना मतलब अपनी इच्छाओं को समेट लेना होता है।''

''तुम करना क्या चाहती हो ये तो बताओ ?''

''मैं ये चाहती हूँ कि मेरा अपना एक बड़ा-सा गार्डन हो, जहाँ मैं फूलों की एक बड़ी सी नर्सरी भी खोल के रखूँ, ढेर सारे फूलों की देखभाल कर उन्हें बड़ा करूँ और जिन्हें फूलों में रियल इंट्रेस्ट हो, वो मेरे यहाँ से फूल के पौधे ले जाएँ।''

''तो इसमें दिक्कत क्या है ? You can do it, कौन रोक रहा है तुम्हें ?''

''गोविन्द, कल तुम्हीं अपनी बीवी को ये नहीं करने दोगे।''

''यार अभी तक तो मैंने यही सोच रखा है कि मैं शादी नहीं करूँगा, लेकिन अगर शादी की, तो मैं अपनी मेमसाहब को उनकी मर्जी से कुछ भी करने जरूर दूँगा... असल में मैं, या कोई भी पति कौन होता है यार किसी की इच्छा को दबाने वाला। पति का मतलब होता है पत्नी के साथ साहचर्य, उसे प्यार करना, हमेशा उसका साथ देना, उसे ये फील नहीं होने देना कि वो अपना घर छोड़कर किसी दूसरे घर आ गयी है; ये नहीं कि तुम ये करो

और तुम वो करो, तुम्हारा काम किचन में ही है वगैरह... वगैरह...''

''गोविन्द, सब तुम्हारी तरह नहीं सोचते और पता नहीं तुम भी बोल रहे हो; शादी के बाद कथनी और करनी में फर्क नहीं रखोगे, किसको पता।''

''अगर मैंने शादी की, तो मेरे शब्द और कर्म में कोई भी अंतर नहीं होगा, इतना तो मैं दावे के साथ कह सकता हूँ।'' गोविन्द के रवैये में आत्मविश्वास पूरी तरह से भरा हुआ था।

''अच्छा, तुम शादी क्यों नहीं करना चाहते और अगर की तो किस तरह की लड़की के साथ करोगे?''

''जीवन में शादी ही सबकुछ नहीं होती; मेरा मानना है कि अगर आपका लक्ष्य ही आपका जीवनसाथी बन जाए, तो आपको किसी और जीवनसाथी की जरूरत नहीं, मेरे भी कई लक्ष्य हैं जीवन में।''

''क्या तुम्हारे घरवाले तुम्हें यूँ ही छोड़ देंगे? तुम इकलौते बेटे हो और हाँ, कौन-सा लक्ष्य है तुम्हारा जिंदगी में? तुम क्या करना चाहते हो? एक और प्रश्न जिसका तुमने जवाब नहीं दिया; अगर शादी की तो किस तरह की लड़की से शादी करोगे?''

गोविन्द की बातों को सुनकर प्रिया के दिमाग में प्रश्नों का बुलबुला-सा उठने लगा। उसने एक के बाद एक कई प्रश्न दाग दिए।

''अरे तुमने तो एक ही बार में इतने सारे प्रश्न मेरे ऊपर डाल दिए, ऐसे में तो हम अलबला जायेंगे; बताओ पहले कौन से प्रश्न का जवाब दूँ?'' बात पूरी करने के बाद दोनों हल्के-हल्के मुस्का रहे थे।

''तुम पहले शादी वाली बात क्लियर कर दो, फिर अपने टारगेट के बारे में बताना।'' अभी भी मुस्काती आँखों से प्रिया, गोविन्द की तरफ देख रही थी।

''ठीक है तो फिर सुनो; घरवालों को तो मैं समझा लूँगा, घरवालों को बहू से ज्यादा पोता या पोती चाहिये होते हैं, तो मैंने सोच रखा है कि मैं कम-से-कम एक लड़की, या फिर एक लड़की और एक लड़का adopt करूँगा;

अगर इसके लिए भी घरवाले नहीं माने तो फिर... तो फिर कुछ नहीं, वो ना मानें, मैंने तो जो सोचा है वो करूँगा ही और अगर शादी करनी हुई, तो मैं ऐसी लड़की से शादी करूँगा, जिससे कोई शादी नहीं करना चाहता हो, जैसे physically challenged, or widow, or divorced, या कोई भी इस तरह की लड़की, जिससे कोई शादी नहीं करना चाहता हो।''

''मतलब तुम एहसान जताना चाहते हो किसी पर?''

''नहीं ये एहसान की बात बिलकुल नहीं है; वैसे जिंदगी अकेले भी अपने हिसाब से गुजारी जा सकती है, लेकिन अगर कोई फिर भी ऐसा फील कर रही हो कि उसे जीवनसाथी की जरूरत है, तो मुझे भी बड़ा अच्छा लगेगा उसका साथ निभाने में।''

बहुत सारी बातें और फिर से बहुत सारे प्रश्न अभी भी प्रिया के मन में उठ रहे थे। कुछ को उसने खुद सुलझा लिया और कुछ को अनसुलझा ही छोड़ दिया। एक प्रश्न जो अनुत्तरित रह गया था, उसने उसे ही दुबारा गोविन्द से पूछा-

''अच्छा चलो शादी-वादी तो बाद की बात है; भगवान् करे शादी और बच्चों को लेकर तुमने जो बातें की हैं, वो तुम पूरी कर पाओ... तुम अब ये बताओ कि तुम्हारा लक्ष्य क्या है? तुम क्या बनना चाहते हो?''

''तुम्हें क्या लगता है, मैं क्या बनना चाहता हूँ?''

''मेरे हिसाब से तो जितना मैं सोच पायी, पक्का तुम्हारे मन में IAS बनने का ही सुरूर है, क्योंकि तुम पढ़ने में तेज़ हो, तुमने AIEEE में अच्छा रैंक लाने के बावजूद यहीं रहकर पढ़ाई करना चुना है। It means, you want to focus on civil services.''

''अरे नहीं यार, ऐसा नहीं है, इंजीनियरिंग करने वाले IAS/IPS नहीं बनते क्या?''

''तो फिर क्या करोगे तुम?''

''यार देखो, इतना तो सोच लिया है कि कुछ भी कर लूँ, नौकरी तो मैं नहीं करने वाला।''

''अरे यार तुम इतने टैलेंटेड हो, तुम्हें तो पक्का कोई-ना-कोई नौकरी मिल ही जायेगी, फिर तुम नौकरी क्यों नहीं करना चाहते हो?''

''यार अच्छे से पढ़ाई क्या सिर्फ इसीलिए की जाती है कि एक अच्छी-सी नौकरी कर ली जाए?''

''और नहीं तो क्या।''

''अच्छा तो फिर तुम्हारा सपना क्यों है फूलों की नर्सरी खोलने का? तुम भी पढ़कर कोई नौकरी ही करना क्यों नहीं चाहती?''

''मैं तुम्हारे जितना तेज़ होती पढ़ने में, तो पक्का मैं कोई अच्छी-सी नौकरी ही करती; हाँ तब भी गार्डन जरूर होता मेरे घर में।''

''नहीं यार मैं तो कोई भी नौकरी नहीं करने वाला।''

''अरे तो क्या करोगे बता दो जल्दी से और तुम्हें नौकरी से इतनी प्रॉब्लम क्यों है?''

''यार मेरे चाचा नौकरी करते थे; उनके पास अपने बच्चों के लिए कभी समय नहीं होता था; हफ़्ते में एक सन्डे आता था उसमें भी कहीं-ना-कहीं बिजी। चलो उसके बाद भी अगर वो खुश रहते तो समझ आता; जब भी उनसे बात करो, या तो कलीग को गाली देंगे, या फिर सीनियर को... हर समय यही बोलते रहते थे बिलकुल भी चैन नहीं है। ये हाल केवल उनका नहीं, मैंने और भी नौकरी करने वालों को देखा है, हमेशा अपनी मर्जी का कुछ करना चाहते हैं, लेकिन कर नहीं पाते और इसी कारण उनका frustration बढ़ता जाता है; ये बात तो हो गयी नौकरी की, अब बात मैं अपने पापा की करता हूँ... वो अपने आप को एक सफल बिजनेसमैन कहते हैं; कहते हैं कि जब वो बड़े हुए, तो हमारे लगभग सारे खेत दादाजी के इलाज में चले गए और उनके बड़े भाई यानी मेरे चाचाजी ने इलाज के बाद जो पैसे बचे उसे कहीं घूस देकर नौकरी कर ली। मेरे पापा के पास कुछ नहीं था। आज यहाँ उन्होंने बहुत प्रॉपर्टी बना रखी है। खेत भी उन्होंने खूब खरीदा। कहते हैं कि बच्चों को भी अच्छी शिक्षा दी और दोनों बेटियों को भी अच्छे घर में ब्याह दिया। मुझे वो ताने भी मारते हैं, कि मैं राजू के कारण अपना करियर खराब कर रहा हूँ... उन्हें लगता है मैं बस राजू के कारण ही

इंजीनियरिंग में नहीं गया, जबकि ऐसा बिलकुल नहीं है; मुझे जो करना है वो मैं यहीं रह के कर लूँगा। यहाँ तक तो सबकुछ ठीक था, कि एक आदमी जो बहुत गरीब था, उसने अपनी मेहनत से बहुत कुछ हासिल किया, अपने बच्चों को लायक बना दिया; लेकिन अब जब सबकुछ वेल सेटल्ड है तो फिर क्यों और ज्यादा के लिए मरे जा रहे हैं... चलो वो भी अपनी मेहनत के बल पर होता तो मैं मान लेता कि मेहनत करते जाओ और जितना हो सके बुलंदी छूते जाओ; मैंने उन्हें देखा है, बेईमानी करते हुए। जब मैंने पूछा, कि क्यों ऐसा कर रहे हैं, तो उन्होंने कहा- बिज़नेस में इतना चलता है। वो अपने से नीचे वालों के साथ कर रहे थे और उन्होंने कहा, उनके भी जो ऊपर है वो ऐसा ही करके और ऊपर पहुँच रहा है और जो नीचे है, कल वो भी ऊपर आने के बाद ऐसा ही करेगा। अब बताओ ये कहाँ से सही है? इसलिए यार ना तो नौकरी ना बिज़नस, मैं तो अपने मन की ही करूँगा।''

''अरे मन का क्या करोगे वही तो पूछ रही हूँ!''

''पता है मुझे घूमने का बड़ा शौक है, मैं पूरी दुनिया घूमना चाहता हूँ।''

''अच्छा तो क्या दुनिया फ्री में घूम लोगे? उसके लिए पैसे लगते हैं; पढ़ाई ख़त्म करने के बाद जब तुम नौकरी नहीं करोगे, तो तुम्हारे पापा कब तक तुम्हें दुनिया घूमने के पैसे देते रहेंगे?''

''अरे पापा से पैसे माँग कौन रहा है? मैं जहाँ भी जाऊँगा, वहाँ कुछ कर लूँगा और फिर उस जगह के हर एक आदमी से मिलूँगा, सभी से बात करूँगा... डिफरेंट कल्चर, डिफरेंट पीपल, वाव कितना मजा आएगा न!''

''जितना आसान तुम सोच रहे हो ना, उतना आसन होगा नहीं बंजारों की तरह जीना।''

''अरे छोड़ो; इंसान जो चाहे वो कर सकता है, फिर ये तो बहुत ही छोटी चाहत है दुनिया घूमने की; हमारे ही बिहार के दशरथ माँझी ने पहाड़ को काटकर अकेले रास्ता बना दिया और तुम इस तरह की बातें कर रही हो। हाँ, एक बात और... मैं जहाँ भी जाऊँगा, बच्चों की क्लास जरूर लूँगा किसी स्कूल में जाकर, अगर मौका मिला तो; वो भी लड़कियों का।

इण्डिया की लड़कियाँ बचपन से ही ये सोच लेती हैं कि लड़की होना मतलब अपनी इच्छाओं को समेट लेना है। मुझे लड़कियों को यही समझाना है कि लड़की होना मतलब अपने आप को समेटना नहीं होता; एक लड़की ही होती है जिसके कारण ये दुनिया आगे बढ़ती है, अगर वही अपने आपको समेटने लगेगी तो कैसे काम चलेगा। लड़की हरेक वो काम कर सकती है जो एक लड़का कर सकता है और जो भी लड़की मेरी सोच से सहमत होगी, उसे मैं अपनी चेन में जोड़ लूँगा और फिर वहाँ से मेरे जाने के बाद उससे कहूँगा कि वो औरों को अपनी तरह बनाए और लड़कों से जब भी मुखातिब होऊँगा, तो उन्हें बस यही बताऊँगा कि वो एक सफल इंसान तभी बन पायेंगा जब वो लड़कियों, महिलाओं का सम्मान करेंगे।''

''Means, u wanna be a motivator।''

''ऐसा ही समझ लो।''

''वैसे बातें तो तुम कर अच्छी लेते हो; देखो लोगों को पसंद आएँगी तो हो सकता है तुम एक दिन फेमस मोटिवेटर बन जाओ।''

''फिर वही बात आ गयी न...; मुझे फेमस-वेमस कुछ नहीं होना है, मुझे दुनिया घूमनी है और मेरे अन्दर तब तक जो भी अच्छी बातें जमा रहेंगी, वो दूसरों तक पहुँचा देना है, खासकर उन बच्चों के बीच, जो अभी सीखने की उम्र में हों, बस इससे ज्यादा और कुछ नहीं।''

''चलो सही है, भगवान् करे जैसा तुम चाहते हो कर पाओ।''

थोड़ी देर चुप्पी। आज लगा, जैसे चर्च के इस गार्डन ने इन दोनों को अपना लिया। आज इन दोनों ने काफी सुख-दुःख तो बाँटा ही, अपने विचारों को साझा कर वो थोड़ा और करीब आ गए थे। कुछ देर और दोनों ने कुछ नहीं कहा। उसके बाद गोविन्द ने ही प्रिया का हाथ पकड़कर उठाया और कहा-

''चलो, आज बहुत बातें हो गयीं, अब चलते हैं।'' अभी तक कभी भी दोनों हाथ पकड़कर नहीं आये थे। प्रिया ने गोविन्द के हाथ की तरफ देखा तो उसने उसका हाथ छोड़ दिया। प्रिया के चेहरे पर कोई भाव नहीं था, लेकिन गोविन्द को कुछ हुआ। शायद वो गिल्टी फील कर रहा था। बिना

कुछ बोले प्रिया उठी और गोविन्द के साथ चलने लगी। कदम-दो-कदम बाद गोविन्द थोड़ा पीछे रह गया। वो उस गुलाब को देख रहा था, जिसके पास प्रिया बैठी थी। प्रिया ने देखा गोविन्द थोड़ा पीछे हो गया है। एक कदम पीछे आकर उसने गोविन्द का हाथ पकड़ा और कहा-

"चलो भी अब, कहाँ पीछे रह गए!" उसने भी प्रिया के हाथ की तरह देखा, लेकिन कुछ दूर तक प्रिया उसके हाथ को पकड़कर खींचती रही। अब गोविन्द का मन हल्का हो गया और हाथों में हाथ का सिलसिला शुरू हो गया।

क्या से क्या हो गया

उसके बाद जब कभी मौका मिलता, या उनका मन करता, तो वो दोनों वहीं जाकर मिलते और बातें करते थे। उन दोनों के प्यार में भी मुलाकातों के नम्बर के साथ इजाफा हो रहा था। प्रिया के जन्मदिन पर पापा ने मोबाइल दिया और फिर दोनों में चैटिंग की भी शुरूआत हो चुकी थी। उनके सभी क्लास वालों को पता चल चुका था कि गोविन्द और प्रिया एक-दूसरे से प्यार करते हैं। एक दिन प्रिया कॉलेज आई तो थोड़ी परेशान दिख रही थी। वो गार्डन में उदास, सोफिया के साथ बैठी थी। गोविन्द ने उसे देखा तो लगा कि वो किसी परेशानी में है। उसने पास जाकर पूछा-

''कोई परेशानी है क्या?''

''नहीं कुछ नहीं।'' प्रिया ने बोला और फिर नीचे देखने लगी। परेशानी अभी भी उसके माथे पर मौजूद थी।

''अरे यार बताओ तो क्या हुआ?'' गोविन्द, प्रिया की तरफ देखता रहा और प्रिया चुप रही। प्रिया को कुछ नहीं बोलता देख उसने सोफ़िया से इशारे में मसला पूछा।

''वो आज कॉलेज आते वक्त रास्ते में राज और उसके दो दोस्त मिले थे।'' कहकर सोफिया चुप हो गयी। प्रिया, सोफिया की ओर देखकर उसे चुप रहने का इशारा करने लगी।

‘तो?’ गोविन्द ने पूछा।

‘‘उन्होंने प्रिया के साथ बदतमीजी करने की कोशिश की।’’

‘‘क्या किया उन लोगों ने?’’ गोविन्द के रवैये में गुस्सा और जल्दबाजी दोनों थे।

‘‘कुछ नहीं हुआ।’’ प्रिया ने जवाब दिया।

‘‘तुम बताओ सोफिया, क्या बात हुई है?’’

‘‘यार उन्होंने प्रिया को कहा कि....’’ इतना बोलकर वो रुक गयी।

‘‘क्या कहा उन्होंने बताओ तो यार......!’’ बेचैनी के साथ गोविन्द ने फिर से प्रशन किया।

‘‘यही कि गोविन्द को देती हो मुझे कब दोगी।’’ बोलकर सोफिया ने नजरें झुका लीं।

‘‘साला उनकी इतनी हिम्मत, मैं देखता हूँ उन्हें।’’ बोलकर गोविन्द वहाँ से जाने लगा।

‘‘तुम कुछ नहीं करोगे, मुझे जो करना था मैं कर चुकी हूँ।’’ प्रिया ने गोविन्द को रोका।

‘‘क्या किया तुमने?’’

‘‘प्रिया ने बहुत ही जोर का एक चमाट जड़ दिया उसके गाल पर।’’ सोफिया ने गर्व से भरते हुए उत्तर दिया।

‘‘ठीक किया, इनके साथ यही होना चाहिए; लेकिन फिर भी इनको सबक सिखाना बहुत जरूरी है।’’ गोविन्द ने एक बार फिर उग्र होते हुए बोला।

‘‘तुम्हें अभी कुछ करने की कोई भी जरूरत नहीं है।’’ एक बार फिर प्रिया ने रोका।

‘‘ठीक है, लेकिन फिर से वो कुछ बोले तो मुझे बताना।’’

‘‘ठीक है।’’ प्रिया ने जवाब दिया।

प्रिया से हुई ये गोविन्द की आखिरी बात थी। अपनी पुरानी यादों में खोया गोविन्द, वैसे ही लेटे-लेटे अपने बेड पर सो गया। अचानक उसने सपने में देखा कि प्रिया जल रही है और उसका नाम लेकर चिल्ला रही है। उसकी नींद खुली और वो उठकर बैठ गया और अपनी बेबसी पर रोने लगा।

जिंदगी हर कदम एक नयी जंग है

उधर अस्पताल में प्रिया को होश आ गया। प्रिया ने आँखें खोली तो उसने देखा वो अस्पताल में विभिन्न उपकरणों से बँधी है। आस-पास कुछ और लोग पड़े हैं, जो उसी की तरह कुछ दिनों में जिन्दगी और मौत के बीच किसी एक को अपना लेंगे। माहौल एकदम शांत पड़ा था। हरे पर्दे से दरवाजा ढँका था, जिसके बाहर उसे दिखाई नहीं दे रहा था। उसने अपना सर खिड़की की तरफ घुमाया, क्योंकि वहाँ से बाहर का कुछ नजारा दिख रहा था। उसे खिड़की से बाहर गार्डन नजर आया। काफी सारे फूल खिले थे। गर्दन घुमाने तक वो इतना होश में आई कि उसका जिस्म जहाँ-जहाँ से जला था, वहाँ-वहाँ उसे जलन महसूस होने लगी। फूलों को मुस्काता देख, दर्द के बावजूद उसने भी मुस्का दिया। अब उसे अपनी इस मुस्कान से अपने पापा की याद आ गयी, क्योंकि एक वही ऐसे इंसान थे जो हमेशा उसे फूलों की तरह मुस्कराते देखना चाहते थे।

फूलों से ध्यान हटाकर उसने महेंद्र को ढूँढ़ने के लिए इधर-उधर सर हिलाया। उसके इस मूवमेंट को देखकर वहाँ मौजूद नर्स ने तुरंत जाकर डॉक्टर को बुला लिया। डॉक्टर ने आते ही प्रश्न किया-

''चलो अच्छा हुआ तुम्हें होश आ गया, अच्छा बताओ कैसी हो?''

''ये तो आपको ही पता होगा।'' प्रिया का जवाब सुनकर डॉक्टर थोड़ा

ठिठक गया, फिर उसने जवाब दिया।

''अरे हाँ, हमें बस तुम्हारे होश में आने का ही इंतज़ार था, थैंक गॉड, सही समय पर वो लड़का तुम्हारे पास पहुँच गया और तुम्हें ज्यादा बर्न इंजरी नहीं हुई; तुम्हें रिकवर होने में ज्यादा समय नहीं लगेगा।''

''मेरे पापा कहाँ हैं?'' डॉक्टर की बात पर ज्यादा ध्यान न देते हुए प्रिया ने प्रश्न किया।

''अरे वो यहीं बाहर ही बैठा है, दो दिन से वो यहाँ से हिला तक नहीं है; बहुत प्यार करता है तुम्हारा बाप तुमसे।'' डॉक्टर अपनी रिपोर्ट तैयार करते हुए प्रिया से बोल रहा था।

''मुझे प्लीज पापा से मिला दीजिये!'' बोलकर प्रिया रो पड़ी।

''अरे बेटा रो क्यों रही हो? जरूर मिलवायेंगे आपको आपके पापा से; अभी भेजते हैं उनको आपके पास, आप बहुत जल्द ही पूरी तरह ठीक हो जाओगी और आपको हम घर भी भेज देंगे... रो मत! अभी आपके पापा को भेजता हूँ आपके पास।'' डॉक्टर ने बहुत ही प्यार से प्रिया को समझाया।

''एक दिन और इसे ICU में ही रखेंगे, फिर नॉर्मल वार्ड में शिफ्ट करेंगे; अभी बस उन्हीं लोगों को इससे मिलने देना जिससे ये चाहती हो, बाकी किसी को इसके पास मत आने देना।'' डॉक्टर ने नर्स को चेताया।

''मैं खुद तुम्हारे पापा को लेकर आ रहा हूँ।'' बोलकर डॉक्टर साहब बाहर निकल गए।

थोड़ी देर बाद भारी क़दमों के साथ महेंद्र ICU की तरफ बढ़ रहा था। उसे अपनी बेटी को देखने की जल्दी तो थी, लेकिन वो डरा हुआ भी था। पता नहीं उसकी बेटी कैसी हो... वो ये भी सोच रहा था वो बात क्या करेगा उससे। कैसे आग लग गयी, ये भी उसे पता नहीं था। वो कैसे पूछेगा ये सब? उसने सोच लिया वो कुछ पूछताछ नहीं करेगा उससे, बस उसकी बेटी ठीक हो जाए जल्दी से, वो उसे लेकर घर चला जाएगा। अपने मन में उलझा हुआ वो ICU में घुसा। प्रिया को देखते ही उसकी आँखें फिर से बहने लगीं। वो प्रिया के पास पहुँचा। प्रिया उसे देखकर रोने लगी। उसने

रोते हुए 'पापा!' कहा और फिर उसके हाथ को पकड़ना चाह रही थी, लेकिन नर्स ने ऐसा करने से मना किया।

''नहीं, अभी आप किसी को मत छूना; कम-से-कम जब तक ICU में हो तब तक; हालाँकि आप ज्यादा नहीं जली हैं, फिर भी अभी आपकी स्किन में इन्फेक्शन का खतरा है... ध्यान रहे, ये किसी को न छुएँ।'' महेंद्र की ओर देखते हुए नर्स ने अपनी बात खत्म की। रोते हुए अपने दोनों होठों को दबाये महेंद्र ने अपने सर को हिलाकर हाँ में जवाब दिया।

दोनों बाप-बेटी एक दूसरे को देखकर रोते ही रहे। प्रिया चुप होना चाहती तो महेंद्र रो पड़ता, फिर उसे देखकर प्रिया फिर से रोने लगती। प्रिया को पता था कि उसके साथ क्या हुआ है ये किसी को पता नहीं होगा, पता नहीं लोग क्या सोच रहे होंगे।

''पापा आप चुप हो जाइए; डॉक्टर साहब बोल रहे थे मुझे कुछ नहीं हुआ है, मैं बहुत ही जल्दी ठीक हो जाऊँगी और फिर आपके साथ घर चली जाऊँगी।'' एक बार फिर से प्रिया का मजबूत चरित्र सामने था। जब उसकी माँ मरी थी, तब भी उसी ने अपने बाप को साहस दिया था; आज फिर खुद ICU में होने के बावजूद वही अपने बाप को हिम्मत दे रही थी। लेकिन आज उसकी आँखों से आँसू रुक नहीं रहे थे। वहाँ खड़ी नर्स भी यह दृश्य देखकर अपने आपको रोक नहीं पायी और उसके सेंटीमेंट्स उसकी आँखों से बाहर आ गए। अपनी आँखों को पोंछते हुए वो वहाँ से महेंद्र को जल्दी बाहर आने को बोलती हुई चली गयी।

अगले दिन प्रिया को नॉर्मल वार्ड में शिफ़्ट कर दिया गया। आज पुलिस भी प्रिया का बयान लेने आने वाली थी। ये बात हालाँकि प्रिया को पता नहीं थी। पुलिस तो कल ही उसका बयान लेने आई थी, लेकिन डॉक्टर ने ही मना कर दिया था, ये कहकर, कि अभी पेशेंट की हालत ऐसी नहीं है कि वो बयान दे पाए। प्रिया, नॉर्मल वार्ड में बेड पे पड़ी थी और महेंद्र उसके बगल में बैठा था... बीच-बीच में संजीव भी एकाध चक्कर लगा जाता था। वो प्रिया को बताना चाहता था, कि उसने पुलिस को ये बता दिया है कि आग लगने के बाद उसने राज, अनुभव और विशाल को गली से जाते देखा है, लेकिन बार-बार प्रिया की हालत और मौजूदा हालात को देखकर

वो कुछ बोल नहीं पा रहा था और महेंद्र और प्रिया से किसी चीज की जरूरत है कि नहीं, ये पूछकर चला जाता था।

नॉर्मल वार्ड में एक टीवी भी लगा हुआ था और उसपे धीमी आवाज में न्यूज़ चल रहा था। उस समय जी न्यूज़ पर एक स्पेशल न्यूज़ चल रही थी, जिसमें 'नाडिया' नाम की एक लड़की ISIS की गिरफ्त से बचकर भागने में सफल हो पाई थी और जर्मनी में रह रही थी। वो अपने साथ हुए दास्तान को UNO में सबके सामने रख रही थी। उसने अपने साथ हुई दरिंदगी का हर एक वाकया सुनाया और उसे सुनने के बाद वहाँ मौजूद लगभग सभी लोगों की आँखें नम हो गईं। नाडिया का इंटरव्यू सुनने के बाद प्रिया भी रोने लगी। प्रिया के मन में फिर से वही बात बार-बार आ रही थी, कि एक लड़की कितनी ज्यादा मजबूर होती है। उसके साथ कोई भी, कुछ भी कर सकता है। इस दुनिया में लड़कियों को बस एक ही काम के लिए समझा जाता है; अगर राजी खुशी सबकुछ हो जाए तो बहुत बढ़िया, नहीं तो फिर जबरदस्ती का विकल्प तो है ही। बेचारी लड़की कहाँ जाएगी? किससे बताएगी? कौन सुनेगा? लेकिन नाडिया की हिम्मत देखकर उसे बहुत हौसला मिला। एक बार भागने में असफल होने के बावजूद, ISIS जैसे खूँखार लोगों के बीच से भाग आना और फिर UNO में सबके सामने उनके सच को रखना... उसे देखकर वो ये सोच रही थी कि भले उसके साथ उन लोगों ने गलत किया, लेकिन अपने आपको कमजोर मानकर वो चुप नहीं बैठी और अपनी बात, अपनी आपबीती दुनिया के सामने लेकर आई। सच में नाडिया बहुत बहादुर है और हर एक लड़की को उसकी तरह होना चाहिये। उसने तय किया कि अब जो भी हो, वो भी पीछे नहीं हटेगी और वो अपनी लड़ाई खुद लड़ेगी।

प्रिया का बयान लेने खुद इंस्पेक्टर साहब आये थे। अब चूँकि FIR हो चुकी थी और संजीव ने राज और उनके दो दोस्तों को इस केस से जोड़ दिया था, तो साहब का आना भी लाजमी था। इंस्पेक्टर साहब ने एक स्टूल पर बैठते हुए बड़े प्यार से प्रिया से पूछा-

"बेटे अब तुम्हारी तबियत कैसी है?"

"जी आप देख रहे हैं मैं कैसी हूँ।" प्रिया ने रुखा उत्तर दिया। प्रिया

के इस उत्तर से इंस्पेक्टर साहब थोड़े असामान्य हो गए। क्या प्रतिक्रिया दी जाये ये पता नहीं चल रहा था उन्हें।

"देखो बेटा, हमें पता है तुम अभी बीमार हो, काफी तकलीफ में हो; ऐसे में मुझे ये सब पूछना तो नहीं चाहिए, लेकिन क्या करूँ क़ानून चीज ही ऐसी है... अगर तुम बताना चाहो तो क्या मैं तुमसे कुछ प्रश्न कर सकता हूँ?'' इंस्पेक्टर साहब बड़े ही प्यार के साथ प्रिया से बातें कर रहे थे।

"हाँ-हाँ सर, आप जो चाहें मुझसे पूछ सकते हैं, मैं सारे प्रश्नों का उत्तर देने के लिए पूरी तरह से तैयार हूँ।'' प्रिया ने बहुत ही जल्दी और आत्मविश्वास के साथ अपनी बात ख़त्म की।

"अच्छा तो बताओ उस दिन क्या हुआ? तुम कैसे जल गयीं?'' इंस्पेक्टर साहब ने भी बिना अतिरिक्त समय खर्च किये सीधा प्रश्न प्रिया के सामने छोड़ दिया।

एक लम्बी सी साँस लेकर प्रिया ने कहा-

"सर लिखना शुरू कीजिये; उस दिन शाम को मैं अपनी छत पर ऊपर वाले कमरे में ही डांस कर रही थी, कि तभी किसी ने दरवाजा खटखटाया। मुझे लगा पापा होंगे, इसलिए मैंने तुरंत दरवाजा खोल दिया। दरवाजा खोला तो देखा राज, अनुभव और विशाल दरवाजे पर खड़े थे। इससे पहले कि मैं कुछ पूछती, राज मेरे कमरे में घुस गया और बोला, 'बहुत अच्छा डांस करती हो, थोड़ा हमको भी दिखाओ न डांस करके।'' मैंने कहा, थप्पड़ दिखाया तो वो भूल गए क्या? फिर उसने कहा, 'उतना देख के मन नहीं भरा, इसलिए कुछ और देखने आये हैं।' फिर उनमें से एक ने दरवाजा बंद किया और फिर तीनों ने बारी-बारी मेरा रेप किया और फिर जाने लगे। जब वो जा रहे थे तो मैंने कहा कि मैं उन लोगों में किसी को नहीं छोड़ूँगी। इस पर राज पलटा और वहीं रखे मिट्टी के तेल को मेरे ऊपर डाल दिया और फिर अपने लाइटर को जलाकर मेरे ऊपर फेंक दिया और फिर जल्दी से वहाँ से भाग निकला। मैं चीखती हुई दरवाजे की तरफ बढ़ना चाह रही थी, लेकिन शायद बढ़ नहीं पायी और उसके बाद क्या हुआ मुझे कुछ याद नहीं।'' प्रिया ने एक बार में बिना रुके, बिना हिचके, सारी बात इंस्पेक्टर साहब को बता दी। रेप की बात सुनकर साहब थोड़ा चौंक गए थे,

क्योंकि इस एरिया में दो साल की पोस्टिंग में ये पहला रेप का मामला उनके सामने आया था। हालाँकि संजीव के बताने के बाद और राज के बाप के थाना आने के बाद उन्हें ये तो लगा ही था कि अगर वो तीनों वहाँ मौजूद थे तो उन्होंने रेप जरूर किया होगा और इसी ग्लानि के कारण प्रिया ने आग लगा ली होगी, लेकिन यहाँ रेप और अटेम्प टू मर्डर, दोनों का केस बनता नजर आ रहा था।

"बेटे तुम्हारे साथ जो हुआ बहुत बुरा हुआ, हमें तुम्हारे साथ सहानुभूति है; तुमने जो बातें कहीं हैं, अगर वो सही हैं, तो मैं तुम्हें भरोसा दिलाता हूँ वो सब बहुत ही जल्द जेल में होंगे; लेकिन बेटा कुछ बातों को तुम्हें और क्लियर कर के बताना होगा।" संजीव और महेंद्र के साथ की गयी बेरुखी के बाद संजीव, इंस्पेक्टर साहब के इस रूप को देखकर बहुत हैरान था। संजीव तो मन-ही-मन ये सोच रहा था कि कहीं इंस्पेक्टर की तबियत तो ख़राब नहीं है आज। अब प्रिया की इस हालत को देखकर इंस्पेक्टर साहब इतने नर्म थे, या फिर उनका दिल बदल गया था, ये तो बस वही जानते थे।

"हाँ सर बताइए क्या-क्या आपको और क्लियर जानना है?" संजीव की फटी-फटी आँखें प्रिया के शब्द सुनकर अब उस ओर मुखातिब हुईं। प्रिया ने कई फिल्मों में देखा था, एक रेप विक्टिम से किस तरह के सवाल किये जाते हैं। वो उस तरह के सारे सवाल झेलने के लिए पूरी तरह तैयार थी।

"दरअसल तुम्हारे स्टेटमेंट में शाम का समय और उन तीनों में दरवाजा किसने बंद किया था, उसका नाम क्लियर नहीं है।"

"सर, शाम को चार बजे मैं अपने छत पर थी और विशाल ने दरवाजा बंद किया था।" प्रिया ने एक बार फिर से बुलंद आवाज में जवाब दिया।

"तुम्हारे बयान के आधार पर एक और FIR करनी होगी; अभी तक ये हमारे लिए सिर्फ बर्न केस था, लेकिन अब ये रेप केस भी है; तुम यहाँ साइन कर दो... हो सकता है हमें फिर से यहाँ आना पड़े, या फिर अगर तुम्हें डिस्चार्ज मिल जाएगा तो तुम्हें थाने आना पड़े।" इंस्पेक्टर साहब ने FIR की कॉपी प्रिया की तरफ बढ़ाते हुए अपनी बात कही।

"ठीक है सर मुझे कोई प्रॉब्लम नहीं है।'' संजीव को प्रिया को देखकर बड़ा गर्व हो रहा था, कि इतना बड़ा हादसा होने के बावजूद प्रिया इतनी मजबूत है। कोई और लड़की होती तो रोने के अलावा कुछ और नहीं करती और पुलिस के सामने अपना बयान इतने बोल्डनेस के साथ......।

रेप की बात सुनकर महेंद्र को रोना आ गया और वो वार्ड से बाहर चला गया था। महिमा ज़्यादा समय घर पे ही रहती थी और खाना बनाकर महेंद्र के लिए लेकर आती थी। जब महेंद्र बाहर निकला, तो वो खाना लेकर आई हुई थी। महेंद्र को रोता देख उसने उसकी हिम्मत बढ़ाने के लिए कहा-

"भैया अब क्यों रो रहे हो? अब तो प्रिया होश में आ गयी है ना! डॉक्टर ने भी कह दिया है अब चिंता की कोई बात नहीं, हो सकता है एक-दो दिन में वो घर भी लौट जाए।''

'महिमा...' महेंद्र बस इतना ही बोल पाया और फिर रोने लगा।

"क्या हुआ भैया आप ऐसे क्यों कर रहे हैं? बात क्या है बताइए तो......!'' महिमा ने उसे थोड़ा संभालते हुए कहा।

"उन लड़कों ने।'' महेंद्र रोते-रोते इतना बोलकर गमछे में अपने मुँह को पोंछने लगा। महिमा को बात समझ में आ गयी और उसे ज्यादा हैरानी भी नहीं हुई। वो पहले ही ये बात सुन चुकी थी कि उन लड़कों ने प्रिया का रेप किया होगा, इसीलिए प्रिया ने खुद को आग लगा ली। महिमा को समझ नहीं आ रहा था कि वो अपने भाई से क्या बोले, क्या कहकर उसे सांत्वना दे।

"कोई बात नहीं, भैया जिसने जैसा किया है उसको उसका फल मिलेगा; पुलिस-परसासन है और देखिएगा भगवान् जरूर उन लोगों को सजा देंगे।'' महिमा बिलकुल औरताना ढंग से भगवान् की कृपा होने की बात करने लगी।

"उन्हीं लोगों ने उसे जलाने की भी कोशिश की।'' महेंद्र का रोना अभी भी जारी था। ये बात महिमा के लिए थोड़ा चौंकाने वाली थी।

'क्या!' महिमा ने अपनी आँखें बड़ी करते हुए प्रश्न किया। महेंद्र ने रोते हुए हाँ में अपना सर हिला दिया। महिमा उन लोगों की दरिंदगी के बारे

में सोचते हुए बोली-

"क्या कीजियेगा भैया, हम लोगों के लिए राहत की बात यही है कि प्रिया अब ठीक है।"

"प्रिया ठीक तो हो जाएगी, लेकिन उसकी जिंदगी कैसी हो जाएगी महिमा? क्या कोई उससे शादी करेगा? क्या वो एक आम लड़की की तरह जिंदगी बिता पायेगी?" एक बाप के मन में अपनी बेटी के आगे की जिंदगी को लेकर जितनी चिंताएँ आ सकती थीं, वो सब महेंद्र के भी मन में आ रही थीं।

"भगवान् ने चाहा तो सब कुछ ठीक हो जायेगा।" महिमा को भी पता था, महेंद्र जो बोल रहा है वो बिलकुल सच है। एक बलात्कार पीड़िता की जिंदगी कैसी हो सकती है, उसे समाज में लोग किस नजर से देखेंगे; खुद महिमा भी प्रिया को अपनी ससुराल नहीं बुला सकती... हर कोई दस सवाल पूछेगा; फिर भी अपने भाई को ढाँढ़स देने के लिए एक बार फिर उसने सारी जिम्मेदारी भगवान् पर डाल दी।

खाना खाने के बाद महेंद्र, वार्ड में अन्दर आया। प्रिया की दोनों आँखों के किनारे से पतली लकीर बनाकर आँसू बह रहे थे। आँसुओं ने बहने के लिए बड़ा ही बारीक रास्ता चुन रखा था। बाहर से प्रिया बहुत मजबूत दिखना चाह रही थी, लेकिन अन्दर-ही-अंदर उसके साथ क्या हो रहा था, ये बस वही जानती थी। अपना रुआँसा चेहरा लेकर महेंद्र उसके पास गया तो प्रिया ने अपने आँसू पोंछ लिए।

"पापा आपने खाना खाया कि नहीं अब तक?" प्रिया ने प्रश्न किया।

"हाँ खा लिया, तुम भी कुछ खा लो, वैसे संजीव को भेजा है वो जूस लेकर आता ही होगा।"

"नहीं पापा, अभी तो इंस्पेक्टर साहब के आने के पहले आपने ही फ्रूट खिलाया था, इतनी जल्दी-जल्दी मैं नहीं खा सकती।" बोलने के बाद प्रिया ने उसी शरारत से मुस्काने का अभिनय किया, जिस तरह वो घर पर अपने बाप को खाने के लिए मना करते हुए हँसती थी।

''अरे खाएगी तभी तो जल्दी से ठीक होगी और फिर घर वापस जाएगी।'' महेंद्र ने भी उसी तरह जवाब देने की कोशिश की, लेकिन एक बार फिर वो अपने आप को नियंत्रित नहीं रख पाया और रो पड़ा। प्रिया भी फिर से रो पड़ी और माहौल एक बार फिर भारी-भारी सा हो गया। संजीव, जूस लेकर आया तो उसने गेट पर खड़े नेपाली गार्ड के बारे में जोक सुनाकर और कुछ और मजेदार बातें कर माहौल को हल्का करने की कोशिश की।

राजू ने गोविन्द को बताया कि प्रिया होश में आ गयी है और अब एक दो दिन में घर भी वापस आ जाएगी। साथ-साथ राजू ने प्रिया के साथ जो कुछ भी हुआ, सबकुछ बता दिया और ये भी बताया कि तीनों अभी यहाँ से फरार हैं। गोविन्द का गुस्सा काफी तेज़ तो था, लेकिन निरर्थक था; वो कुछ भी नहीं कर सकता था... उसे भी ये बात पता थी।

''यार मैं जाकर प्रिया से मिल आऊँ क्या?''

''भाई तेरी जैसी मर्जी वैसा कर, लेकिन एक बात ध्यान रहे, कि लोग क्या कहेंगे? क्या वो ये नहीं कहेंगे, कि प्रिया थी ही ऐसी लड़की, देखो उसका आशिक आया है मिलने।''

''मुझे नहीं पता लोग क्या कहेंगे, मुझे बस एक बार प्रिया से बात करनी है।''

''ठीक है जैसा तुम सही समझो।''

गोविन्द, प्रिया से मिलने हॉस्पिटल पहुँचा। वहाँ बाहर ही उसे संजीव मिल गया। उसने संजीव से पूछा-

''कैसी है प्रिया?''

''ठीक है अब; हो सकता है कल परसों तक डिस्चार्ज भी मिल जाए।'' संजीव ने जवाब दिया। गोविन्द कुछ और भी पूछना चाहता था, लेकिन उचित-अनुचित की तुला पर अपनी बातें तौलने के बाद वो चुप रह गया।

''क्या मैं उससे मिल सकता हूँ?'' थोड़ी देर चुपचाप खड़े रहने के बाद उसने संजीव से प्रश्न किया।

''हाँ अब तो मिल सकते हो, लेकिन महेंद्र चाचा वहीं हैं।''

''तो क्या मैं नहीं जा सकता?''

''देख लो, वैसे चाचा तो थोड़े खुले विचार के हैं, लेकिन ये दुर्घटना होने के बाद...'' संजीव इतने पे चुप होकर गोविन्द को देखने लगा।

''यार मुझे प्रिया से मिलना है, उससे बातें करनी हैं, मैं जा रहा हूँ।'' कहकर गोविन्द, वार्ड की तरफ बढ़ गया।

थोड़ी देर नजर दौड़ाने के बाद उसने देखा, प्रिया एक बेड पर असहाय-सी पड़ी है। उसका चेहरा सलामत है, उस पर जले का कोई जख्म नहीं है। उसकी बाकी देह ढकी हुई है। प्रिया को इतना उदास उसने आजतक नहीं देखा था। हालाँकि प्रिया थोड़ी गंभीर तो थी, लेकिन उदासी को अपने पास बिलकुल नहीं आने देती थी, गोविन्द के कदम सहजता से प्रिया के बेड की तरफ नहीं बढ़ पा रहे थे। फिर भी वो किसी तरह मशक्कत करता हुआ प्रिया के बेड तक पहुँचा। संयोग से महेंद्र उस समय वहाँ मौजूद नहीं था।

'प्रिया!' गोविन्द बस इतना ही बोल पाया था। जानी-पहचानी आवाज सुनकर प्रिया ने एकदम से गोविन्द की तरफ देखा।

''गोविन्द! कैसे हो तुम?'' प्रिया का ये सवाल सुनकर गोविन्द ने कोई जवाब नहीं दिया। वो उससे क्या बात करे, उसे समझ नहीं आ रहा था।

''प्रिया तुम टेंसन मत लेना, मैं हमेशा तुम्हारे साथ था और हमेशा तुम्हारे साथ रहूँगा।'' अपनी असमंजस की स्थिति में गोविन्द यही बोल पाया।

''थैंक यू गोविन्द, लेकिन मैं अब तुम्हारा साथ नहीं दे पाऊँगी; हाँ हम हमेशा अच्छे दोस्त रहेंगे।''

''ये तुम क्या कह रही हो प्रिया? मेरे लिए कुछ नहीं बदला है, मैं अभी-भी तुम्हारा साथ वैसे ही दे सकता हूँ जैसे पहले देता था।'' गोविन्द के जवाब में एक बेचैनी थी।

''लेकिन मेरे लिए सबकुछ बदल गया है गोविन्द; पता है, कोई मुझसे

बोलता था, जो होता है अच्छे के लिए होता है; मेरे साथ जो हुआ वो तो बहुत बुरा हुआ, लेकिन मुझमें बहुत बदलाव दे गया... मैं कमजोर नहीं हुई, बल्कि पहले से कहीं ज़्यादा मजबूत हो गयी हूँ, अब मैं अकेले कुछ भी कर सकती हूँ; हाँ, लेकिन फिर भी अगर कभी मुझे तुम्हारी जरूरत महसूस हुई तो मैं तुमसे मदद जरूर माँग लूँगी।'' प्रिया के इस जवाब के बाद गोविन्द क्या बोले कुछ समझ नहीं पा रहा था।

''ठीक है जैसा तुम सही समझो; अपना खयाल रखना और कभी भी किसी तरह की ज़रूरत हो तो बताना जरूर... वैसे मैं तुमसे मिलता ही रहूँगा।''

''Sure....'' गोविन्द का मन कर रहा था एक बार प्यार से वो प्रिया को हग करे, लेकिन वो ऐसा नहीं कर सकता था। उसने एक बार प्रिया की हथेली पर अपना हाथ रखा और फिर वहाँ से चल दिया।

पुलिस ने प्रिया के दिए बयान के आधार पर FIR की और फिर आगे चार्जशीट भी तैयार की। जिस दिन प्रिया ने इंस्पेक्टर को अपना बयान दिया था, उसी दिन वो राज के बाप के पास पहुँचा।

''स्थिति थोड़ा गंभीर हो गया है सर! उ लड़की होश में आ गयी है आ अपना बयान में उ कही है कि आपका बेटा आ उसका दू गो साथी उसका रेप किया है और राज ही लाइटर जलाकर उसके ऊपर फेंककर आग भी लगाया है; बचना मुश्किल बुझा रहा है, चार्जशीट भी तैयार करना पड़ेगा उसके बयान पर, आ उसी पर ट्रायल भी होगा कोर्ट में।''

''हम ई सब अंग्रेजी कुछ नै जानते हैं, आप सीधा-सीधा बताइए कि बेटा को बचाने के लिए कितना पैसा लगेगा? पैसा वाला का बेटा है, ई उम्र में ई सब हो जाना कौन बड़ा बात है, आ उ पान वाला के बेटी के चक्कर में हमारे बेटा को कुछ नहीं होना चाहिए ये बुझ लीजिये!'' राज के बाप ने अपने रोबीले अंदाज में इंस्पेक्टर से कहा।

''सर देखिये, वैसे होगा तो कुछ नहीं, केस आपके पक्ष में जायेगा, काहे कि पहला बात कि उसका मेडिकल 24 घंटा बाद हुआ, उसका कपड़ा

बदल दिया गया था; मेडिकल साइड से आपका केस स्ट्राँग है... हाँ, दिक्कत यही है कि विक्टिम खुद गवाही देगी तो थोड़ा केस गड़बड़ाएगा। एक गवाह संजीव भी है, लेकिन उसको तो जब चाहो तब गायब कर दो और सबसे मजबूत पॉइंट, रेप केस में पीड़िता के लिए वकील राज्य सरकार की तरफ से होता है और सरकार में तो आपकी पकड़ है ही, दोनों साइड से अपना ही वकील फिक्स कर दीजिये।'' इंस्पेक्टर ने ठेकेदार के खाए नमक का हक अदा करने का अपना पूरा प्रयास किया।

''ठीक है; हम कहे ना कि ई सब अंग्रेजी हमको नै समझ में आता है, आप बस बता दीजियेगा कि बात किससे करना होगा और पैसा कितना लगेगा, पैसा का चिंता आप मत कीजियेगा, बस राज को कुछ नहीं होना चाहिए।''

''स...सर...'' थोड़ा मिमियाते हुए इंस्पेक्टर कुछ बोलना चाह रहा था, लेकिन चुप हो गया।

''हाँ बोलिए क्या बात है?'' ठेकेदार साहब ने प्रश्न किया।

''वो दरअसल... राज को अरेस्ट करना पड़ेगा; पहली ही हियरिंग में बेल मिल जाएगी, लेकिन अगर ट्रायल के समय वो पुलिस कस्टडी में रहे तो ज्यादा अच्छा रहेगा।'' इंस्पेक्टर ने एक साँस में अपनी व्यथा सुना दी।

''क्या कह रहे हैं इंस्पेक्टर साहब! एक पानवाले के बेटी के लिए मेरा बेटा जेल जायेगा?'' राज का बाप आगबबूला हो चुका था।

''सर एक और उपाय है।''

'बताइए....।'

''उ पानवाला कमाता कितना होगा, पाँच सौ ना छो सौ; उसको काहे नै पैसा देके मामला यहीं ख़त्म कर देते हैं। अगर उ लड़की केस वापस ले ले और बोल दे कि बस ये एक हादसा था, जिसमें गलती से उ जल गयी है, तो सबका काम हल्का हो जायेगा; ना तो आपका बेटा अरेस्ट होगा, ना उसको कोर्ट-कचहरी करना होगा; हम भी पुलिस के फाइल में दू पन्ना में रिपोर्ट बना के कहानी ख़त्म कर देंगे।'' इस बार इंस्पेक्टर साहब ने सबसे सरल और असरदार युक्ति बताई थी। अगर ये तरीका काम कर जाता तो इससे

बेहतर ठेकेदार के लिए और कुछ नहीं था। ये तरीका उसे पहले की बातों जैसा इंग्लिश वाचन भी नहीं लगा।

"आपको क्या लगता है, मान जायेगा उ?"

"अरे साहब, दस पन्दरह हजार महीना कमाने वाले के सामने दस लाख उझल दीजिये, ऐसे ही आँख चुँधिया जायेगा उसका; नहीं कैसे मानेगा उ! बस इतना कह दीजियेगा साथ में, कि केस भी लड़ा तो वो हार ही जायेगा, इसलिए भलाई इसी में है कि चुपचाप वो ये पैसा रख ले, जो वो जीवन में नहीं कमा पायेगा।" थोड़ी देर और विचार-विमर्श करने के बाद इंस्पेक्टर साहब ने राज के बाप से विदा ली और चल दिए।

प्रिया को दो दिन बाद हॉस्पिटल से डिस्चार्ज मिल गया। वो अपने घर आ गयी। घर पर महेंद्र और महिमा उसका ख्याल रखने के लिए थे। हालाँकि उसकी हालत पहले से बेहतर थी, उसे चलने-फिरने और दैनिक क्रिया में ज्यादा दिक्कत नहीं आ रही थी। संजीव समय से पहुँचा था, इसलिए वो आंशिक रूप से ही जली थी। अभी भी संजीव उसकी हालत का जायजा लेने आ जाया करता था। डिस्चार्ज के दो दिन बाद जब प्रिया लेटी हुई थी और महिमा, महेंद्र से अपनी ससुराल वापस जाने की बात कर रही थी, तभी एक अपरिचित आदमी की आमद हुई।

"महेंद्र जी हैं...?" दरवाजे पर खड़े होकर उस आदमी ने एक लम्बे सुर में आवाज लगाई।

"हाँ जी बताइए।" महेंद्र ने बिना अन्दर बुलाये ही दरवाजे पर आकर उससे पूछा।

"अन्दर आ जाऊँ? आपसे कुछ बात करनी है।" महेंद्र थोड़ी देर कुछ सोचता रहा फिर उसने कहा-

"हाँ ठीक है आइये; बताइए क्या बात करनी है?" महेंद्र ने उस अपरिचित को कुर्सी पर बिठाते हुए पूछा।

"वो दरअसल... मुझे ठेकेदार साहब ने भेजा है।" ठेकेदार का नाम सुनते ही महेंद्र को गुस्सा आ गया। उसने आँखें बड़ी करते हुए उस आदमी

की तरफ देखा, जैसे कहना चाह रहा हो कि निकल जाओ यहाँ से। लेकिन चूँकि वो एक पान वाला था और ठेकेदार बहुत बड़ा आदमी था, तो उसने अपने गुस्से पर काबू किया और नम्रता के साथ उसने जवाब दिया-

"अगर ठेकेदार साहब ने आपको भेजा है तो हमको आपसे कोई बात नहीं करना है, आप चले जाइए यहाँ से।"

"अरे तुम पहले बात तो सुन लो, तुम्हारे फायदा का ही बात है।" वो आदमी अब आप से तुम पर आ गया था। उसने अपनी बात कहनी चाही, लेकिन महेंद्र कुछ भी सुनने के पक्ष में नहीं था।

"नहीं मुझे कोई भी फायदा नुकसान का बात नहीं सुनना है, आप यहाँ से चले जाइये।" इस बार महेंद्र ने उसका हाथ पकड़ के लगभग उसे उठाते हुए कहा।

"देखो तुम इसका खामियाजा जरूर भुगतोगे; एक बार बात सुन लेते तो जरूर तुम्हारा कुछ फायदा हो जाता।"

"आप कृपया यहाँ से चले जाइये।" मेहन्द्र ने फिर से एक बार अपनी विनती दोहराई।

वो आदमी वहाँ से सीधे राज के बाप के पास पहुँचा।

"मालिक, वो महेन्द्रा तो कुछ सुनने के लिए तैयार नहीं है; साला मेरा हाथ पकड़ के हमको बोला चले जाओ यहाँ से, हमको कोई बात नहीं करना है तुमसे।"

"तुम उससे क्या बोला पहले ई बताओ?"

"हम गए, आ बोले कि हमको कुछ बात करना है आपसे।"

'फिर?' ठेकेदार ने उसकी तरफ व्यग्रता के साथ देखते हुए प्रश्न किया।

"फिर क्या, पहले तो वो हमको अपने घर में आदर के साथ बैठा दिया था, लेकिन जैसे ही ये बात बोले कि आप हमको भेजे हैं, साला हमको हाथ पकड़ के उठाने लगा, आ उसके आगे एक्को शब्द सुनने के लिए तैयार नहीं हुआ; आपका नाम सुनते ही एकदम भड़क गया।" उस आदमी की ये

बात सुनकर ठेकेदार भी भड़क गया। बोला-

"अच्छा, बेटा का बहुत पंख निकल गया है, उसको सबक सिखाना पड़ेगा; ई पता करो उ कहाँ पर पान का गुमटी लगाता है, किसका किरायेदार है? बेटा ऐसे नहीं मानेगा उ।" ठेकेदार के तथाकथित स्वाभिमान को बहुत ज्यादा ठेस लगी उस आदमी की बात सुनकर।

"ठीक है मालिक।" बोलकर वो आदमी वहाँ से चला गया।

पता करने पर पता चला कि महेंद्र की अपनी ही दस धुर जमीन है, जिसके आगे वो अपनी गुमटी लगाता है और वो किसी का किरायेदार नहीं है। उसकी गुमटी भी अपनी जमीन पर ही लगी थी, इसलिए नगर-परिषद से भी उसे हटाने का ठेकेदार का हथकंडा काम नहीं कर पाया। फिर वो ये बोलकर शांत हो गया, कि एक बार ये केस ख़त्म हो जाए फिर अच्छे से देख लेगा दोनों बाप-बेटी को।

अब ये खबर पूरे शहर में फैल चुकी थी कि राज और उसके दो दोस्तों ने प्रिया का रेप किया है और वो उनके खिलाफ केस लड़ने जा रही है। कई लोगों को तो अब भी यकीन नहीं हो रहा था, कि उनके इस छोटे शहर में भी रेप जैसी घिनौनी वारदात हो सकती है। जितने भी लोग थे, उनमें से किसी ने आजतक ये नहीं सुना था कि किसी लड़की का यहाँ रेप हुआ और वो केस लड़ने जा रही है। हाँ ये बहुत बार सुनने में आया था, कि फलाना ने किसी लड़की के साथ जबरदस्ती की है। उसके कुछ दिनों बाद तक ये किस्सा लोगों की जुबान पर रहता था, लेकिन इसके लिए न तो कोई FIR होती थी, न कोई मुकद्मा। सब लोग धीरे-धीरे बात को भूल जाते थे और फिर तभी याद करते थे, जब इस तरह की कोई बात फिर से होती थी। इस बार भी ऐसा ही हुआ था। लोगों के बीच कानाफूसी तो हुई, लेकिन इस बार सब लोग हैरत में इसलिए थे कि पहली बार कोई लड़की या उसका परिवार मुकद्मा करने की सोच रहा था। इस पर जितने लोग उतनी बातें-

"बेवकूफ है; केस लड़ेगी तो जिसको नहीं पता होना होगा, उसको भी पता चल जायेगा कि उसके साथ बलात्कार हुआ है।"

"अरे हम तो सुने हैं कि ठेकेदार केस नहीं लड़ने के बदले में बीस लाख रुपैया भी दे रहा था... अब केस लड़ने से इज्जत वापस तो नहीं हो जायेगा, आ जितना उस ठेकेदार का पहुँच है, ई लोग का केस जीतना भी ना के ही बराबर है।"

"वो सब छोड़ो, जब सरेआम ये बात फ़ैल जायेगी, कि लड़की के साथ रेप हुआ है, तो कौन उससे शादी करेगा? केस अगर जीत भी गयी तो क्या करेगी आगे जीवन में ये लड़की?"

"बहुत गलत फैसला किया है महेंद्र, उसको अपनी बेटी को समझाना चाहिए था; क्या मिल जायेगा केस मुक़द्मा से?"

ज्यादातर लोगों ने प्रिया के लिए फैसले को गलत ही बताया। कुछ लोग थे जिन्होंने कहा कि वो जो कर रही है बिलकुल सही कर रही है; जिसने गलती की है, उसे सजा मिलनी ही चाहिए। कुछेक लोगों को प्रिया से बहुत सहानुभूति भी थी, तो कुछ संजीव जैसे लोग बिना अपनी परवाह किये प्रिया के साथ खड़े भी थे। प्रिया के जलने की खबर तो पूरे इलाके में फ़ैल गयी। एक लोकल समाचार पत्र ने भी ये खबर छाप दी कि रेप पीड़िता ने मुक़द्मा लड़ने का फैसला किया है। हालाँकि ये मुक़द्मा राज्य सरकार लड़ती, लेकिन बिना पीड़िता की सहमति, या बयान के ये मुमकिन नहीं था।

खबर के समाचार-पत्र में आने की देर थी, ठेकेदार साहब ने लोकल संवाददाता को तलब कर दिया।

"क्या जी, तुम हीरो बुझता है अपना आप को?" ठेकेदार ने ताव देते हुए पूछा।

"क्या हुआ सर?" थोड़ा डरते हुए संवाददाता ने कहा।

"क्या छापा है ये तुम?" अखबार उसकी ओर बढ़ाते हुए राज के बाप ने पूछा।

"इसमें गलत क्या है सर? जो भी सही है वही लिखा हुआ है; वो लड़की पुलिस में बयान दी है कि उसके साथ रेप हुआ है और वो ये चाहती है कि उसका केस लड़ा जाये, तो हम ये लिख दिए हैं, इसमें हम कुछ गलत

तो नहीं लिखे हैं।'' संवाददाता थोड़ा दृढ़ होते हुए बोला।

''अच्छा तुम ही पब्लिक का सुभचिन्तक है ना, कि सही खबर पहुँचाना जरूरी है, ना तो केकेरो खाना ही नै पचेगा; जादे उड़ रहा है तुम सब जी, उ तो इन्स्पेक्टरबा हमको बोल दिया है, कि जब तक केस ख़त्म ना हो जाये तब तक कुछ नहीं करने के लिए, इसलिए थोड़ा चुप हैं, आ नै तो तुम सब जैसा दू पैसा के आदमी हमको सही-गलत का लेक्चर देता जी! लेकिन ई मत समझना कि हम सहिये में कुछ नहीं करेंगे; जो हुआ ई पहला आ अंतिम होना चाहिए, अपना कलम का सियाही कहीं और खर्च करो, नै तो नीला रंग कब लाल हो जायेगा, पता भी नहीं लगेगा।'' राज के बाप ने संवाददाता को धमकी दे डाली।

''देखते हैं।'' बोलकर वो संवाददाता वहाँ से चला गया।

पहली बार मोकामा जैसे छोटे शहर में रेप की कोई खबर अखबार में आई थी। कई लोग तो हैरान थे ये जानकर कि अब रेप जैसे घिनौने अपराध भी यहाँ होने लगे। चोरी-मर्डर और रंगदारी वहाँ के लिए आम बात थी, लेकिन अभी तक किसी ने रेप की खबर अखबार में नहीं पढ़ी थी। उससे भी चौंकाने वाली बात ये थी कि लड़की मुकदमा करने जा रही है। अब ये खबर पूरे इलाके की सुर्खियाँ बनी हुई थी। ये खबर कई लोगों को अन्दर तक छू गई थी; विशेषकर उनलोगों को, जिन्होंने अपनी आवाज दबा ली थी और अपने साथ हुए इस प्रकार की घटना को बस एक हादसा समझ के भूलने की कोशिश कर रहे थे।

मेरा गम कितना कम है

एक महीने बाद जब इस केस की पहली हियरिंग थी और प्रिया, महेंद्र और संजीव के साथ कोर्ट के बाहर अपनी बारी का इन्तजार कर रही थी, तो उसने स्टेशन से खरीदी गयी एक मैगज़ीन में अपना टाइम पास करना चाहा। वो मैगज़ीन, देह व्यापार से सम्बद्ध विशेषांक था। प्रिया ने पन्नों को पलटना शुरू किया तो उसने देखा कि उसके साथ जो हुआ वो बहुत कम है; उस मैगज़ीन में एक ऐसी आदिवासी लड़की की कहानी थी, जिसे झारखण्ड के आदिवासी इलाके से एक दलाल, बहलाकर दिल्ली ले गया, वहाँ उससे देह व्यापार करवाया जाता था। जब उसे दिल्ली ले जाया गया था, तब उसकी उम्र महज बारह साल थी। उसका नाम कजरी था और वो जंगलों से महुआ इकट्ठा कर बाजार बेचने जाया करती थी। वहीं वो दलाल उसे मिला और बोला कि यहाँ दिन भर की मेहनत के बाद जितना कमा पाती हो, इतनी मेहनत में दिल्ली में बहुत सारे पैसे मिल जायेंगे। उसने अपने घर पे बात की और घरवालों ने उसे तुरंत वहाँ जाने के लिए कह दिया था। उस दलाल ने उसके जाने के समय ही उसके घरवालों को तीन हजार रुपये दिए थे।

दिल्ली जाने के बाद कुछ दिनों तक उसे एक कमरे में बंद रखकर बस खाना दे दिया जाता था। वो दलाल उसे दोबारा कभी नहीं दिखा। उसे कुछ

दवाइयाँ भी दी जाती थीं, जिसकी वजह से वो नींद में ही रहती थी। करीब एक महीने तक ऐसा चलने के बाद एक दिन एक आदमी उसके साथ सोने के लिए उसके कमरे में आया। कजरी के लिए ये सब बिलकुल नया था। इस आदमी से पहले दिल्ली में वो बस दो औरतों को जानती थी, वो भी बस शक्ल से। एक तो जो उसे खाना देने आती थी और दूसरी जो उसके बाथरूम जाने से लेकर कपड़े बदलने का काम करती थी। वो इस हालत में नहीं होती थी कि इन दोनों औरतों में किसी से भी कुछ बात कर सके। उस दिन जब वो आदमी उसके साथ सोने आया तो वो उसे मना भी नहीं कर सकी। जब उसने उसके साथ जबरदस्ती शुरू की तो एक दो बार के मामूली विरोध के बाद उसने अपने आपको समर्पित कर दिया। शायद उसे नशे के लिए कुछ खिलाया जाता था, इसलिए दर्द का भी असर उस पर ज्यादा नहीं हुआ।

मर्दों का उसके पास आना अब आम हो चुका था। पहले रोजाना एक से शुरुआत हुई थी, फिर किसी दिन ये संख्या दो तो कभी चार भी हो जाती थी। ये खबर पढ़ते हुए प्रिया अन्दर तक सिहर गयी और उसके आँख के कोने गीले हो गए थे। उसने पढ़ना जारी रखा। उन लोगों का कारोबार देह व्यापार तो था ही, साथ-ही उनकी कमाई का एक मोटा हिस्सा आता था उन लड़कियों से हुए बच्चों से। कजरी भी पहली बार बस तेरह साल में ही माँ बन गयी थी। उसने बताया कि एक बच्चा एक से डेढ़ लाख तक में बिकता था। उसने कम-से-कम आठ बार भागने की नाकाम कोशिश की और नौवीं बार में वो सफल हो पाई थी। सफलतापूर्वक वहाँ से भाग निकलने से पहले उसके छह बच्चे हो चुके थे और पिछले छह सालों से वो वहाँ कैद थी। उसके बयान के आधार पर दिल्ली में चल रहे इस गोरखधंधे को करने वाले सारे लोग गिरफ़्तार हो गए। वापस आने के बाद उसे गाँव में कोई भी अपनाने के लिए तैयार नहीं हो रहा था, सभी उसके बारे में जान चुके थे कि उससे दिल्ली में देह व्यापार कराया जाता था। पूरे आदिवासी समाज ने उसे अपनाने से मना कर दिया, यहाँ तक कि उसके घरवाले भी उसे अपनाने के लिए राजी नहीं हुए। अंततः राँची के NGO ने उसे अपने साथ रख लिया। पूरी खबर पढ़ने के बाद उसकी आँखें डबडबा गईं।

पहली हियरिंग में, केस में मौजूद सारे एविडेंस और पहलुओं को

पढ़ने के बाद जब कोर्ट ने पुलिस से सस्पेक्ट्स का जायजा लिया, तो पता चला कि तीनों में किसी की गिरफ़्तारी नहीं हुई है। इसपर कोर्ट ने पुलिस को काफी फटकार लगाई और निर्देश दिया कि अगली सुनवाई में तीनों सस्पेक्ट्स पुलिस कस्टडी में होने चाहिए।

कोर्ट के इस निर्देश के बाद इंस्पेक्टर साहब सीधे ठेकेदार के पास पहुँचे।

''सर! राज को हाजिर होना पड़ेगा, नहीं तो कुछ भी हो सकता है; जितना वो भागा रहेगा, दिक्कत उतना ही ज्यादा है, हो सकता है कल कोर्ट कुर्की का भी आदेश दे दे, इसलिए मैं कहता हूँ उसको बुला ही लीजिये, बाकी दो को तो मैं ऐसे ही हाजिर करवा दूँगा; आप बस राज को बोलिए वो जल्दी हाजिर हो जाये, बस महीने दस दिन का बात है, अगला सुनवाई में बेल भी मिल जाएगा, आप टेंसन मत लीजिये मेरा गारंटी है।''

''ठीक है तुम कह रहा है तब बुला लेते हैं उसको, लेकिन बेल जरूर मिलना चाहिए; लेकिन मेरे समझ में ये नहीं आ रहा है कि बहिनचोद ये हो क्या रहा है... वो साला पान वाला का बेटी बाँस की हुई है... एक कल का लौंडा संजीव, केस में मेरा बेटा का नाम दे दिया, आ उ पत्रकरवा मादरचोद, आँय-बाँय छाप दिया; किसी को कोई डर-भय हैये नै है बुझा रहा है।'' शुरूआत में नरम बोल बोलने के बाद ठेकेदार एकदम उग्र हो गया।

''अरे सर, एक बार ई केस ख़तम होने दीजिये ना, फिर सबको एक-एक करके देख लेंगे।'' इंस्पेक्टर ने चापलूसी की।

''हाँ तो छोड़ेंगे तो नहिये किसी को।'' ठेकेदार ने भी अपना दंभ भरा।

पहली हियरिंग में पुलिस को सस्पेक्ट्स की गैरमौजूदगी के कारण फटकार मिली है, ये बात भी सबको पता चल गया। इस खबर को सुनने के बाद सबको यही लग रहा था कि प्रिया का पक्ष मजबूत है। उससे मिलने के लिए भी काफी लोग उसके घर पर आने लगे थे। कुछ लोग उसे हिम्मती लड़की बोलकर शाबाशी देते, तो कुछ उसके साथ सहानुभूति दिखाते। कुछेक महिलायें उससे अकेले में मिलीं और उससे घंटों तक बातें हुईं। उनमें से सबसे पहली औरत थी सुरेखा। सुरेखा, प्रिया के पास आई और बोली-

“देखो, तुम्हारे साथ जो हुआ वो वापस तो नहीं होगा, लेकिन तुम जो कर रही हो न, उससे ऐसा किसी और लड़की के साथ होने की सम्भावना थोड़ी कम जाएगी... पता है ये सब ऐसा क्यों करता है? क्योंकि ये जानता है वो किसी के साथ ऐसा करेगा तो वो लड़की शर्म के मारे ही कहीं कुछ नहीं बताएगी।’’ अपने सवाल का खुद जवाब देकर सुरेखा रोने लगी थी।

“आप रोइए मत आंटी, मेरे साथ जो हुआ उससे अब मेरे आँसू नहीं निकलेंगे; मेरे आँसू मैंने सुखा लिए हैं, अब मैं कमजोर नहीं रही, आप रोयेंगी तो मैं फिर से कमजोर होने लगूँगी।’’ प्रिया ने विनती की।

“हाँ बेटी, मुझे पता है तुम बहुत मजबूत हो गयी हो, तभी तुमने इतना बोल्ड फैसला लिया है; मैं तो अपनी किस्मत पर रो रही हूँ... काश! मैं भी तुम जैसी हिम्मत वाली होती।’’ जब सुरेखा ने अपना कहना खत्म किया तो प्रिया बड़े आश्चर्य के साथ सुरेखा की तरफ देख रही थी।

“आपके साथ भी ऐसा कुछ हुआ था क्या?’’ प्रिया ने ऐसा कहा तो नहीं, लेकिन जब वो सुरेखा की तरफ देख रही थी तो उसकी आँखों में साफ़-साफ़ यह प्रश्न अंकित दिख रहा था, जिसे सुरेखा ने बखूबी पढ़ लिया।

“नहीं बेटा, मेरे साथ ऐसा कुछ नहीं हुआ था।’’

“फिर आप ऐसा क्यों कह रही हैं, कि आपको मेरी तरह मजबूत होना था।’’ इस बार प्रिया ने बोलकर सुरेखा से प्रश्न किया।

“वो अपनी शिखा है न...’’

“हाँ है तो.......?’’ प्रिया ने उद्विग्न होते हुए प्रश्न किया।

“अपने ही मोहल्ले के कुछ लड़कों ने उसके साथ....।’’ बोलते-बोलते सुरेखा रुक गयी और फिर से रोना शुरू कर दिया।

‘कब?’ एक बार फिर प्रिया अपने प्रश्न के साथ उतनी ही उत्तेजित थी।

“पिछले साल।’’

“एक साल पहले...! और आपने क्या किया?’’ प्रिया ने चौंकते हुए

पूछा।

''यही तो रोना है बेटी, हमने कुछ नहीं किया; हम चुप हो गए और कोशिश करने लगे कि शिखा कम-से-कम घर से बाहर निकले।''

''हम लोग ही तो उन्हें और साहस देते हैं आंटी।'' प्रिया ने एक लम्बी साँस छोड़ी और कहा।

''हाँ बेटी, शिखा कैसी है, ये तो तुम्हें पता ही है; वो कभी बच्चों का खेल देखने के लिए गली में खड़ी हो जाती, कभी यूँ ही घर के आस-पास टहलने लगती थी। हम लोग भी उसे कुछ नहीं कहते थे। जब उसका मन भर जाता तो घर आ जाती थी; पता नहीं भगवान् ने उसे ऐसा बनाया ही क्यूँ था। अगर शरीर दिया था तो दिमाग भी देते; इससे अच्छा तो यही होता, कि वो जन्मते ही मर जाती... अब पता है कितना बड़ा बोझ मेरी छाती पर है?''

''हाँ आंटी, शिखा के बारे में तो मुझे पता है; मैंने भी उसे बचपन से देखा है, लेकिन वो कौन लोग थे और उन्होंने कब और कैसे...?'' प्रिया अपनी बात पूरी किये बिना चुप हो गयी।

''अरे वही, हरी और उसका एक दोस्त था; दोस्त का नाम हमको नहीं पता है, वो किसी दूसरे मोहल्ले का है; वहीं वो भी क्रिकेट वगैरह खेलते रहता था, हमारे घर का भी कोई जरूरत का काम कभी-कभार कर देता था। वो खुद आकर हमसे पूछ जाता था, आंटी कोई काम है? हमको भी लगता था बहुत नेक लड़का है। एक दिन शिखा घर से बाहर निकली। वो आमतौर पर घर के आगे ही बच्चों का खेल देखती रहती थी और मैं थोड़ी-थोड़ी देर पर घर से बाहर झाँककर देख लेती थी कि वो वहीं पर खड़ी है न। एक दिन वो बाहर निकली और जब मैंने थोड़ी देर बाद झाँककर देखा तो वो नहीं थी। उसे खोजने बाहर आई; देखा तो वहाँ छोटे बच्चे तो खेल रहे थे, लेकिन बगल के ग्राउंड में हरी नहीं था। मैं उसे ही बोलती शिखा को ढूँढ़ने के लिए। फिर मैंने बच्चों से पूछा, तो पता चला कि उन्होंने नहीं देखा। मैंने परेशान होकर शिखा के पापा को फोन किया, तो उन्होंने कहा, वहाँ आस-पास सारे घरों में पता करूँ और अगर नहीं मिलती है तो बताऊँ। मैंने सभी से जाकर पूछा, शिखा किसी के घर में नहीं थी। उन्होंने पुलिस में कम्प्लेन लिखवा दी। शिखा उसी दिन अँधेरा होने के बाद घर आ गयी। चूँकि शिखा

कुछ बोलती नहीं थी, इसलिए उससे पूछने से कोई फायदा था नहीं, कि वो कहाँ थी। शिखा के पापा तुरंत पुलिस के पास जाकर बता आये कि उनकी बेटी दूर किसी मोहल्ले में चली गयी थी और अपनी रिपोर्ट वापस ले ली। लेकिन शिखा को देखकर ही लग रहा था कि वो कुछ बदली-बदली सी है। वो एकदम अलग ही बिहेव कर रही थी। वो एक जगह बैठी थी; जैसे ही वो वहाँ से उठी, मैंने देखा वहाँ खून लग गया है। मैं समझ गयी क्या हुआ है। मैंने शिखा के पापा को बताया तो उन्होंने यही कहा किसी को कुछ नहीं बताना है, बताया तो बहुत बेज्जती होगी। उसके बाद शिखा खुद घर से बाहर नहीं निकलती थी और हरी ने भी हमारे घर आना बंद कर दिया था। एक दिन वो खिड़की पर बैठी बाहर की ओर देख रही थी और अचानक उठ के वो अन्दर वाले कमरे की तरफ भागी। मैंने उसे ऐसा करते देखा तो खिड़की से झाँककर देखा। वहाँ हरी क्रिकेट खेल रहा था। मैं बात समझ गयी, लेकिन बदनामी के डर से हमने वो बात वहीं दबा दी और शिखा भी घर से बाहर नहीं निकलने लगी।'' जब सुरेखा ने अपनी बातें ख़त्म की तो प्रिया की आँखें भी डबडबाई हुई थीं। वो ये सोच रही थी कि एक लड़की, जो बचपन से विक्षिप्त है; न तो बोलती है, न कुछ हाव-भाव ही है उसमें। उसको भी लोगों ने नहीं छोड़ा और उसके लिए तो कोई लड़ने वाला भी नहीं। उसका मन तो गुस्से से भर गया था, लेकिन वो अब शिखा के लिए कुछ भी नहीं कर सकती थी।

''बेटी, ये लोग तुम्हें कितना भी तंग करें, तुम पीछे मत हटना; पहली बार कोई इन सबके खिलाफ लड़ने के लिए आगे आया... आगे इससे लेकर ये लोग कुछ भी करने से पहले डरेंगे और अगर दूर-दराज में कभी किसी के साथ कुछ हुआ भी, तो तुम ही उनके लिए हिम्मत का काम करोगी।'' सुरेखा ने जाने से पहले एक बार फिर प्रिया को डटे रहने की सलाह दी।

प्रिया अब घर से बाहर भी निकलने लगी थी। रास्ते में उसे देखकर लोग कुछ खुसुर-फुसुर भी करने लगते थे, लेकिन इन सबसे उसे कोई फर्क नहीं पड़ता था। एक दिन जब वो बाजार गयी तो उसकी हमउम्र एक लड़की उसके पीछे-पीछे आने लगी। पहले तो उसे लगा कि वो भी अपने रास्ते जा रही होगी। ऐसे भी अगर कोई लड़का पीछा करता तो वो उसपे ध्यान भी

देती, लेकिन लड़की उसका पीछा कर रही है, ये वो सोचती भी क्यों? जब प्रिया का घर बहुत नजदीक आ गया और तब भी वो लड़की उसके पीछे ही थी, तब प्रिया ने एक बार पीछे पलटकर उसकी तरफ देखा। एक बार को वो लड़की थोड़ी हिचक-सी गयी। प्रिया थोड़ी तेज़ी से अपने घर की तरफ बढ़ने लगी। जब प्रिया ने अपनी चाल तेज़ की, तो वो लड़की भी उसके पीछे उतनी ही तेज़ी से आने लगी और बेहद नजदीक आकर उसने प्रिया से कहा-

''सुनो! मेरा नीम नीलम है, मैं तुमसे कुछ बात करना चाहती हूँ।''

''क्या बात करनी है आपको?'' प्रिया ने डरे मन से प्रश्न किया।

''तुम्हारे घर चलकर बात करें, अगर तुम्हें कोई दिक्कत नहीं हो तो?'' प्रिया उस लड़की को जानती नहीं थी, इसलिए उसे अपने घर आने देना उसे ठीक नहीं लग रहा था, लेकिन आज तक उसने किसी को अपने घर से यूँ नहीं लौटाया था, इसलिए वो उसे अपने घर के अन्दर आने से मना नहीं कर पायी।

''ठीक है आइये, अन्दर आके बात करते हैं।'' प्रिया ने थोड़ा डरते हुए ही उसे अन्दर बुला लिया।

नीलम उसके घर में घुसी। प्रिया ने पहले कमरे में लगी कुर्सी की ओर इशारा करते हुए उसे बैठने को कहा।

''पानी लाऊँ आपके लिए?'' प्रिया ने एक फॉर्मल प्रश्न किया।

''नहीं-नहीं, रहने दो इसकी कोई जरूरत नहीं; दरअसल मैं तुमसे मिलना चाहती थी, लेकिन चूँकि हमारी पहले कोई जान-पहचान नहीं थी, तो मैं डायरेक्ट तुम्हारे घर आने का साहस नहीं जुटा पायी; आज जब मार्केट में तुम्हें देखा तो सोचा ये अच्छा मौक़ा है तुमसे बात करने का।'' नीलम ने अपनी बात बिना रुके कह डाली।

''हाँ बताइये क्या बात करनी है आपको?''

''बात वैसे अगर मानो तो कुछ ख़ास नहीं है और अगर मानो तो बहुत ही ख़ास है; वैसे तुमने जो फैसला किया है न, ये वाकई काबिल-ए-तारीफ़ है; हो सकता है इसमें डायरेक्ट तुम्हारी हेल्प के लिए कोई आगे नहीं आये,

लेकिन बहुत सारी लड़कियों की दुआएँ तुम्हारे साथ हैं; तुम नहीं जानती तुम क्या करने जा रही हो? तुम कितनी लड़कियों में हिम्मत भरने जा रही हो। आज लड़कियों में एक अलग तरह का आत्मविश्वास जग रहा है।'' नीलम ने फिर से एक बार अपने अन्दर की बात एक सुर में प्रिया के सामने रख दी।

'हम्म्म।' बोलके प्रिया चुप हो गयी।

थोड़ी देर तक दोनों चुप रहे। प्रिया शांतचित्त, जमीन पर आँखें जमाये थी, तो नीलम, प्रिया को निहार रही थी।

''अच्छा तो आप यही बात करना चाहती थीं?'' प्रिया ने नजर उठाकर नीलम की तरफ देखते हुए प्रश्न किया।

''हाँ, मैं तुमसे यही कहना चाहती थी, कि तुम पीछे मत हटना; मगर अपने बारे में मैं कुछ और भी शेयर करना चाहती हूँ, कैसे शुरू करूँ ये समझ नहीं आ रहा है।'' प्रिया ने एक बार फिर गौर से उसकी तरफ देखा। प्रिया को ऐसा आभास हुआ कि नीलम के साथ भी कुछ वैसा ही हो चुका है, जैसा कि प्रिया के साथ हुआ है।

''बताइये, मुझसे तो अब कुछ भी शेयर कर सकती हैं; मेरी हालत आपके जैसी ही तो है।'' प्रिया को जो आभास हुआ था वो उसने जाहिर भी कर दिया।

''नहीं-नहीं, मेरे साथ वैसा कुछ नहीं हुआ है जैसा तुम सोच रही हो, मगर...''

''मगर क्या?''

''पता है, जब मैं बच्ची थी ना, तो मेरे माँ-पापा दोनों फेरी लगाने का काम करते थे। पापा हफ़्ते में एक दिन पटना से कपड़े खरीदकर ले आते थे और दोनों यहीं मोकामा और आस-पास के गाँवों में दिन भर घूम-घूम कर कपड़े बेचते रहते थे। मैं उस समय करीब पाँच साल की थी। पापा अकेले निकल जाते थे और मैं माँ के साथ घूमते रहती थी। एक बार मैं माँ के साथ थी और मोकामा में ही किसी गली में हम घूम रहे थे। माँ अपनी आवाज में घर के अन्दर मौजूद लोगों को बता रही थी कि वो आ गयी है। इतने में एक

आदमी एक घर से बाहर आया। उसने कपड़े से भरी टोकरी को उसके घर के आँगन में रखने को कहा और उसके आँगन में बैठे आदमी को मेरे लिए चॉकलेट की व्यवस्था करने को कहा और मेरी माँ को अपने साथ अन्दर जाने को कहा। मैं चॉकलेट की बात सुनकर बेहद खुश हो गयी थी, लेकिन मैं माँ को छोड़ना नहीं चाहती थी। मैंने माँ की ओर देखा, माँ की भी आँखों में आँसू थे। माँ कुछ बोलना चाहती थी, उससे पहले उस आदमी ने ही कहा- माँ थोड़ी देर में आ जाएगी, तुम तब तक इसके साथ जाकर चॉकलेट ले आओ''। जब माँ ने भी मुझे जाने को कह दिया तो मैं चली गयी। उस आदमी ने उस दिन मुझे बाइक से बहुत घुमाया। मुझे लगा ये लोग बहुत अच्छे हैं। मैं ये भी भूल गई कि उस आदमी के साथ जाते वक्त मेरी माँ की आँखों में आँसू थे। उस आदमी ने करीब आधे घंटे तक मुझे घुमाया। मुझे काफी चॉकलेट भी खिलाया। जब मैं वापस आई तो मैंने देखा, माँ भी उस कमरे से बाहर आ रही थी। उसके बाल थोड़े बिखरे हुए थे। उस समय मुझे कुछ ज्यादा समझ नहीं आया, लेकिन जब मैं थोड़ी और बड़ी हुई तो ठीक इसी तरह का एक सीन मैंने एक मूवी में देखा, तो उस औरत में एकाएक मुझे अपनी माँ दिखने लगी और फिर बचपन में हुआ वो वाकया मुझे पूरा समझ में आ गया और साथ-ही-साथ ये भी समझ आ गया कि उसके बाद मेरी माँ क्यों दोबारा मोकामा, कपड़े बेचने नहीं आई।''

नीलम ने सालों पहले हुई अपनी माँ के साथ वो हादसा उसे बताया, जिसके लिए कोई FIR, कोई मुकद्मा नहीं हुआ, न ही कोई दोषी जेल गया।

प्रिया ने उसकी पूरी बात गौर से सुनी, लेकिन इस पर क्या प्रतिक्रिया दी जाए ये उसे समझ नहीं आया। वो निर्भाव, नीलम को ताकती रही।

''तो मैं ये कहना चाहती हूँ प्रिया, कि तुम पीछे मत हटना; तुम उन सबका केस लड़ने जा रही हो, जो या तो खुद, या फिर उनके पेरेंट्स के कारण अपनी इज्जत बचाने के लिए चुप रह गए थे... तुम उनकी भी रक्षा करोगी, जो भविष्य में कमजोर पड़ जातीं और अपने साथ कुछ गलत हो जाने देतीं; बस इतनी ही बात तुमसे कहनी थी, अब मैं चलती हूँ।'' कहकर नीलम, कुर्सी से उठ खड़ी हुई।

"आप चिंता मत कीजिये; एक बार जब मैंने ठान लिया है तो अब मैं बिलकुल भी पीछे नहीं हटूँगी।'' कहते हुए प्रिया ने नीलम को दरवाजे तक कम्पनी दी और नीलम उसके घर से चली गयी।

गोविन्द, प्रिया से मिलने के बाद, उसकी हालत देखने के बाद, थोड़ा उदास-उदास सा रहने लगा था। राजू से भी वो बहुत कम ही मिलता था। कहीं बाहर निकलता, तो प्रिया की ही चर्चा उसे सुनने को मिल जाती थी, इसलिए वो बाहर जाना भी कम ही करता था। जब दो दिन लगातार वो राजू से नहीं मिला और उसका फोन भी उसने नहीं उठाया, तो तीसरे दिन राजू, गोविन्द से मिलने पहुँचा। दरवाजे पर खड़ी गोविन्द की माँ से उसने पूछा-

"आंटी! गोविन्द घर पर ही है न?''

"हाँ बेटा, वो घर पर ही है।''

"उसकी तबियत वगैरह तो ठीक है न?''

"हाँ तबियत तो ठीक है, बस थोड़ा शांत-शांत रहता है, बाहर भी बहुत कम ही निकलता है वो; मैंने उससे पूछा भी कि क्या हुआ तेरी तबियत तो ठीक है न, तो उसने कहा हाँ बिलकुल ठीक है; कोई परेशानी है क्या? पूछने पर भी उसने यही कहा कि नहीं कोई दिक्कत नहीं है... तुम्हारा दोस्त है, तुम एक बार पूछ के देखो, हो सकता है तुम्हें कुछ बताये; मुझे तो बड़ी चिंता हो रही है, पता नहीं क्या हो गया है? कितना खुशमिजाज रहता था; मुझे तो लग रहा है किसी की नजर लग गयी है। मैं अपने गुरु महाराज के पास भी गयी थी, लेकिन अभी वो अयोध्या गए हुए हैं, पंद्रह दिन के बाद ही लौटेंगे।'' गोविन्द की माँ ने बड़े ही दुःखी मन से राजू को जवाब दिया।

"ठीक है आंटी, मैं उससे बात करके देखता हूँ, कहाँ है वो, अपने कमरे में है क्या?''

"हाँ.देखो अपने कमरे में ही लेटा होगा।''

राजू, गोविन्द के कमरे में गया। देखा तो वो बिलकुल उदास गुमसुम बैठा था। राजू की समझ में सब कुछ आ रहा था कि गोविन्द क्यों इस तरह उदास बैठा है। उसने अन्दर घुसते ही पूरे गर्मजोशी के साथ कहा।

"और हीरो, क्या हो रहा है?''

''कुछ नहीं।'' गोविन्द ने उसी मुद्रा में सर झुकाए, मायूसी से जवाब दिया।

''क्या हुआ इतने सुस्त क्यों हो. अब दिन में भी करने लगे क्या; इसीलिए मैं कहता हूँ, मोबाइल में इतना ज्यादा आइटम ना रखा करो; अब दिन में भी कर लोगे तो सुस्ती तो आएगी ही, वैसे कोई नया विडियो है क्या? है तो दे भाई मुझे भी, क्यों अकेले-अकेले मजे ले रहा है।'' राजू ने चुहल की। जवाब में गोविन्द ने कुछ नहीं कहा। उसका रवैया ऐसा था, जैसे उसने राजू की बात सुनी ही न हो।

''अरे यार, तुम इस तरह क्यों कर रहे हो? प्रिया को देखो; आज वो कॉलेज भी आई थी, वो अपने सारे काम कर रही है, जहाँ भी जाना है जा रही है और एक तुम हो, पता नहीं क्यों ऐसे मातम मना रहे हो। देखो जो होना था हो गया, लेकिन प्रिया इतनी बहादुर लड़की है कि देखना वो अपने दम पर उन तीनों को जेल भिजवा के रहेगी।'' अब राजू ने साफ़-साफ़ शब्दों में गोविन्द को मातमी माहौल से बाहर आने को कहा। जैसे ही उसने प्रिया के कॉलेज जाने की बात कही, गोविन्द का झुका सर, एकाएक राजू की तरफ घूम गया।

''क्या! प्रिया कॉलेज जाने लगी है?'' जब राजू ने अपनी पूरी बात कह ली, तब गोविन्द ने उससे पूछा।

''हाँ और नहीं तो क्या।'' राजू ने उत्तर दिया।

''यार, प्रिया के साथ बहुत गलत हुआ, मेरा वश चले तो मैं...'' गोविन्द इतना बोलकर चुप हो गया।

''तुम्हें कुछ भी करने की जरूरत नहीं, तुम बस जैसे पहले थे वैसे ही हो जाओ; प्रिया को देखो, जैसे ही उसके जख्म ठीक हुए, वो कॉलेज भी आने लगी... लेकिन यार, जो लोग हैं न, ये प्रिया को ऐसे देखते हैं और उसके बारे में बातें करते हैं, जैसे सचमुच प्रिया ने ही कुछ गुनाह किया हो, कोई पाप किया हो।''

''यार, प्रिया अपने-आपको कितना अकेला महसूस कर रही होगी? मैं उससे मिलने हॉस्पिटल भी गया था, लेकिन उसने मुझसे साफ़-साफ़ कह

दिया कि उसे मेरी जरूरत नहीं है। एक दिन मैंने फोन भी किया, तो उसने फोन काट दिया; अब बता मैं क्या करूँ? मुझे तो बिलकुल भी अच्छा नहीं लग रहा यार; मुझे उससे बात करनी है, मगर अब लगता है वो मुझसे दोस्ती नहीं रखना चाहती।'' भारी मन से गोविन्द ने अपनी बात राजू से कह डाली।

''यार एक बात बता; प्रिया के साथ कोई छोटा-मोटा हादसा हुआ है क्या! कोई और लड़की होती तो पता नहीं क्या करती; लेकिन वो दुनिया को दिखा रही है कि इस हादसे से उस पर कोई फर्क नहीं पड़ा। वो मजबूती से डटी है, अपने सारे काम कर रही है... लेकिन जितनी मजबूत वो बाहर से बन रही है, क्या सच में उतनी ही मजबूत वो अन्दर से भी होगी? नहीं। जरा सोचो, किसी आम आदमी को पाँच-दस हजार रुपये का नुकसान हो जाता है तो महीने-दिन तक परेशान रहता है; इसका तो सबकुछ ही लुट गया, ऊपर से ये मरते-मरते बची है; ऐसे में हो सकता है वो अभी तुझसे या किसी से भी बात नहीं करना चाहती होगी और एक बात तुम ये भी जान लो, कि प्रिया अकेली नहीं है, सारी लड़कियाँ उसके साथ हैं... तुम अब चिंता त्यागो और अपने डेली रूटीन में आ जाओ चुपचाप; यही प्रिया को और ताकत देगा... अभी दूसरों के चेहरे पर मौजूद हँसी ही उसके जीवन में खुशी लाएगी।'' गोविन्द ने राजू की तरफ देखा और चुप रहा।

''अच्छा चलो, अब दियारा में कबड्डी का टूर्नामेंट हो रहा है, चलो चल के देखते हैं।'' राजू, गोविन्द का हाथ पकड़ के उसे लेकर चला गया।

प्रिया जब दूसरे दिन कॉलेज आई तो गोविन्द भी कॉलेज आया हुआ था। गोविन्द उसे आज उन्हीं नजरों से देख रहा था, जैसे कॉलेज में पहले दिन देखने पर वो प्रिया को देख रहा था। प्रिया भी आज उसी तरह उसकी निगाहों से बेपरवाह थी, जैसे वो पहले दिन थी। आज जब ब्रेक में फिर से प्रिया, सोफिया के साथ बैठी थी, तो एक और अनजान लड़की प्रिया के बगल में आकर बैठ गयी। आजकल बहुत सारे अनजान लोगों से प्रिया का मिलना-जुलना हो रहा था, इस कड़ी में एक और नाम जुड़ गया।

''Hi, I am Kajal.'' प्रिया उस लड़की के नाम और पहचान दोनों से अनजान थी। उसने प्रश्नवाचक निगाहों से काजल की तरफ देखा, जैसे

कहना चाह रही हो कि बताइए आप यहाँ किस उद्देश्य से आई हैं? प्रिया खामोश रही।

"हो सकता है तुम मुझे नहीं जानती हो, लेकिन आज हर कोई तुम्हें जानता है; तुम जो करने जा रही हो, वो बेशक काबिल-ए-तारीफ़ है; पता है कुछ दिनों पहले मैंने भी ये करने की कोशिश की थी, लेकिन नहीं कर पायी... आज मैं एक शादीशुदा औरत हूँ और एक बच्चे की माँ बनने वाली हूँ।" काजल की बातों को सुनने के बाद प्रिया की आँखों में अनगिनत प्रश्न तैरने लगे... ठीक वैसे ही, जैसे जब गंगा का जलस्तर बढ़ जाता है तो उसकी सतह पर धार के साथ-साथ और भी चीजें तैरने लगती हैं। काजल ने भी प्रिया की आँखों में तैरते प्रश्नों को एक-एक कर पढ़ लिया और फिर उत्तर देने लगी।

"हाँ, मेरा घर हथिदह है, मैं भी यहीं मोकामा ही आती थी पढ़ने; एक दिन जब बस, ऑटो कुछ भी उधर नहीं जा रहा था, तो मैं स्टेशन की तरफ जा रही थी, वहाँ राज और उसके दोस्तों ने मेरे साथ..." काजल, बोलते-बोलते रोने लगी। प्रिया ने उसके हाथ पर अपना हाथ रख दिया।

"ऐसा नहीं था कि मैंने उन सबको ऐसे ही छोड़ देने का मन बना लिया; मैं सबसे पहले घर पहुँची और जोर-जोर से रोने लगी। मेरी माँ ने मुझसे पूछा, क्या हुआ? तो मैंने सब कुछ बता दिया। मैंने माँ को कहा कि मुझे FIR लिखवानी है, तो उन्होंने पापा को सब कुछ बता दिया। पता है मेरे पापा ने क्या कहकर मना कर दिया?" काजल थोड़ी देर के लिए रुकी... प्रिया भी चुप रही और फिर काजल ने अपनी बात जारी रखी।

"यही, कि अभी हमारी इज्जत नहीं गयी है, किसी को ये बात पता नहीं है; अगर केस करोगी तब बात फैलेगी और हमारी इज्जत मिट्टी में मिल जायेगी। मैं कुछ भी नहीं कर पायी। मैं चुप रही और दो महीने के भीतर मेरी शादी हो गयी और आज देखो मैं माँ भी बनने वाली हूँ। उन्होंने सोचा था कि हम नहीं बताएँगे तो किसी को कुछ पता नहीं चलेगा, लेकिन राज ने जितना हो सके अपने कथित पौरुष का ढिंढोरा पीट दिया। उसे पता था कि कुछ होने वाला है नहीं। मैंने मोकामा आना छोड़ दिया। शादी हो गयी। मेरे पति को इस बारे में शायद अभी तक कुछ पता नहीं है। मेरे घर वाले सोचते हैं कि

मैं अपनी शादीशुदा जिंदगी में बहुत खुश हूँ, लेकिन जब भी टी वी पे या अखबार में मैं किसी के भी रेप की न्यूज़ पढ़ती हूँ तो अन्दर-ही-अन्दर एक टीस उठ जाती है; वो ताउम्र उठती रहेगी, कभी बंद नहीं होगी। आज जब तुमने राज के खिलाफ केस किया है, तो मुझे ऐसा लगा जैसे तुम मेरा भी केस लड़ रही हो।'' एक बार फिर काजल की आँखें नम हो गयी थीं। प्रिया और सोफिया की भी आँखों में आँसू थे। अपनी बात बोलने के बाद काजल वहाँ से चली गयी। बहुत दूर तक; शायद जब तक दिख पायी तब तक, प्रिया, काजल को जाते देखती रही। उसे उसमें अपनी परछाईं दिखी और केवल उसी की नहीं और भी कई लड़कियों की परछाईं वो काजल में देख रही थी।

राज को उसके बाप ने गोवा से बुला लिया। विशाल भी बँगलुरू से वापस आ गया और अनुभव तो कहीं गया ही नहीं था। सबसे पहले अनुभव को ही गिरफ़्तार किया गया। उसके बाद राज गोवा से आया था और सबसे अंत में विशाल, बँगलुरू से आया। तीनों को एक ही सेल में रखा गया। ठेकेदार साहब ने तीनों लड़कों के लिए जेल में विशेष व्यवस्था करवाई। बेटे के कहने पर वहाँ टीवी का भी बंदोबस्त किया गया। मोबाइल रखने की इजाजत तो नहीं थी, लेकिन तीनों के पास अपना-अपना मोबाइल था। अनुभव, वहाँ काफी उदास रहता था, जबकि राज और विशाल पर कोई ख़ास फर्क नहीं पड़ा था। एक दो दिन जेल में गुजारने के बाद विशाल ने अनुभव से पूछा।

''यार, तू इतना ज्यादा दुःखी क्यों रहता है?''

''हम जेल में बंद हैं, कोई गोल्ड मेडल नहीं जीते हैं कि जश्न मनाएँ।'' अनुभव ने गुस्से में कहा।

''अच्छा, ये जेल है... मोबाइल यूज़ कर ही लेते हो, टीवी है ही; रोज सुबह-शाम आके एक आदमी रूम साफ़ करता है, एक आदमी हम लोग का कपड़ा-लत्ता धो ही देता है, खाना बाहर से होटल का खा ही रहे हो, दारू हम लोग को मिल ही रहा है; अब भाई लड़की तो यहाँ नहीं आ पाएगी, उसके लिए थोड़ा वेट करो... पापा बोले हैं कि केस का अगला डेट जिस दिन है, उसी दिन बेल भी मिल जाएगा, फिर मना लेना उ वाला जश्न

भी निकलते के साथ।'' राज ने अपनी बात ख़त्म कर बहुत ही कर्कश ठहाका मारा।

''हाँ साला, तुम्हारे लिए तो किसी और का जिंदगी का कोई भैलू ही नै है ना... प्रिया मरते-मरते बची है और ये हैं कि यहाँ से निकलने के बाद फिर से...''

''अरे यहाँ से निकलने के बाद क्या... हम तो गोवा में भी पूरा मौज लेके आये हैं; वहाँ एक होटल है, साला उ तो जाते के साथ पूछा, 'साहब देसी या विदेसी?' हमको लगा कि उ दारू का बात कर रहा था, लेकिन नहीं... और उसके बाद भाई साहब जितना दिन रहा उतना दिल अलग-अलग देश की; लेकिन साला एक बात वहाँ जाके बहुत अखरा... अंग्रेजी सीखना है अब; साला कुछ-कुछ बात तो समझ में आता था उसका, तब हम अपने हिसाब से, अपना अंग्रेजी में उत्तर दे देते थे, पता नहीं वो समझती थी कि नहीं, खाली हँस देती थी और ज्यादातर टाइम मेरा यही हाल रहता था। कुछ भी बोलती थी तो मुंडी हिला के दाँत दिखा देते थे हम।''

''अच्छा, तुम लोग उस समय बात भी करता था क्या?'' पूछकर विशाल हँस पड़ा।

''साला रात भर के लिए बुकिंग होता था, तब क्या रात भर तुम वही करते रहेगा! कुछ बातचीत भी तो होगा ना जी; लेकिन जादातर टाइम वही बोलती थी और हम दाँत दिखाते थे; मेरा तो सब टाइम मन में आई भावनाओं को ट्रांसलेट करने में ही निकल जाता था, लेकिन भाई मजा खूब आया। हम बोल रहे थे तुमदोनों को भी, लेकिन तुमलोग चलबे नै किया तो क्या किया जाए; तुमलोग साथ रहता तब और मजा आता।''

''साला हम जेल में हैं, इस बात से तुम लोग को कोई फर्क ही नहीं पड़ रहा है; एक लड़की हमारे कारण मर जाती, इस बात से भी तुम लोगों को कोई लेना-देना नहीं है... प्रिया की जिंदगी बर्बाद हो गयी, इससे भी हमें क्या करना; साला फीलिंग ही मर गया है तुम लोग का; भाई अब हम तो तुम लोग के साथ नहीं रह सकते; हमको पता चल गया है कि जो हम लोग किये, उ बहुत गलत किये आ इसका सजा भोगने के लिए भी हम तैयार हैं; हाँ, बस दुःख इसी बात का है कि जब जेल से बाहर जायेंगे, तो लोग किस

नजर से देखेंगे हमको।'' अनुभव ने लगभग डाँटते हुए राज और विशाल से कहा।

राज ने अनुभव की पूरी बात सुनी, लेकिन वो प्रिया की बात पर ही अटका रहा।

''अरे भाई उ हमारे तरफ की थी; कभी उसको गलत नजर से देखे थे? नहीं देखे थे ना, लेकिन गोविन्दबा के साथ तो खूब रासलीला रचाती थी, हम माँग दिए तो उसको बुरा लग गया। वो क्या सोचती थी, हमको पता नै है, वो चर्च जाके क्या-क्या करती है उसके साथ; अब हम माँग दिए उससे, तब हमको थप्पड़ दे दी, तो भाई बदला तो लेना बनता है ना... आ सबकुछ करने के बाद'' वो बोल रही थी ना किसी को नहीं छोड़ेंगे, तब साला अपने बचने के लिए कुछ-ना-कुछ तो करना ही पड़ता ना भाई; गलत किये, उसका दरवाजा भी बंद कर के जाना था हमलोग को, मर जाती तब सबको पता चलता... ई साला संजीवा भी नाक में दम कर दिया। चलो इसी बहाने गोवा में तो मजे ले आये; कोई एक मेरा दोस्त कहता था, हरेक चीज में पोजिटिविटी देखा करो।'' एक बार फिर राज के चेहरे पर कुटिल हँसी थी।

''चलो ये मान भी लिया कि प्रिया का गोविन्द के साथ कुछ था भी, तो भी वो कोई prostitute थोड़े ही ना है, कि सबके साथ... यहाँ तक prostitute भी जिसके साथ मन नहीं हो मना कर देती है और थप्पड़ खाने वाला काम किये थे तो वही मिलता ना!'' अनुभव का प्रतिकार जारी रहा।

''अरे विशाल! ये अनुभव कब से इतना डिप्लोमेट हो गया भाई? देखो तो कैसा-कैसा बात कर रहा है!''

विशाल अभी भी चुप था। वो निर्णय नहीं ले पा रहा था कि इस बहस में वो किसका पक्ष ले, इसलिए उसने चुप रहना ही उचित समझा।

''तुम कुछ काहे नहीं बोल रहा है, साला तुमको क्या हुआ है?'' राज ने विशाल से पूछा।

''हम, तुम दोनों का बात सुन रहे हैं; लग रहा है कि सिनेमा का सीन चल रहा है, एक हीरो है, तो दूसरा विलेन।'' ''हाँ साला, अब तो तुम दोनों को हम विलेन लगेंगे ही; जब मजा लेना होता था, तब खूब मजा लिया ना

हमारे साथ, आज जब दू दिन के लिए जेल आना पड़ा, तब तो हम विलेन लगेंगे ही।'' राज को समझ आ गया कि विशाल भी अनुभव की बातों से सहमत है।

''देखो राज, तुम ही बताओ कि एक लड़की का रेप करना सही काम है क्या? और उसकी जान ले लेना क्या ये भी सही है? ये माना कि उस समय तक हमें इसका आभास नहीं था कि जो हम कर रहे हैं, उसका क्या परिणाम होगा; या ये कहो, आभास भी था, तो हम अपने गुरूर में उसे अनदेखा कर दे रहे थे; लेकिन अब अनुभव बिलकुल सही कह रहा है; एक बार किसी तरह इस केस से निकल जाएँ, उसके बाद तो ये सब बिलकुल नहीं करूँगा भाई... जो गलत है सो गलत है; देर से ही सही, लेकिन अब ये सब नहीं, बिलकुल नहीं।'' विशाल ने भी अपनी मंशा, राज के सामने रख दी।

''साला तुम लोग खाली अपना ही गलती देख रहा है; प्रिया का कोई गलती नहीं है क्या? उ हमको थप्पड़ मारी थी यार... उसको पता भी है, हम किसके बेटा हैं! साला एरिया का विधायक भी हमारे पापा से सम्मान से बात करता है; पुलिस, वकील सब कितना अदब से बात करता है मेरे पापा से, आ हमसे भी; आ उ हमको थप्पड़ मार बैठी... गोविन्दबा के साथ सबकुछ करबे ने की है। बोले ता उसको बुरा काहे लग गया? थप्पड़ मारी भाई, तब उसका तो सजा वही था।''

''हाँ तो तैयार रहो ना आगे तुम भी सजा काटने के लिए; तुम ही बरका जज आया है ना कि थप्पड़ मारी तब उसका सजा तुम देगा... देखना ना अभी कैसे उ केस जीतेगी, आ हम सब पता नै कितना साल के लिए अन्दर जायेंगे।'' अनुभव ने एक बार फिर राज को थोड़ा डराने की कोशिश की।

''तुम कैसा बात कर रहा है? सजा होने का तो कोई सवाले पैदा नहीं होता है; सब सेटिंग हो गया है, उसका वकील भी हमारे ही तरफ से लड़ेगा। ऐसा ही वकील ही सेट किया गया है। अब बताओ, जब दोनों वकील अपना ही है, तो हम केस कैसे हार सकते हैं? पापा हमको बोले हैं, बेटा निश्चिन्त रहो, आराम से अगले डेट में तुम बाहर आ रहे हो और एक बार ई केस ख़त्म हो जाये, फिर तो सबको एक-एक करके देख लिया जायेगा।''

"हाँ ठीक है, देखते हैं क्या होता है।'' अनुभव ने कहा।

प्रिया से मिलने वालों का सिलसिला जारी रहा। जैसे ही लोगों को पता चला कि उसके तीनों मुजरिम गिरफ्तार हो गए हैं, लोगों ने उसे बधाई देना शुरू कर दिया।

"तुमने आधी जंग तो जीत ही ली; उस ठेकेदार का बेटा, जो ये सोचता था कि कोई उसका कुछ नहीं बिगाड़ सकता, आज जेल में है; तुम पीछे मत हटना, सारे लोग तुम्हारे साथ हैं।''

"तुमने हिम्मत की जो मिसाल पेश की है न, वो आने वाले समय में भी लड़कियों को हिम्मती होने का हौसला देता रहेगा।''

"जहाँ ये सबकुछ हो जाने के बाद एक लड़की आत्महत्या तक कर लेती है; वो ये सोचती है कि उसका जीवन बस ख़त्म ही हो गया है, ऐसे में तुमने ना सिर्फ अपने उसी फ्लो के साथ जीना शुरू किया, बल्कि अपने दोषियों को सजा दिलाने के लिए लड़ने का भी फैसला किया, ये अपने आप में एक बड़ी बात है; तुम महिलाओं के लिए प्रेरणास्रोत हो।''

इस तरह की कई प्रशंसनीय बातें लोग प्रिया के सामने कर के जाने लगे। इनमें ज्यादातर औरतें ही थीं। लेकिन एक बहुत बड़ा वर्ग अभी भी यही मानता था कि केस-मुकद्मे से कुछ हासिल तो होगा नहीं, चुप रहती तो बात छिपी रहती, आराम से उसे कहीं दूर-दराज में ब्याह दिया जाता। प्रिया से मिलने वालों में अब दूर-दूर से महिला सशक्तिकरण की टीम भी आने लगी। सब आकर उसे, 'हम आपके साथ हैं' का आश्वासन देकर जाते थे। प्रिया को पता था, कि उसे जो भी करना है अकेले ही करना है। कुछ लोग उसके पास अपना मतलब साधने आ रहे हैं, कुछ औपचारिताएँ पूरी करने आ रहे हैं, तो कुछ अपना दर्द बाँटने आ रहे हैं। इन सबों में उसे दर्द बाँटने वाले ही थोड़े सच्चे लगे, क्योंकि जिस दर्द से प्रिया गुजर रही थी, वो ही कुछ हद तक उसका दर्द समझ सकते थे। प्रिया का नाम अब अखबारों में आम हो गया था। हालाँकि ना सिर्फ समाचार वालों से, बल्कि प्रिया किसी से भी बहुत कम ही कुछ बोलती थी; हाँ, मिलती सब से जरूर थी... बस अखबार वालों को छोड़कर। फिर भी अख़बार वाले उसके आस-पास के लोगों की बातों के आधार पर आये दिन कुछ-न-कुछ छाप देते थे।

उससे मिलने वालों में एक दिन एक लड़की आई; कोई 24-25 साल की रही होगी।

''पता है प्रिया, ये जो तुम्हारे साथ हुआ है न, तुम यहाँ की पहली लड़की नहीं हो, जिसके साथ ये हुआ है; हमने अपने शहर में कभी नहीं सुना कि किसी का रेप हुआ। atleast मीडिया से तो नहीं ही सुना। अगर किसी के साथ कुछ होता भी था, तो किसी दूसरे आदमी से ही सुनने को मिलता था। कुछ तो वैसे भी सुनने को मिल जाता था और कुछ मेरी तरह होती थीं, जिनके बारे में किसी को कुछ पता नहीं चलता था।'' अक्षरा ने जब अपनी बात ख़त्म की, तो प्रिया की आँखें फटी-की-फटी रह गईं। वो बिलकुल भौंचक रह गयी। प्रिया, अक्षरा को बहुत अच्छे तरीके से जानती थी। अक्षरा, प्रिया से चार क्लास सीनियर थी। उसके साथ भी ऐसा कुछ हुआ है ये वो सोच भी नहीं सकती थी। अक्षरा बहुत ही दबंग किस्म की लड़की थी; कोई भी लड़का उससे कुछ भी बोलने में हिचकता था। उसके साथ भी ऐसा कुछ हुआ है, ये जानकर प्रिया स्तब्ध रह गयी।

''बताती हूँ, पूरी बात बताती हूँ;; मेरे साथ जो भी हुआ है, वो बस चार लोग ही जानते हैं; अगर चौथे आदमी ने किसी को कुछ नहीं बताया हो तो।'' अक्षरा की बात ने प्रिया के सामने एक और प्रश्न खड़ा कर दिया कि ये चार लोग कौन-कौन हैं।

''मैंने दसवीं का एग्जाम दिया था; उस समय तुम्हें तो पता ही है, हमारे मोहल्ले में क्रिमिनल्स बहुत हुआ करते थे, मेरे घर के बाहर भी कुछ बैठे रहते थे, अगर तुम्हें याद हो तो।''

''हाँ याद है।'' प्रिया ने आगे का वाकया जल्दी सुनने के लिए तुरंत कहा।

''एक दिन पुलिस आ गयी थी और सुरेन्द्र भागते हुए हमारे घर में घुस गया। वैसे तो हमारा घर बंद ही रहता था, लेकिन पता नहीं उस समय किसी कारणवश खुला हुआ था। शाम के वक्त वो मेरे घर आया और बाहर पुलिस ने एनकाउंटर शुरू कर दिया। मेरे पापा ने भी उसे बाहर जाने को नहीं कहा और उसे एक कमरे में छुपा भी दिया। उसने पता नहीं कैसे मुझे देख लिया था। पापा ने उसे बाहर जाने को नहीं कहा। डरते थे। जब रात हुई तो उसने

मेरे कमरे के दरवाजे पर दस्तक दी। मुझे लगा कोई और होगा। मैंने दरवाजा खोला तो वो अन्दर घुस गया और दरवाजा बंद कर दिया। मैं जोर-जोर से चिल्लाई। मेरे पापा और मम्मी मेरे कमरे के बाहर आकर खड़े हो गए और सुरेन्द्र से बाहर आ जाने की विनती करने लगे। उसने सीधे धमकी दे दी कि घर में ज्यादा आवाज करने की कोई जरूरत नहीं है; अगर अभी से किसी ने कोई भी आवाज की तो ये मत भूले कि उसके पास बन्दूक है। पापा चुप हो गए और मैं भी खामोश हो गयी।'' अक्षरा की आँखें नम हो गयीं।

''आधी रात को वो हमारे घर से चला गया। मेरे मम्मी-पापा आँगन में ही बैठे अपनी बेबसी और मेरी बदकिस्मती पर रो रहे थे। जैसे ही वो बाहर गया, माँ अन्दर आई। मैं माँ से लिपटकर खूब रोई। हमें पता था कि हम कुछ नहीं कर सकते थे। माँ-पापा को लगा, चलो जो हो गया सो हो गया... ना तो कुछ बदला जा सकता है, ना कुछ किया जा सकता है। मुझे जिंदगी भर के लिए कलेजे में एक घाव मिल गया था, जो कभी नहीं भर सकता था। हमारे घर में सभी को लग रहा था कि ये एक बार हो गया दर्दनाक हादसा है, जिसे समय के साथ भूल जाना होगा, लेकिन ऐसा नहीं था। अगली रात फिर सुरेन्द्र हमारे घर आ गया और यही सिलसिला जब एक हफ़्ते तक लगातार चलता रहा, तब मेरी माँ मुझे लेकर मामा के पास चली गयी। चूँकि मैं पहले भी मामा के यहाँ खूब जाती थी और हमारे पापा और मामा बिज़नेस पार्टनर भी थे, तो किसी को कुछ शक नहीं हुआ। मैं वहीं से इंटर करने लगी और ट्वेल्थ में एक साल बाद अपने घर तब आई, जब ये पता चला कि सुरेन्द्र एक एनकाउंटर में मारा जा चुका है। शायद उसने ये बात अपने साथियों को नहीं बताई थी, इसलिए कोई और इस बात का फायदा उठाने नहीं आया। जब मुझे मामा के यहाँ भेजा गया था तो उसने मेरे बारे में पापा से पूछा भी था। पापा ने कह दिया था, कि मैंने पहले से ही एडमिशन के लिए बाहर अप्लाई किया था और मेरा एडमिशन वहाँ हो गया है। फिर उसने उस जगह के बारे में पूछा ही नहीं और उसके बाद उसने फिर कभी भी मेरे बारे में कुछ नहीं पूछा था।'' अपनी बातें बताने के बाद अक्षरा ने प्रिया से पानी माँगा। पानी पीने के बाद फिर से अक्षरा ने अपना बोलना जारी रखा।

''पता है प्रिया, मैं रात होने से डरने लगी थी। मुझे ये लगता था कि या तो रात ना आये, या फिर वो दरिंदा ना आये। मैं रोज भगवान् से प्रार्थना

करती थी कि वो कैसे भी मर जाए। या तो opposit गैंग वाले उसे मार दें, या फिर कोई पुलिस की गोली उसके सीने को छलनी कर दे। भगवान् ने मेरी सुनी भी, लेकिन थोड़ी देर से। तुमने जो कर दिया है ना प्रिया, वो तो मैंने कभी सोचा भी नहीं था। मैं तो बस बाहर से बोल्ड बनती थी, तुम सचमुच की बहादुर हो।''

अक्षरा ने अपनी बात ख़त्म की। प्रिया को अब ये एहसास होने लगा जैसे वो कई लोगों की उम्मीद बन चुकी है। एक बार फिर से वो बात सच्ची लगने लगी कि इंसान जो चाहे वो कर सकता है, वो तो फिर भी बस अपना हक हासिल करने के लिए लड़ रही थी। जिसने जो किया, उसको उसकी सजा मिलनी चाहिए, वो बस इसीलिए डट कर खड़ी है। उसे ऐसा लग रहा था, जैसे सेना के कुछ लाख जवान ही युद्ध लड़ते हैं, लेकिन जीतने पर करोड़ों देशवासी अपनी जीत समझते हैं; पूरे देश की उम्मीद उनसे बँधी होती है। वो उस समय केवल अपनी सीमा की ही सुरक्षा नहीं कर रहे होते, अपने देशवासियों की उम्मीदों को भी जीत रहे होते हैं। ठीक उसी तरह प्रिया को भी ऐसा लग रहा था, जैसे आस-पास की जितनी भी प्रताड़ित लड़कियाँ और महिलाएँ हैं, उन सबके उम्मीद की किरण प्रिया ही है। वो कसी रणक्षेत्र में उतरी हुई है और बारी-बारी से सारी महिलाएँ उसे तिलक लगाकर उसका मनोबल बढ़ा रही हैं। वास्तव में भी तो वो रणक्षेत्र में ही थी, भेड़ियों के खिलाफ। प्रिया के साथ अब बस उसका मनोबल था और ढेरों लोगों की दुआएँ भी।

अक्षरा जब उसके पास से गयी तो वो एक गहन सोच में डूब गयी। वो सोच रही थी कि आखिर लड़कियाँ इतनी कमजोर क्यों हैं? क्या सचमुच प्रकृति ने ही महिलाओं को इतना कमजोर बनाया है, या फिर हमारे दिमाग में भर दिया जाता है कि हम महिलाएँ हैं, हम कमजोर हैं, हमें दब के रहना है, हमारी आवाज को सुनने वाला कोई नहीं है। जैसे ही हम बोलना चाहते हैं, उस आवाज को सबसे पहले हमारे घर में ही दबाया जाता है। अगर वहाँ किसी ने हमारी बात सुन ली, तो फिर समाज और इन सबसे पहले तो हम महिलाएँ ही ये सोच लेते हैं कि नहीं, अगर मैंने ये किया तो लोग क्या कहेंगे? अभी तक तो किसी लड़की ने ये नहीं किया, फिर मैं कैसे ये कर सकती हूँ? और इन्हीं सारी बातों के कारण हम लड़कियाँ, लड़कियाँ ही रह

जाती हैं। कुछ, जिन पर इन बातों का असर नहीं पड़ता, वो ही देश के लिए मेडल जीतती हैं, बैंक में सर्वोच्च पद पर भी जाती हैं; लेकिन उन महिलाओं का प्रतिशत कितना है? कितनी लड़कियाँ अपनी स्वेच्छा से अपना करियर चुन पाती हैं? कितनी लड़कियाँ अपनी मर्जी से अपनी शादी कर पाती हैं? ऐसे न जाने कई-कई सवाल उसके मन-मस्तिष्क पर हथौड़े की तरह वार करते रहे।

प्रिया ने अखबार उठाया। अखबार के मुख्य-पृष्ठ पर ही रेप की खबर थी। बिहार के ही समस्तीपुर में एक नाबालिग के साथ बलात्कार हुआ और दोषियों को बस इसलिए छोड़ दिया गया, क्योंकि पुलिस, समय से चार्जशीट कोर्ट में जमा नहीं कर पाई थी और अगले ही दिन एक सुसाइड-नोट छोड़कर उस लड़की ने आत्महत्या कर ली। प्रिया को ये खबर पढ़कर और भी आघात लगा। वो ये सोच रही थी कि आखिर और कब तक ये सब झेलना पड़ेगा। उस दिन वो अखबार में और कुछ नहीं पढ़ पायी।

केस की अगली सुनवाई की तारीख नजदीक आ चुकी थी। सुनवाई के कुछ दिन पहले लोकल अखबार ने बड़े ही विस्तार से इस केस के बारे में छापा। आस-पास के लोगों के लिए ये बहुत ही महत्वपूर्ण विषय बना हुआ था। सभी आपस में वही बातें कर रहे थे कि पता नहीं आज क्या होगा। वहाँ के लोगों के लिए भले ही ये कोई महत्वपूर्ण विषय हो, लेकिन बाकी जिन लोगों ने भी ये समाचार पढ़ा, उनके लिए ये एक आम खबर से ज्यादा कुछ नहीं था। ऐसी रेप की ख़बरें रोज ही अख़बारों में कहीं-न-कहीं मिल ही जाती हैं। उनके लिए ये एक रोजमर्रा की चीज ही लगती है। जैसे हम रोज खाना खाते हैं, रोज पानी पीते हैं; उसी तरह रोज कहीं-न-कहीं रेप की खबर पढ़ते या सुनते हैं, इसमें कोई नयी चीज नहीं है। ये खबरें किसी की संवेदना को नहीं झकझोर पातीं। कोई ये तक नहीं सोच पाता, कि आखिर क्यों और कब तक ये होता रहेगा? कब तक लोगों की मानसिकता यूँ ही विकृत होती रहेगी? कोई कुछ नहीं सोचता, बस अखबार पढ़कर रख देता है।

प्रिया के लिए राज्य-सरकार की तरफ से ही वकील भी तय हुआ था। राज के बाप ने काफी कोशिश की थी कि वकील उसकी मर्जी का तय किया जाए, लेकिन समय की कमी के कारण ऐसा नहीं हो पाया था। जब इस बात

के लिए उसने इंस्पेक्टर को गालियाँ दीं, तो इंस्पेक्टर ने उसे ये कहकर बहलाना चाहा कि,

"पैसा किसको नहीं प्यारा होता है सर? क्या हुआ अगर अपना वकील नहीं हो पाया तो, पैसा खिला देंगे वो भी अपने ही तरफ से लड़ लेगा।"

"इंस्पेक्टर साहेब, आप महेन्द्रा के बारे में भी यही बोले थे, बताइये क्या हुआ? क्या पैसा लेके उ बैठ गया? क्या केस लड़ने से मना कर दिया? बताइए! अब तो हमको डर भी लग रहा है; सारा काम उल्टा ही हो रहा है।"

"अरे, सर आप चिंता मत कीजिये; असल में उसके बेटी वाला बात था, वकीलबा का कौन सा बेटी का केस है... वकील, पुलिस, ई सब को बस पैसा से मतलब होता है।"

"सबको अपने जैसा मत बूझिये; आप ही के वर्दी वाला एक इंस्पेक्टर था, नाक में दम कर दिया था, कोई काम नहीं होने देता था; जहाँ-तहाँ हमारा आदमी को पकड़ लेता था बिना लाइसेंस के... साला पाँच गो ठीकेदार मिल के पाँच करोड़ दिए विधायक जी को, तब जाके उसका ट्रान्सफर हो पाया था, नहीं तो सब काम रुका हुआ था। आपको क्या लगता है, उसके पास हम पैसा के लिए नहीं गए होंगे? गए थे, आ उ बोला ना कि अगर दोबारा ऐसा बात करने आया, तब पता नहीं उ क्या करेगा। कितना गोर पड़े विधायक जी के, आ पाँच करोड़ का चढ़ावा दिए, तब जाके उ गया यहाँ से; सब आप ही के जैसा नै होता है जी, कि पैसा लिया आ चुप रहा।" राज के बाप ने जैसे इंस्पेक्टर के गाल पर तमाचा मार दिया था, जिसकी गूँज सिर्फ इंस्पेक्टर को ही सुनाई दी। इंस्पेक्टर क्या बोले, उसे समझ नहीं आ रहा था। उसका चेहरा लाल हो गया था। एक बार को तो उसे लगा कि वो वहाँ से चला जाए और फिर कभी किसी से कोई भी पैसा न ले, लेकिन अगले ही पल उसे अपनी ऐशो-आराम की जिंदगी याद आई, जो उसकी सेलरी से तो मुनासिब ही नहीं थी। उसने एक बार फिर अपने जमीर को अपनी जेब में बंद कर दिया और बोला-

"अरे सर, आप टेंशन मत ना लीजिये।"

वो लोग बात करने उस सरकारी वकील के घर गए। उसका घर छप्पर का था। घर के बरामदे में एक 24 इंच का रंगीन सी आर टी टीवी था। घर के फर्श को बामुश्किल पक्के करवाया हुआ था। घर के आँगन में एक चापाकल लगा हुआ था। वकील साहब के पास एक स्प्लेंडर 100CC बाइक थी, शायद सेकंड हैण्ड खरीदी हुई थी। वकील की उम्र ज्यादा नहीं थी, यही कोई 30 साल रही होगी। घर में साठ साल के पिता भी थे। वकील साहब ने अभी तक शादी नहीं की थी। वकील साहब से मिलने खुद राज का बाप, अपने एक पढ़े-लिखे आदमी के साथ पहुँचा था। संयोग से वकील साहब घर पर ही थे।

''वकील साहब नमस्कार!''

''नमस्कार-नमस्कार, लेकिन मैं वकील साहब नहीं हूँ, वकील साहब अन्दर रूम में बैठ के खाना खा रहा है, मैं मास्टर साहब हूँ।'' ठेकेदार के साथ के आदमी ने वकील के बाप को ही वकील समझ के नमस्कार किया था।

''अच्छा आपके भाई हैं वो; वाह! सरस्वती तो आपके घर में ही विराजमान हैं, एक भाई मास्टर, तो दूसरा वकील; आप चाहें तो लक्ष्मी भी बहुत जल्द इस घर में आ जाएगी।'' ठेकेदार के साथ के आदमी ने अपने अनुमान के अनुरूप मास्टर साहब को उत्तर दिया।

''अरे नहीं, वो मेरा भाई नहीं बेटा है; आप लोग बैठिये मैं उसको अभी बाहर भेजता हूँ।'' मास्टर साहब ने आँगन में लगी चौकी पर उनको बिठाते हुए कहा।

वकील साहब बाहर आये और तीनों लोगों के बीच औपचारिक हाय-हेलो हुआ।

''वकील साहब, आप एक रेप केस लड़ रहे हैं?'' ठेकेदार के साथ के आदमी ने पूछा।

''हाँ लड़ तो रहा रहा हूँ, क्या आप प्रिया के पापा हैं? मैं आपसे मिलने ही वाला था; चलिए अच्छा हुआ आप आ गए, मैं एक-दो दिन में आपके पास आ ही जाता, मुझे प्रिया से भी बात करनी होगी... खैर अभी

आपसे ही कुछ बातें कर लूँ; केस की पहली तारीख पर मैं किसी कारण नहीं आ पाया था, अपने असिस्टेंट को भेजा था, इसलिए नहीं मिल पाया था आपसे।'' वकील अपने प्रवाह में बोलने लगा।

''अरे नहीं, आप गलत समझ रहे हैं।'' उस आदमी ने कहा।

''तो फिर आप लोग कौन हैं?'' वकील ने अपना कागज, बैग में रखते हुए पूछा।

''वो दरअसल... जिनका नाम रेप केस में है न, ये उन्हीं में से एक के पिता हैं।'' उस आदमी ने ठेकेदार की तरफ इशारा करते हुए बताया।

''तो आप मुझसे क्या चाहते हैं?'' वकील ने उनका इरादा लगभग भाँपते हुए कहा।

''यही कि आप हमारी मदद करें।''

''वो कैसे?''

''देखिये, दरअसल इनके बेटे ने किया कुछ नहीं है; उस लड़की से उसका थोड़ा मनमुटाव हो गया था... पता नहीं कैसे वो आग में जल गयी और इसी का फायदा वो उठाना चाह रही है।''

''ठीक है, अगर आपके बेटे ने कुछ नहीं किया है, तो उसको मैं कुछ नहीं होने दूँगा।'' वकील ने अपने बैग की चेन बंद करते हुए कहा।

''आप इसके लिए जो चाहें वो मिल सकता है आपको; आप अपने घर को देखिये, सर ठेकेदार हैं, महीने-दो-महीने में ही यहाँ एक आलिशान घर हो सकता है।''

''जी शुक्रिया, मेरा घर मेरे लिए आलीशान ही है; अगर आपके बेटे ने कुछ नहीं किया है तो उसे कुछ नहीं होगा, आप निश्चिन्त रहें।'' वकील की बातों में थोड़ा दंभ था। उसने ठेकेदार के प्रस्ताव को लगभग नकारते हुए कहा।

ठेकेदार और उसके साथ का आदमी, दोनों वहाँ से उठ के चल दिए।

''साला ई भी हाथ में आने वाला आदमी नहीं है; हम बोले थे उ इन्स्पेक्टरबा को, लेकिन ऊ बोला हो जायेगा... एक-एक कर के सब कुछ

उल्टा ही हो रहा है, अब तो साला डर भी लगने लगा है।''

''अरे नहीं सर, डरिये नहीं; अपना वकील भी कम बड़ा नै है; मुश्किल से एक-दू गो केस हारा है, उ भी अपने शुरूआती दिनों में... सब सँभाल लेगा उ। ई थोड़ा कम उम्र में सरकारी वकील बन गया है तो थोड़ा उड़ेगा ही। घर में एक माय-बाप है, बाप को पेंशन मिलता ही होगा; अपने काम चलाने भर कमा ही लेता है आ थोड़ा जवान है तो अभी तो ईमानदारी, आ सच्चाई सब कुछ दिखेगा ही। कल कोई आएगी ना बिआह के, नोन-तेल का भाव पता चलेगा, तब देखेंगे कतना ईमानदार रहेगा। हम भी देखें हैं बहुत को, शुरू-शुरू में खूब तीसमार खाँ बनता था और बाद में फिर लगा पैसा के पीछे भागने; आप टेंशन मत लीजिये, अपना वकील के पास उतना साल का अनुभव है, जितना साल अभी इसका उम्र भी नहीं हुआ है।'' वो आदमी ठेकेदार का हौसला बढ़ा रहा था, उसके टूटते हिम्मत को सहारा दे रहा था।

राज के बाप का ये दाँव भी काम नहीं कर पाया था। खैर उसके अपने वकील ने उसे पूरा आश्वस्त कर दिया था-

''कि केस में दम नहीं है, आपकी जीत सुनिश्चित है; अच्छे-अच्छों को कोर्ट में अकबका दिए हैं, ये तो फिर भी बच्चे हैं।'' वकील, प्रिया और संजीव के बारे में बोल रहा था।

''देखिये वकील साहब, अब तो सब आप ही के हाथ में है; बेटा पहले से ही जेल चला गया है, अब जो हैं, सब आप ही हैं।'' ठेकेदार ने विनती की।

''अरे अगला सुनवाई में बेल तो मिल ही रहा है, आप काहे चिंता में मरे जा रहे हैं जी... आ इसको जेल नहीं कहा जाता, फिलहाल उ पुलिस रिमांड में है; उ बंदी है, कैदी नहीं।'' वकील, ठेकेदार की मायूसी दूर करने की कोशिश कर रहा था।

''अरे जो भी हो, है तो जेल में ही न!''

कोर्ट की सुनवाई का दिन आ गया। सरकारी वकील ने प्रिया और संजीव को बता दिया था कि वो कोर्ट में डरें नहीं और जो भी हुआ है सब

कुछ सही-सही बता दें और वकील के किसी भी सवाल से एकदम नहीं घबराना है। कोर्ट की सुनवाई शुरू हुई और प्रिया का बयान कोर्ट में दर्ज किया गया। संजीव इकलौता चश्मदीद था, तो उसकी भी गवाही ली गयी। पूरी कार्यवाही के दौरान, ठेकेदार का वकील, बेल की बात करते रहा, जिसे जज ख़ारिज करता रहा। जब उस दिन की सुनवाई पूरी हो गयी और जज ने अगली डेट दे दी, तब फिर एक बार राज के वकील ने बेल की माँग की। उसकी दलील ये थी कि प्रिया और संजीव के बयान के बाद ये नहीं कहा जा सकता कि इन तीनों ने ही ऐसा कुछ किया, इसलिए बेगुनाहों को अगर हिरासत में रखा जाएगा तो इसमें कानून और इन बेगुनाहों, किसी की भलाई नहीं है। इस पर जज ने ये कहा,

"अगर आज की दी गयी दोनों गवाहियों में थोड़ी भी सच्चाई है, तो इनका छोड़ा जाना कानून के लिए ही ख़तरा है, क्योंकि इन दो गवाहियों को अभी तक गलत साबित नहीं किया गया है, आपकी बात पर अगली सुनवाई में विचार किया जा सकता है।"

राज के बाप का चेहरा देखने लायक था। उसे लग रहा था, जैसे-जैसे सुनवाई आगे बढ़ रही है, केस उसके हाथ से निकलता जा रहा है।

"सब के सब साले खाली पैसा खाने के लिए बैठा हुआ है; पहले उ इंस्पेक्टर हमको चूतिया बनाया और अब तुम बना रहा है... तुम तो बोला था कि इस डेट में बेल पक्का है, क्या हुआ?" ठेकेदार, कोर्ट से बाहर निकलते हुए वकील को बोल रहा था।

"अरे सर, हम कितना कोशिश किये आप देखे नहीं? लेकिन साला जज अड़ गया था तब क्या करें? कोई बात नहीं, अब हमें ऐसा सबूत और कुछ गवाह इकट्ठा करना होगा, जिससे कि ये साबित हो पाए कि प्रिया और संजीव जो बोल रहे हैं वो गलत है।" वकील ने एक बार फिर ठेकेदार की उम्मीद बढ़ाने का यत्न किया।

"अरे तो तुम बताओ ना हमको करना क्या है; साला हमारा बेटा जेल में बंद है, कुछ बुझा रहा है तुमको!"

"नहीं ये सब बातें यहाँ नहीं, घर चल के बात करते हैं।"

“ठीक है।” दोनों गाड़ी में बैठे और फिर ठेकेदार के घर की ओर चल दिए।

राज और उसके साथियों को बेल नहीं मिलने से और केस की दिशा, प्रिया के पक्ष में रहने से संजीव बहुत खुश था। प्रिया के चेहरे पर अभी भी कोई भाव नहीं था।

“वकील साहब, लग रहा है हम केस जीत जायेंगे।” संजीव ने कोर्ट में प्रिया के वकील से कहा।

“अभी तो केस में कुछ हुआ ही नहीं है; वो तो जज साहब अच्छे थे इसलिए, नहीं तो बहुत मुमकिन था कि तीनों को बेल भी मिल जाती; असली खेल तो अब ही शुरू होगा। अब वो लोग अपना पूरा दम लगा देंगें तुम लोगों की बातों को गलत करने के लिए और अगर हम उनकी बात को गलत कर पाए तो ही हम केस जीत पायेंगे।” वकील ने हकीकत से संजीव का तारुफ़ करवाया।

“क्या! इसका मतलब हम केस हार भी सकते हैं?” संजीव ने बहुत ही आश्चर्य से पूछा।

“ऐसा मैंने कब कहा? सच्चाई कभी नहीं हारी है, न हारेगी; ऐसा विश्वास मन में रखो और देखते हैं अगले डेट पर वो लोग क्या करते हैं... अब हमारा सारा काम उनके अगले प्लान पर ही निर्भर है।” वकील ने संजीव का मनोबल बनाये रखा।

ठेकेदार और उसका वकील दोनों घर पहुँचे।

“देखिये, अगर हम ये साबित नहीं कर पाए कि संजीव और प्रिया गलत बोल रहे हैं तो थोड़ी मुश्किल हो जाएगी; हम लोग के फेवर में एक चीज ये है कि प्रिया का मेडिकल जाँच 24 घंटे के अन्दर नहीं हुआ, इसलिए मेडिकल रिपोर्ट की तरफ से तो हम निश्चिन्त हैं; हाँ अब ये करना है कि किसी तरह विक्टिम और गवाह की बात को कोर्ट में काट देना है बस, समझ लीजिये आपका बेटा कोर्ट से बरी, क्योंकि उन लोगों के पास भी इससे ज्यादा कुछ नहीं है।”

“अरे तो वकील तुम हो कि हम; ये तो तुमको पता होगा ना, कि कैसे

किसका बात कोर्ट में गलत साबित किया जा सकता है।''

''हाँ बताएँगे तो हम ही, लेकिन उसमें आपको आपकी पहुँच का इस्तेमाल करना पड़ेगा।''

''अरे पहले तुम बताओ तो करना क्या है; पूरा बिहार में तो अभी काम हो ही जायेगा अपना, विधायक जी सरकार में हैं।''

''तो सबसे पहले ये पता कीजिये कि जिस दिन रेप हुआ, उस दिन और उस टाइम कोई बड़ा कार्यक्रम, या ऐसा कुछ हुआ हो, जिसमें आपके बेटा का उपस्थिति बताया जा सके।''

''तनी दिमाग पर जोर देने दो; दू मिनट रुको, मेरा एक आदमी है, उसको पता होता है कि क्या-क्या चल रहा है, उसको फोन करते हैं।''

ठेकेदार ने अपने उसी पढ़े-लिखे आदमी को फोन किया, जिसके साथ वो सरकारी वकील से मिलने उसके घर गया था।

'हेल्लो...!'

''हाँ सर बोलिए।''

''अरे तुमको पता है, जिस दिन उ काण्ड हुआ, यहाँ आस-पास में कोई ऐसा बड़ा इवेंट, या कोई ऐसा प्रोग्राम हुआ हो, जिसमें राज को अभेलेबल दिखाया जा सके।''

''थोड़ा दिमाग पर जोर देने दीजिये।''

''हाँ थोड़ा जल्दी बताओ, वकील साहब यहीं बैठा है।''

''अरे हाँ सर याद आया......!''

''अरे तो जल्दी बताओ ना।''

''वो आपको याद है, हम लोग बाढ़ गए हुए थे, एक क्विज हुआ था, जिसमें विधायक जी को चीफ गेस्ट के रूप में बुलाया गया था; उधर से लौटिये रहे थे कि रास्ता में फोन आ गया था कि आपका बेटा काण्ड कर दिया है; ओ सॉरी सर! कहने का मतलब राज से कुछ ऐसा हो गया है।''

''हाँ यार सहिये याद दिलाया; ठीक है रखो फोन, बताते हैं वकील

साहेब को।'' ठेकेदार ने फोन काट दिया।

''अरे वकील साहब क्या बताएँ, कुछ ध्यान ही नहीं रहता है; हम खुद गए हुए थे एक क्विज हुआ था तो... लेकिन एक प्रॉब्लम है।''

''क्या प्रॉब्लम है?'' वकील ने पूछा।

''अरे, जब हमारा आदमी क्विज के बारे में बोला, तब तो हम खुश हो गए, लेकिन अब हमको याद आ रहा है कि क्विज तो बारह क्लास वालों तक के लिए ही था।''

''अच्छा, आपका बेटा किस क्लास में है?''

''अरे हमारा बेटा को पढ़ाई-लिखाई से क्या मतलब, वो पढ़ता-उढ़ता नहीं है।''

''अरे फिर भी कहीं तक तो पढ़ाई की होगी उसने!'' वकील ने जोर देते हुए पूछा।

''हाँ तीन साल पहले इंटर में फेल हो गया था; फिर से बोले, तो फिर से रजिस्ट्रेशन करवाया और फिर फेल हो गया इस साल।''

''अरे आपका तो प्रॉब्लम ही सोल्व हो गया; वो इंटर पास होता, तब दिक्कत थी, वो तो अभी भी इंटर में ही है... वो तो अगले साल फिर इंटर दे सकता है न; अब आपका प्रॉब्लम ख़त्म।''

''लेकिन खाली उसके इंटर में होने से क्या हो जायेगा?''

''नहीं, खाली उतना से कुछ नहीं होगा; अब आपको अपना पहुँच का इस्तेमाल करना है; किसी तरह विनर का लिस्ट है न, उसमें अपने बेटा का नाम डलवा दीजिये और हो सके तो उन दोनों का भी, जो उसके साथ हैं और मस्त फोटोशोप से राज का फोटो भी बनवा दीजिये उस दिन प्राइज लेते हुए... इतना के बाद तो उसका बाप भी ये साबित नहीं कर पायेगा कि राज उस क्विज में नहीं गया था।''

''नहीं, ऊ दोनों तो इंटर पास हैं।''

''फिर रहने दीजिये, हमको राज से मतलब है ना!''

''हाँ उ तो है, आप कैसे भी मेरा बेटा को निकालिए।''

''क्विज organiser इतना मैनेज कर देगा न?''

''कैसे नहीं करेगा? साला हम ही तो विधायक जी से बोले थे तो वो चीफ गेस्ट के लिए तैयार हुए थे, हमारा ही बात कैसे नहीं मानेगा उ।'' एक बार फिर ठेकेदार ने अपनी पहुँच का हवाला दिया।

सबकुछ प्लान के मुताबिक़ ही तय कर लिया गया। सुनवाई के दिन आज बारी भी राज के ही वकील के दलीलों की थी। जैसे ही सुनवाई शुरू हुई, वकील ने राज की प्राइज लेते हुए तस्वीर और विशाल और अनुभव को वहीं भीड़ में तालियाँ बजाते और फिर प्राइज के साथ ही तीनों दोस्तों की एक साथ वाली भी एक तस्वीर पेश की गयी। क्विज में जीतने वालों की लिस्ट भी अदालत को सौंप दी गयी। क्विज आयोजक को गवाही के लिए भी बुला लिया गया। इतना सब कुछ होने के बाद लगभग ये तय हो चुका था कि राज के सबूत, प्रिया और संजीव की गवाही पर भारी पड़ रहे हैं। राज के वकील ने लगभग ये साबित कर दिया था कि राज और उसके दोस्त, घटनास्थल से ३० किलोमीटर दूर क्विज में गए हुए थे।

कोर्ट ने प्रिया के वकील से पूछा कि इस पर उन्हें कुछ कहना है, या वो कोई और सबूत दे सकते हैं, जिससे ये साबित हो पाए कि राज और उसके साथी उस दिन घटनास्थल पर ही थे।

''हाँ सर, मैं कुछ कहना चाहूँगा।'' प्रिया के वकील ने जज से कहा।

''ठीक है, ठीक है, आज आपके केस का टाइम ख़त्म हुआ और भी केस देखने हैं भाई; इस केस की अगली सुनवाई कल ही होगी।'' जज ने कहा।

सभी लोग कोर्ट से बाहर चले गए। राज के खेमे में खुशी की लहर थी, तो वहीं इतने दिनों में प्रिया के चेहरे पर पहली दफा मायूसी देखने को मिली। वकील साहब ने उसके चेहरे को भाँप लिया।

''क्या हुआ प्रिया? तुम उदास दिख रही हो!'' जवाब में प्रिया चुप ही रही। उसने एक शब्द भी नहीं कहा।

''एक बात हमेशा याद रखना, जो मैं शुरू से कहता आया हूँ, सच्चाई कभी नहीं हारती।'' प्रिया इस बार भी चुप ही रही।

''देख रहा था कोर्ट में जब सच्चाई हार रही थी; अब बताइए हम लोग कैसे साबित करेंगे कि राज उस क्विज में नहीं था, जब उस क्विज का आयोजक खुद आकर गवाही दे रहा है? फोटो को तो झूठा कर देंगे तकनीक की इस दुनिया में, लेकिन जो दो-तीन गवाह उसने पेश कर दिए, उनका क्या? यहाँ तो बस मैं और प्रिया ही हैं।'' संजीव ने वकील से कहा।

''देखते हैं कल हम लोग कोर्ट में क्या कर सकते हैं।'' वकील ने बस इतना ही जवाब दिया।

अगले दिन जब सुनवाई शुरू हुई तो पहले राज के वकील से ही पूछा गया कि उसे कुछ और कहना है, तो उसने सीना चौड़ा करते हुए कहा-

''हुजूर, हमें तो जो भी कहना-सुनना था हमने पिछली सुनवाई में ही कह दिया, अब तो बस आप जल्दी से फैसला सुनाइये और उन तीन बेगुनाहों को उनके घर भेज दीजिये।''

''ठीक है आप बैठ जाइए; आपको कुछ कहना है?'' जज ने प्रिया के वकील से पूछा।

''हुजूर अभी तक हमने कुछ कहा ही कहाँ था।'' वकील की बातों में आत्मविश्वास का भरपूर प्रवाह हो रहा था।

''कह के भी अब कुछ फायदा नहीं।'' राज का वकील धीरे से बुदबुदाया।

''ठीक है, जो भी कहना है आगे आ के कहिये।'' जज ने आदेश दिया।

''कुछ भी कहने से पहले मैं हुजूर को कुछ तस्वीरें दिखाना चाहूँगा।'' कहते हुए प्रिया के वकील ने चार तस्वीरें जज की तरफ बढ़ा दी।

पहली तस्वीर में प्रिया, दुल्हन के लिबास में थी और साथ में दूल्हे के रूप में आमिर खान था। दूसरी तस्वीर में खुद वकील, उसैन बोल्ट के साथ हाथ मिला रहा था, तीसरी में संजीव, सायना नेहवाल के साथ शटल लिए

खड़ा था, तो चौथी तस्वीर में जज साहब को सनी लिओनी को किस करते रखा गया था।

''हुजूर, तस्वीरें देखकर आपको तस्वीरों की विश्वसनीयता का तो पता चल ही गया होगा!'' प्रिया के वकील ने कहा।

''हाँ समझ सकते हैं हम; आपका काम है सबूत पेश करना, हमारी समझदारी की परीक्षा लेना नहीं; कुछ और भी है आपके पास, या हो गया?''

''सर अभी तो बस शुरूआत की है।''

''हाँ तो जल्दी-जल्दी ख़त्म भी कीजिये, बहुत केस होते हैं सुनवाई के लिए।''

''हुजूर, जैसा कि वकील साहब ने बताया कि राज को किसी क्विज में प्राइज मिला है; ये राज के मार्कशीट हैं, जिसमें पाँच साल पहले वो मैट्रिक थर्ड डिवीज़न पास हुआ था और तीन साल पहले इंटर फेल करके पढ़ाई छोड़ दी थी... अभी इसी साल उसने फिर से इंटर में एडमिशन लिया है। इनके मार्क्स ये बताने के लिए काफी हैं कि ये कितना प्राइज जीतने के लायक हैं; अगर फिर भी आपकी इजाजत हो, तो मैं राज से उनके सिलेबस से रिलेटेड कुछ प्रश्न पूछना चाहूँगा।''

''जी नहीं, आपको बिलकुल भी इजाजत नहीं है; ये कोर्ट है, कोई क्लास रूम या KBC का स्टूडियो नहीं; आपको केस से रिलेटेड कुछ पूछना हो तो पूछ सकते हैं।''

''नहीं हुजूर, ऐसा नहीं है; फिर आप इन कागजों पर गौर कीजिये; ये राज, अनुभव और विशाल के फोन के ब्लूप्रिंट हैं, जो GPS लोकेशन के साथ दी गयी है, इनमें तीनों में से किसी का भी उस दिन का फोन कॉल मोकामा के बाहर से कनेक्ट नहीं किया गया था, जब इनके नम्बर से कोई कॉल किया गया, वो मोकामा में ही थे। घटना होने के तुरंत बाद राज ने किसी नम्बर पर कॉल किया था और वो लोकेशन प्रिया के घर के पास का ही है।'' कुछ कागज, जज की तरफ बढ़ाते हुए प्रिया के वकील ने कहा।

''आपके पास और भी कुछ है तो अभी बता दीजिये कितने सबूत और

गवाह आप पेश करने वाले हैं, यूँ एक-एक करके तोहफे मत दीजिये।''
जज ने थोड़ा नाराज होते हुए पानी का गिलास उठाकर पानी पीते हुए कहा।

''जी हुजूर, अब बस आखिरी गवाह बचा है; मैं चाहूँगा कि उसकी गवाही ले ली जाए।''

प्रिया के वकील के इतना कहते ही ठेकेदार का वकील चौंक गया। इस गवाह के बारे में उसे कुछ भी पता नहीं था।

''हुजूर, अनुभव, जो कि तीन आरोपियों में से एक है, वो कुछ कहना चाहता है।'' प्रिया के वकील के इतना कहते ही ठेकेदार के वकील ने अपना माथा ठोक लिया।

''ठीक है जल्दी कीजिये।''

अनुभव ने प्रिया के थप्पड़ मारने से ले के उसके जलने तक और सभी के इधर-उधर भागने की भी बात कोर्ट में कह डाली। उस दिन कोर्ट की सुनवाई ख़त्म होने से पहले, प्रिया के वकील ने अनुभव के लिए अलग सेल की माँग की, जिसे मान लिया गया। अनुभव के बयान के बाद तो जैसे सबकुछ साफ़-साफ़ ही हो चुका था। एक हफ़्ते बाद अगली सुनवाई रखी गयी, जिसमें कोर्ट का फैसला आना था।

कोर्ट से बाहर आने पर संजीव ने वकील से पूछा-

''आपने एक दिन में इतना सबूत कैसे इकट्ठा कर लिया?''

''अरे ये एक दिन की मेहनत नहीं है; कल की सुनवाई से पहले की सुनवाई में जब तुम्हारी और प्रिया की गवाही ली गयी थी, तो उसके बाद राज के वकील ने उसके बाप के साथ मिलकर ये प्लान बनाया था कि राज को उस दिन किसी दूसरी जगह पर दिखा दिया जाए तो वो बच सकता है और उसके बाद उसने क्विज में उसे प्राइज मिलने का तरीका खोज निकाला।''

''लेकिन ये सब आपको कैसे पता चला?''

''प्रिया के पापा महेंद्र जी ने बताया।''

''लेकिन उन्हें कैसे पता चला?'' संजीव के आश्चर्य में उत्तरोत्तर वृद्धि

हो रही थी।

''अरे उनका कोई साथी, ठेकेदार के घर में सफाई का काम करता है; पहले उनसे उसका मनमुटाव था, लेकिन प्रिया के साथ जब ऐसा हादसा हुआ और सारे लोग उसकी मदद करना चाह रहे थे, तो उसने भी ये बात महेंद्र जी को बताकर अपना धर्म निभाया।''

''और इतने कम समय में इतनी तैयारी!'' ''देखो पुलिस, टीचर, प्रोफेसर सारे मेरे दोस्त हैं; ब्लूप्रिंट वाला काम तो मेरा एक दोस्त, जो मधुबनी का SP है, ने अपने पटना के काउंटरपार्ट से बोलकर करवा दिया। फोटो वाला काम तो इतना आसान है कि एक दिन के ट्रेनिंग के बाद तुम भी कर दोगे और अनुभव को कल की सुनवाई देख के लगा कि हम लोग हार जायेंगे, तो उसने कहा कि वो हमारे लिए गवाही देकर अपने मन के बोझ को हल्का करना चाहता है... बस इतनी-सी ही मेहनत करनी पड़ी है हमें; अब देखो उम्मीद तो यही है कि फैसला हमारे हक में ही आएगा।'' इतना कहकर दोनों अपने-अपने गंतव्य की तरफ बढ़ चले।

हफ़्ते बाद कोर्ट की सुनवाई हुई। राज को दस साल, विशाल को सात साल और अनुभव को तीन साल की सजा हो गयी। चूँकि बहुत दिनों से ये रेप केस एक चर्चा का विषय बना हुआ था, इसलिए मीडिया आज काफी संख्या में कोर्ट के बाहर थी। उधर प्रिया ने पहले ही कह दिया था कि वो केस जीते चाहे हारे, फैसले के बाद वो मीडिया से कुछ कहेगी।

ये प्रिया के रेप के बाद पहला मौका था, जब वो अपने मन से सबके सामने कुछ बोलने जा रही थी।

''आपको केस जीतने के बाद कैसा लग रहा है?'' एक पत्रकार ने प्रिया से प्रश्न किया।

''मैंने कोई UPSC टॉप नहीं किया है कि मुझे बहुत खुशी मिलेगी और मैं कोई जश्न मनाऊँगी; मेरा रेप हुआ था, मुझे मारने की कोशिश की गयी थी, आज दोषियों को सजा मिली है, तो मुझे सुकून मिला है, क्योंकि ये सिर्फ मेरी जीत नहीं है, मेरे साथ आज वो सारी लड़कियाँ और औरतें जीतीं हैं, जिनके साथ कभी-भी कुछ भी गलत हुआ है; वो सभी जीत गईं जो

किसी कारणवश, या तो अपने दोषियों के खिलाफ लड़ नहीं पायीं, या लड़ने का, या फिर कुछ बोलने तक का भी साहस ही नहीं जुटा पायीं। पता है, मेरे वकील जब केस में कमजोर पड़ रहे थे, तो वो सोचते थे कि मैं भी कमजोर हो रही हूँ; वो हमेशा मुझसे कहते थे, सच्चाई कभी हार नहीं सकती। ये सच है कि सच्चाई कभी नहीं हारती, लेकिन सच्चाई लड़ेगी तभी तो जीतेगी... सच्चाई जब झूठ से कमजोर हो जाए, पाप जब अच्छे कर्मों पर ही भारी पड़ने लगे, सच्चाई पहले से अपने आप को हारा हुआ मान ले, सच्चाई लड़ने से पहले ही हथियार डाल दे, तो फिर सच्चाई कैसे जीत सकती है? हमें मजबूत होना पड़ेगा और हमेशा ये दिखाना पड़ेगा कि हम मजबूत हैं।''

''अब आगे आपको क्या करना है?'' एक दूसरे पत्रकार ने पूछा।

''मैं अपनी नॉर्मल जिन्दगी जैसे जी रही थी, वैसे ही जियूँगी और अपनी पढ़ाई ख़त्म करने के बाद एक स्कूल खोलूँगी, जो सिर्फ लड़कों के लिए ही होगा, उसमें मैं बचपन से ही लड़कियों के साथ कैसे व्यवहार किया जाये ये बताऊँगी, क्योंकि जब तक ये सोच बचपन से हमारे अन्दर नहीं आएगी तब तक कुछ नहीं हो सकता। अभी भी आप देखते होंगे, कुछ लोग होते हैं, जिन्हें लड़कियों के पहनावे से, उनके रहन-सहन से कोई दिक्कत नहीं होती; वो अपनी बहनों को, बेटियों को किसी तरह के कपड़े पहनने, कहीं भी आने-जाने की परमिशन देते हैं; पूरी आज़ादी कुछ भी करने की, कुछ भी सोचने की। कुछ लोग लड़कियों के लिए इसे गलत मानते हैं और वो इसकी इजाजत अपने घर की लड़कियों को नहीं देते; कुछ और लोग होते हैं जो चाहते हैं कि उनके घर की भी लड़कियाँ अपनी मर्जी से सब कुछ करें, लेकिन वो बस इस बात से डर जाते हैं कि क्या वो सब करने में उनकी लड़की बाहर सेफ है? नहीं, हमें इसी डर को निकालना होगा; एक ऐसा समाज तैयार करना होगा, जिसमें कोई ये न सोचे कि वो जगह अनसेफ है। जिस दिन ये हो जायेगा उसी दिन मुझे लगेगा कि मैं वास्तव में जीत पाऊँगी और इसीलिए मैं स्कूल खोलना चाहती हूँ, ताकि बचपन में ही एक ऐसी सोच भर दी जाये, जिससे लड़कियों के लिए एक सुरक्षित समाज की कल्पना की जा सके।

''आप शादी करेंगी?'' एक और पत्रकार ने पूछा।

''देखूँगी, अगर जरूरत पड़ी तो कर भी सकती हूँ, वैसे मेरे एक दोस्त का मानना है कि बिना शादी किये भी रहा जा सकता है।''

प्रिया का पूरा कांफ्रेंस, गोविन्द पीछे एक कोने में खड़े होकर सुन रहा था। प्रिया के इस जवाब के बाद उसके होठों पर हल्की-सी एक मुस्कान आ गयी।

www.ingramcontent.com/pod-product-compliance
Lightning Source LLC
Chambersburg PA
CBHW051436130726
47987CB00005B/2068